U0132309

全粵語三國演義

（音頻精選版）

改編　本沛聰

繪畫　本卓言

原著　羅貫中

商務印書館

目　錄

序

《三國演義》，係中國歷史上最著名嘅古典小說，同《紅樓夢》、《西遊記》、《水滸傳》被合稱為「中國古典文學四大名著」。呢部由羅貫中創作嘅歷史題材小說，影響力可以講超越咗文學範疇，甚至成為中國傳統文化嘅一部分。例如關羽嘅義氣、諸葛亮嘅智謀、曹操嘅權謀，都深深咁刻入到中國人嘅文化意識裏面，甚至大部分人都搞唔清楚《三國演義》裏面究竟邊啲係真實嘅歷史，邊啲係羅貫中嘅藝術創作。

小說寫到咁嘅程度，實在當得上「出神入化」四個字。

而自從成書以來，《三國演義》就被不斷咁改編，例如喺古代被改編成戲曲、評書，喺現代被改編成電影、電視劇、動畫片等等。至於《三國演義》嘅改編版本，同樣層出不窮，有翻譯成外語嘅，有改編成適合青少年閱讀版本嘅，亦有改編成連環畫、漫畫等等形式。

事實上，大部分現代人都冇閱讀過半文言嘅原版《三國演義》，而係通過各種改編版本去接觸到呢部名著。

不過，直到本書出版之前，我都未曾見過完全用粵語嚟編寫嘅《三國演義》。所以呢一次應商務印書館嘅邀請，用粵語方言文字嚟編寫呢部精選版本嘅《三國演義》，我作為一個靠粵語「搵食」嘅人，既十分之榮幸，亦十分之開心。

據統計，喺全球有接近一億華人使用粵語，尤其喺香港、澳門同廣東嘅大部分地區，粵語都係日常使用嘅語言。而且粵語唔單止可以口語使用，仲有繼承自中國古漢語嘅文字體系，有音亦

有字，所以我哋完全可以用粵語來書寫同閱讀。

而家好多粵港澳大灣區嘅後生仔女，乃至全國唔少年青人，對於粵語都有好大興趣。所以編寫一啲用粵語來書寫，令讀者可以直接用粵語來閱讀嘅書，我相信能夠令粵語走得更遠，傳播得更廣，亦更便於流傳畀下一代。

另一方面，我哋亦都希望香港地區嘅年青一代乃至小朋友，能夠有更便捷、更輕鬆嘅方式去接觸中國傳統文化，了解我哋老祖宗嘅智慧同藝術成就。

所以，今次我同香港商務印書館可謂一拍即合，一齊推出咗呢部面向青少年嘅《全粵語三國演義》。喺呢部書裏面，我除咗精選出五十回《三國演義》中嘅經典故事內容之外，仲將好多粵語俗語、歇後語嘅來歷講畀大家知——即係「粵語知多啲」呢個環節。喺每一章後面，「歷史知多啲」呢個環節會向大家介紹故事裏面出現過嘅相關歷史知識，例如歷史上真實嘅情況、古代各種官職嘅介紹等等。當然，淨係睇古仔並唔足夠，我梗係會加入我嘅拿手好戲——「講古仔」啦！大家用手機掃描書上嘅 QR Code，就可以聽到由我播講，同本書內容對應嘅粵語版本《三國演義》。

另外，為咗令呢部書更加接近青少年嘅口味，我哋仲特意邀請來自中國美術學院中國畫專業嘅青年畫家李卓言先生，為呢部書繪畫插畫，希望令呢部作品更加豐富多彩。

希望我哋做嘅呢部書，可以為粵語同粵語文化嘅傳播，貢獻微薄嘅力量。亦歡迎大家喺睇完、聽完之後，向我哋提出更好嘅建議，幫助我哋出更多更好嘅粵語書籍。

李沛聰

二〇二二年九月二十日

第一回

劉關張桃園結義

　　話說喺東漢後期，漢桓帝、漢靈帝呢兩任皇帝都寵信宦官，其中最受寵嘅十個，以張讓為首，被稱為「十常侍」。佢哋狼狼為奸，打擊賢良，導致民不聊生，怨聲載道，終於搞出個大頭佛。喺河北嘅巨鹿郡，張角三兄弟成立咗「太平道」呢個組織，宣傳話「蒼天已死，黃天當立，歲在甲子，天下大吉」，帶頭起兵造反，一下子就有成幾十萬人響應，搞到天下大亂。因為叛軍個個頭戴黃巾，所以被稱為「黃巾黨」或者「黃巾軍」。

　　咁多人造反，皇帝梗係揞雞啦，於是下旨叫各地一齊討伐黃巾黨人，又派中郎將盧植、皇甫嵩、朱儁分別率領兵馬去平定叛亂。

　　呢個時候，張角嘅部隊正準備攻打幽州。幽州太守劉焉十分緊張，馬上發榜招募義兵。就因為呢張榜文，引出咗個英雄人物，佢就係涿縣嘅劉備。

　　劉備字玄德，係漢朝中山靖王劉勝嘅後人。不過因為家道中落，佢細個嘅時候屋企好窮，要靠阿媽賣草鞋草蓆為生。喺佢屋企嘅東南面，有一棵大桑樹，成五丈咁高，生得枝繁葉茂，遠遠望過去好似個車蓋咁樣。有相士曾經話過：「呢家

人以後必定會出貴人!」劉備細個嘅時候,同鄉裏面嘅細路喺樹下面玩,曾經指住棵樹對班細路話:「我如果做天子,坐車就用咁嘅車蓋!」佢阿叔劉元起聽到之後,覺得呢個細路非比尋常,日後必成大器,自此之後就經常資助劉備一家。

喺阿叔資助之下,劉備十五歲嘅時候就去拜鄭玄、盧植為師,喺佢哋嘅教導下讀書,仲同貴族子弟公孫瓚做過同學。

話說呢一日,劉備得閒無事走過去睇榜文,睇完之後忽然好有感慨,就長歎咗一聲。點知佢唉氣都未歎完,後面就有人喝佢話:「男子漢大丈夫,唔能夠為國出力,喺度歎咩氣啊?」

劉備轉頭一睇,只見講嘢嘅人生得身高八尺,對眼牛咁大,滿面鬍鬚,把聲好似打雷咁,認真得人驚。劉備見佢咁威武,就問佢姓甚名誰。呢個人話:「我姓張,名飛,字翼德,最鍾意結交天下豪傑。啱先見你睇完個榜文就長嗟短歎,咪問下你咩回事咯。」

劉備答話:「我本來係漢室宗親,姓劉名備。而家見到黃巾作亂,有心想殺賊安民,可惜有心無力,所以咪歎氣咯。」

張飛一聽就高興了:「咁就啱啦,我都幾有錢嘅,正好可以招募鄉勇,同你一齊舉事!」

劉備一聽張飛咁講,梗係啱曬河車啦,就拉埋張飛一齊去飲酒吹水。飲飲下,佢哋見到隔籬有個大漢,身高九尺,鬍鬚有兩尺咁長,面如重棗,丹鳳眼,臥蠶眉,個樣認真有型。劉備就邀請佢過嚟一齊坐。原來呢個人姓關名羽,字雲

長，係河東解良人，因為喺鄉下殺咗個惡霸而出嚟避難，而家見到官府招募兵馬，就想過嚟投軍。劉備聽咗就話：「我同張飛兩個正好想招募鄉勇討伐黃巾，不如你都一齊啦！」關羽一口應承，於是三個人就去到張飛嘅莊園，一齊商議大事。

去到之後，張飛提議話：「既然大家咁投契，不如我哋結拜做兄弟啦！」劉備同關羽都話好。

第二日，劉備、張飛同關羽三個人，就喺桃園裏面焚香拜祭，結為異姓兄弟。佢哋發誓要匡扶國家，安定天下，不求同年同月同日生，只願同年同月同日死。呢個就係著名嘅「桃園結義」啦。

結拜完之後，佢哋招募咗幾百人，買咗一批馬匹，仲各自打造咗一件兵器。劉備用嘅係雙股劍，關羽造嘅係青龍偃月刀，又叫做「冷豔鋸」，有成八十二斤咁重，而張飛就打咗一支丈八點鋼矛。

準備好之後，佢哋帶住五百人馬去搵太守劉焉。劉焉見佢哋咁沓馬，非常歡喜，仲認埋劉備做姪仔。劉關張三個都英勇善戰，武藝高強，佢哋帶住本部人馬，好快就打敗咗來犯嘅黃巾軍，之後又去支援劉備當年嘅老師盧植。

見面之後，盧植派劉備佢哋去潁川打探消息，約埋皇甫嵩、朱儁一齊圍剿黃巾軍。結果佢哋去到嘅時候，發現黃巾軍已經大敗，皇甫嵩就叫佢哋返去幫盧植。點知行到半路，三人遇到一隊官兵，竟然發現係盧植被押喺囚車裏面，呢隊官兵就係要送佢入京城問罪嘅。佢哋一問先知原來係因為盧

植唔肯賄賂個宦官，結果畀人督背脊，而家朝廷要治佢罪，派董卓嚟代替佢。

張飛聽咗就激鬼氣啦，想殺曬啲官兵，救盧植出嚟。劉備慌忙攔住佢話：「呢件事朝廷自有公論，你點可以亂來呢？」

等到官軍走咗之後，關羽就話：「盧大人畀人冤枉，而家其他人領軍，我哋去都無謂啦，不如先返去涿郡再作打算。」劉備覺得都有道理，於是就帶住兵馬返鄉下。

行到半路，劉備一行又遇到董卓嘅部隊被黃巾軍追殺。佢哋三個衝過去打亂咗黃巾軍，救咗董卓。董卓一開頭仲好高興，問起劉備三個嘅身份。點知一聽劉備話自己三個並無官職，就當堂白鴿眼睇佢哋唔起，激到張飛扯曬火話要殺咗董卓。不過劉備同關羽死命拉住佢，劉備話：「董卓話曬都係朝廷命官，你點可以隨便殺呢？」

張飛仲係好氣憤：「唔殺呢個人，仲要聽佢號令，我就一定唔忿氣㗎啦，兩位兄長如果要留低，咁我自己就走先啦！」

劉備擰頭話：「我哋三個發誓要同生共死㗎嘛，點可以分開呢？我哋一齊走！」

於是，佢哋三兄弟連夜帶住部下離開董卓，去投奔朱儁了。

聽古仔

　　搞出個大頭佛 —— 喺呢一回中，講到「十常侍」禍亂朝政，最後搞出個大頭佛。喺粵語裏面，「搞出個大頭佛」，係指闖禍、惹麻煩嘅意思。據講呢個詞出自嶺南傳統活動舞獅。因為喺舞獅嘅時候，通常有一個大頭佛喺前面引路，後面就會跟住一大羣獅子同其他儀仗，熱鬧非凡。所以後來，大家就從「大頭佛會引出一連串物事」呢個情形，創造出一個俚語，叫「搞出個大頭佛」，用嚟形容引發一連串麻煩，或者闖出大禍嘅意思。

歷史知多啲

　　太守 —— 讀古代小說嘅時候，我哋經常可以見到「太守」呢個職位，咁呢個太守究竟係咩官職呢？原來，「太守」係秦漢時期一個郡嘅最高長官，唔單止擁有郡內嘅最高行政權，而且仲可以任免自己嘅下屬官員，權力好大。到咗東漢末年，因為黃巾之亂，皇帝允許地方長官自己招募軍隊，打擊黃巾軍，結果各地嘅太守權力就更加大，變成了地方上嘅土皇帝，造成後來諸侯割據嘅局面。

劉備、關羽、張飛
桃園三結義

第二回

激義憤怒打督郵

　　話說劉備帶住關羽張飛一齊去投奔朱儁，朱儁見佢哋三個過嚟幫忙當然十分高興，於是就一齊帶兵去攻打張寶。喺劉關張嘅幫助之下，朱儁連戰連捷，打到張寶大敗，平定咗好幾個郡，張寶亦被部下所殺。

　　到呢個時候，黃巾軍嘅三位首領張角、張梁、張寶已經全部死曬，剩低佢哋嘅幾個舊部仲係周圍燒殺搶掠。於是朱儁帶住劉關張去討伐呢啲黃巾軍舊部。喺吳郡人孫堅嘅幫助之下，一番激戰之後，朱儁終於打敗咗敵軍。班師回朝之後，皇帝封佢為車騎將軍、河南尹。佢向朝廷表彰孫堅同劉備嘅功勞，孫堅因為有門路，被封為別郡司馬，但係劉備就等極都未見到有封賞。

　　劉備佢哋三個悶悶不樂，唯有繼續喺京城發怐愁。呢一日，三個人窮極無聊四圍行，正好遇到郎中張鈞嘅車駕。劉備走上去攔住張鈞，向佢講述自己嘅功勞。張鈞聽完大吃一驚，隨即上朝就稟告皇帝話：「黃巾之亂都係十常侍搞出嚟嘅，而家只有斬咗十常侍，然後重賞有功之臣，咁先可以天下太平。」

　　十常侍梗係唔會坐以待斃啦，就反咬一口，同皇帝講張

鈞喺度講大話。結果皇帝都係信十常侍，將張鈞趕出咗皇宮。不過事後，十常侍呢班人自己商量話：「一定係打黃巾軍有功嗰班人得唔到封賞，所以諸多意見。不如就隨便畀個芝麻綠豆官過佢哋，以後再想辦法治佢哋啦！」

於是，劉備就被任命為定州中山府安喜縣尉，帶住關羽張飛去到安喜縣上任。劉備去到當地之後，對當地嘅百姓秋毫無犯，百姓都十分感動。而劉備平日同關羽張飛兩個食又一齊食，訓又一齊訓，劉備如果坐喺度辦公，關羽張飛就企喺旁邊侍奉，對劉備十分尊重。劉備嘅官職雖然唔大，但係日子都過得幾安穩。

點知劉備呢個縣尉都未做得幾個月，朝廷就忽然下旨，話要淘汰個啲靠軍功成為地方官，但係唔稱職嘅官員，然後又派咗個督郵過嚟視察各地工作。劉備接到消息，就帶住關羽、張飛出城去迎接督郵。見面之後，劉備向督郵行禮，而督郵就淨係坐喺馬上面，用條馬鞭指一指就當還禮，激到關羽同張飛把幾火。

入到住處之後，督郵開始詢問劉備嘅出身經歷。劉備答話自己係中山靖王之後，喺涿郡開始剿滅黃巾，大大細細打咗三十幾場仗，因為有功勞而被任命為縣尉。

督郵聽咗就鬧佢：「豈有此理，你冒認皇親，虛報戰功，而家朝廷就係要淘汰你呢種貪官污吏！」劉備唔敢頂撞，唯有返去同縣吏商量。縣吏話：「督郵喺度大發脾氣，無非係想要賄賂嘅！」

劉備一聽就好為難了：「我對百姓秋毫無犯，邊度有錢賄賂佢啊？」

第二日，督郵唔搵劉備，反而先將縣吏捉咗去，要佢指認劉備侵害百姓。劉備幾次上門去求情，都畀門衛攔住。

呢個時候，張飛因為心情唔好，飲咗幾杯悶酒，騎馬經過督郵所在嘅驛館，見到幾十個老人喺門前喊，就走上去問發生咩事。班老人答話：「督郵強逼縣吏，想害劉大人，我哋嚟講情，門衛唔放我哋入去，反而將我哋打翻出嚟！」

張飛聽咗當堂激到眼火都飆埋，落馬就衝入驛館，看門嘅人想攔，但係邊度攔得佢住？張飛入到後堂，只見督郵正坐喺廳上，縣吏被綁住跪喺地下。張飛大喝一聲：「害民賊！你認唔認得爺爺我！」

督郵都未反應過嚟，就畀張飛一手扯住頭髮拉出驛館。張飛將督郵綁喺縣衙門前嘅馬樁度，然後用樹上嘅柳條係咁打佢，一連打斷咗十幾條柳條，痛到個督郵呱呱大叫。

劉備聽到縣衙前面人聲鼎沸，就問旁邊嘅人發生咩事。旁邊啲人話佢知：「張將軍綁住個人喺縣衙門口猛咁打啊！」

劉備嚇咗一跳，即刻行出去睇下咩情況。一出到去見到畀張飛綁住嚟打嘅人正係督郵。佢大吃一驚，問張飛咩回事，張飛答話：「呢種害民賊，唔打死佢留翻嚟有咩用？」

督郵見到劉備嚟到，馬上叫救命：「玄德公，快啲救我啊！」

劉備份人仲係仁慈，就即刻叫張飛停手。呢個時候關羽

亦都趕到，對劉備話：「兄長你立咗咁多功勞，只係做個縣尉，都要被督郵侮辱。呢啲咁嘅官做嚟有咩用啊？不如殺咗督郵，棄官回鄉，另謀大計啦！」

劉備覺得關羽講得有道理，於是將個官印攞嚟掛喺督郵條頸度，對佢話：「你禍害百姓，本來我哋應該殺咗你。今日就姑且饒你一條狗命，我將印綬都還翻畀你，你好自為之啦！」

之後，劉備就帶住關羽張飛，去代州投靠劉恢了。

粵語知多啲

　　發恂憁 —— 喺粵語裏面，形容一個人發呆、無精打采、恍恍惚惚，有個講法叫「發恂憁」，因為呢兩個字比較複雜，所以好多時寫成「發偶豆」、「發吽哣」。其實，呢個詞出自於古漢語，喺《楚辭》裏面就有「直恂憁以自苦」嘅句子，韓愈嘅《南山詩》裏面，亦都有「茫如試矯首，堛塞生恂憁」嘅句子。

歷史知多啲

　　常侍 —— 喺《三國演義》裏面，「十常侍」係禍亂國家嘅宦官，咁常侍究竟係咩官職呢？其實喺漢朝，常侍係指經常喺皇帝身邊為佢服務嘅官員，有中常侍、騎常侍、常侍郎、散騎常侍等職務，未必全部都係宦官。其中，中常侍、內常侍就係宦官嘅職務名稱，大家習慣上簡稱佢哋為「常侍」。而根據史書記載，東漢末年嘅「十常侍」，其實有十二個人，而且人物同《三國演義》小說裏面有所出入。「十」只係一個大概嘅數字，並非一定係十個人。

第三回

十常侍亂禍朝政

過得一段時間，漢靈帝病重，呢個時候朝廷上掌權嘅係皇后嘅哥哥，大將軍何進。

呢個何進原本係屠戶出身，因為妹妹入宮做咗貴人，生咗皇子劉辯，被立為皇后，所以先得到重用。不過漢靈帝仲有一個仔劉協，由皇帝嘅阿媽董太后撫養。

董太后一直希望漢靈帝立劉協做太子，漢靈帝亦都鍾意劉協。喺佢病重嘅呢個時候，中常侍蹇碩勸佢話：「皇上如果要立劉協，咁就一定要先殺咗何進，以絕後患。」漢靈帝覺得都有道理，於是下旨召何進入宮。

司馬潘隱收到風，就走去同何進通水：「大將軍你千祈唔好入宮啊！蹇碩想殺你！」

何進嚇到嗲嗲聲走返屋企，召集一班大臣過嚟商量，想要殺曬啲宦官。在座有個人企出嚟大聲話：「宦官之禍由來已久，朝廷上下都係佢哋嘅人，點可能殺得曬？如果走漏風聲，恐怕有滅族之禍，我哋仲係要從長計議啊！」

何進一睇，講嘢嘅人原來係太尉曹嵩個仔，典軍校尉曹操。

何進覺得曹操後生，有啲睇佢唔起，就喝佢話：「你呢啲

小字輩，知得幾多朝廷嘅大事啊？」

正喺呢個時候，潘隱趕到，話畀大家知：「皇上已經駕崩，蹇碩同十常侍商議，準備秘不發喪，假傳聖旨召何國舅入宮，以絕後患，然後冊立劉協為帝啊！」說話都未講完，傳何進入宮嘅聖旨就到了，曹操提議話：「為今之計，應該先正君位，然後再諗辦法殺賊！」

何進問大家：「邊個敢同我一齊去正君討賊？」

只見有個人挺身而出話：「我只要借五千精兵，就可以殺入宮中，冊立新君，殺盡宦官，掃清朝廷，安定天下！」

何進定眼一睇，原來係司徒袁逢個仔袁紹。佢哋袁氏從袁紹嘅高祖袁安開始，四代人中有五個都官拜三公，喺朝廷上好有威望。

何進見袁紹咁捧場梗係高興啦，馬上點起五千御林軍，由袁紹領兵開路，佢自己就帶埋幾十位官員一齊入宮，喺漢靈帝靈前立太子劉辯為帝。

百官參拜完新皇帝之後，袁紹就帶兵入宮捉蹇碩。蹇碩慌忙逃走到御花園，畀中常侍郭勝殺咗。袁紹又向何進建議要殺曬啲宦官，宦官張讓見到勢頭唔對，就趕入後宮搵何太后話：「之前想謀害大將軍，都係蹇碩嘅主意，唔關我哋幾個事㗎！而家大將軍聽袁紹嘅說話，要殺曬我哋，娘娘救命啊！」

何太后聽咗，就將何進搵嚟，對佢話：「你我都係貧寒出身，如果唔係張讓佢哋，邊有今日嘅富貴？蹇碩想害你，已

經界你殺咗啦，你又何苦聽其他人嘅話，要殺曬啲宦官呢？」

何進聽太后咁講，唯有應承，轉頭出到宮外對百官宣佈：「蹇碩密謀害我，應該全家滅族，其他人就算啦！」袁紹勸佢要斬草除根，但係何進唔肯聽。

過咗冇幾耐，何太后同董太后爭權。何太后係何進幫助之下逼死咗董太后，大權獨攬。袁紹又勸何進，話班宦官喺外面講何進壞話，應該趁機殺曬班宦官。何進同何太后商量，但何太后始終唔肯同意。

袁紹知道之後，就向何進建議，可以召四方兵馬入京誅殺宦官，到時兵臨城下，唔到何太后唔肯。何進覺得呢個辦法幾好，於是就發檄文召集各地兵馬入京師。

主簿陳琳勸佢話：「大將軍，咁搞法唔得㗎。大將軍你手握大權，要殺宦官易如反掌，只要雷霆一擊，自然手到拿來。但而家傳各地嘅官員入京，大家各懷心事，正所謂倒持干戈，授人以柄，反而會有變數，到時真係唔衰攞嚟衰囉！」

何進唔肯聽，仲笑佢呢啲係懦夫之見。而旁邊嘅曹操亦都建議話：「要殺宦官，只要誅殺首惡就得啦，其他人都不足為患嘅。咁嘅事搵個獄卒就搞掂啦，何必召外郡兵馬入京？而且搞到咁高調，一定會走漏風聲，到時實搞唔成。」但何進仲係一意孤行，就咁樣，佢嘅使者就攞住密令出發到全國各地去召集兵馬了。

話說西涼刺史董卓通過賄賂十常侍，官越做越大。佢統領住西涼二十萬大軍，早就已經有不臣之心。呢個時候佢

忽然接到何進嘅通知，簡直係啱嘥河車啦！董卓興奮到不得了，馬上點齊兵馬向京城進發。

京城裏面嘅大臣聽聞董卓要入京，都認為唔妥。侍御史鄭泰勸何進話：「董卓係豺狼，入到京城會食人㗎！」但係何進點都唔肯聽，搞到鄭泰、盧植等一班正直嘅官員都辭職走人。

張讓等一班宦官聽聞董卓要帶兵入京，知道再等落去實死梗了，於是決定先下手為強，預先埋伏五十名刀斧手喺宮門之內，然後走去同何太后講：「大將軍假傳聖旨，召外面嘅軍隊入京要殺我哋，請娘娘救命吖！」何太后畀佢哋勸服，卒之就應承召何進入宮，叫佢阻止外地兵馬入京。

何進接到太后嘅詔書，懵盛盛就準備入宮了。陳琳、袁紹、曹操幾個都勸佢唔好去。但係何進點肯聽人講呢？最後袁紹同曹操冇計，唯有各帶五百精兵，喺宮外等候。

何進頭昂昂入宮，一入到去，就被張讓、段珪等一班人圍住，指住佢大鬧。何進呢個時候先知驚，正想搵路走，門裏面埋伏嘅刀斧手早已經一擁而上，咁就將何進殺死喺當場了。

粵語知多啲

　　唔衰攞嚟衰 —— 對於自取其禍、自取滅亡嘅做法，喺粵語裏面有個歇後語，叫做「陸榮廷睇相，唔衰攞嚟衰」。關於呢個歇後語，有個咁樣嘅故事：在民國時期，廣西軍閥陸榮廷任兩廣督軍，進駐廣州。佢聽聞廣州城隍廟嘅睇相佬好靈，於是就決定揾一日便裝出巡，打算去體驗一番。佢以為自己身為督軍，睇相佬一定會睇出自己運勢正旺。點知睇相佬通常都係靠嚇，一見面就話陸榮廷印堂發黑，有血光之災，然後叫佢使錢消災。陸榮廷身着便裝又唔方便發作，真係界個睇相佬搞到哭笑不得。呢件事傳出之後，大家就用呢件事作咗個歇後語出嚟：「陸榮廷睇相，唔衰攞嚟衰。」

歷史知多啲

　　大將軍 —— 喺《三國演義》裏面，講到皇后嘅哥哥 ——大將軍何進手握大權。呢個「大將軍」究竟係幾大嘅官呢？原來喺戰國嘅時候，軍隊嘅最高統帥一般稱為「上將軍」，到咗漢代，先稱為「大將軍」。漢朝最早嘅大將軍正係漢朝嘅開國名將韓信。喺東漢初期，作為最高軍事統帥，大將軍嘅職位位於三公之下。但係到咗東漢後期，因為外戚長期掌權，就將大將軍嘅職位列於三公之上，大將軍就成為咗朝廷上權力最大嘅官員。

西涼軍董卓入京

話說一班宦官殺咗何進後，就將佢嘅人頭從宮牆裏面掟出來，大聲宣佈：「何進謀反，已經伏誅，其餘人等概不追究！」

袁紹曹操佢哋見何進被害，義憤填膺，馬上帶兵衝入皇宮，見到宦官就殺。張讓、段珪知道形勢不妙，就挾持住少帝劉辯同陳留王劉協走出皇宮，連夜逃走去到北邙山。但係京城嘅追兵好快就追到上嚟，張讓走投無路，唯有跳河而死。陳留王劉協同少帝見兵慌馬亂，都唔敢出聲。等士兵走曬，呢兩個少年人先夠膽繼續上路。佢哋一腳深一腳淺咁行咗好遠，好不容易先搵到個山莊收留佢哋。

過得一陣，京城嘅兵馬終於趕到，一大班官員護住少帝同陳留王回京。點知行到半路，忽然見到路上塵土飛揚，旌旗招展，一隊人馬衝到埋嚟。一眾官員大驚失色，少帝更加嚇到面都青曬。袁紹見到咁樣，就打馬出嚟問：「來者何人？」

只見對面一名將領飛馬衝出，大聲喝問：「天子何在？」少帝呢個時候嚇到腳都軟曬，仲邊度講得出說話？旁邊嘅陳留王劉協就行出嚟問：「你究竟係邊個？」

嗰位將領答話：「我係西涼刺史董卓！」

陳留王又問佢：「你係嚟保駕，定係嚟劫駕？」

董卓答：「我梗係嚟保駕啦！」

陳留王聽咗就質問董卓：「你既然話係嚟保駕，知道天子喺度，點解仲唔落馬？」

董卓畀佢當堂窒住，嚇到即刻落馬行禮。陳留王又好言好語表揚咗董卓一番，由始至終都有紋有路，而少帝就喺旁邊粒聲唔出。董卓覺得好驚奇，覺得陳留王先至應該做皇帝。

終於，一班人返到宮中見到何太后，大家抱頭痛哭咗一番。喊完之後檢查皇宮，發現唔見咗個傳國玉璽。

十常侍之亂平定後，董卓每日帶住鐵甲馬軍喺京城招搖過市，百姓同百官都被佢嚇到怕曬。董卓又將原本何進部下嘅兵馬召集到自己麾下，咁一來佢就更加肆無忌憚。為咗樹立自己嘅威信，董卓就想廢咗少帝劉辯，立陳留王劉協為帝。

於是呢一日，董卓大排筵席，邀請所有公卿到會。酒過三巡之後，董卓就大聲話：「天子係萬民之主，無威儀就唔可以奉宗廟社稷。當今皇上懦弱，比唔上陳留王聰明好學。我想行伊霍之事，立陳留王為帝，各位意下如何啊？」

大家心裏面雖然都不以為然，但係個個都怕咗董卓，冇人敢出聲。董卓正以為自己得米，點知有個人拍案而起，大聲反對：「唔得！你以為自己係邊個，敢講啲咁嘢？天子係先帝嘅嫡子，又冇過失，點可以隨便廢立？你咁係謀反！」

董卓一睇，講嘢嘅人原來係并州刺史丁原。董卓當堂發曬爛渣，搵出佩劍就要殺丁原。但佢嘅謀士李儒見到丁原背

後企住個將軍，生得器宇軒昂，威風凜凜，手執方天畫戟，正瞪大對眼望住董卓。於是李儒馬上拉住董卓話：「今日飲宴，唔好傾國家大事啦！」原來，呢個將軍係丁原嘅義子，姓呂名布，字奉先，出咗名武藝高強。

第二日，丁原帶兵喺城外向董卓挑戰，董卓同李儒帶兵出去迎戰。兩軍對陣，只見呂布頭戴金冠，身披百花戰袍，手執畫戟，跟喺丁原身邊。丁原一出嚟就大鬧董卓，董卓都未嚟得切還口，就見到呂布飛馬殺到，嚇到董卓走都走唔切。丁原乘機帶兵衝殺，打到董卓大敗，後退三十里先敢停低。

返到軍營之後，董卓對班屬下話：「呢個呂布實在係厲害，我如果得到呢一員大將，何愁得唔到天下？」

只見下面有個人應聲而出，自告奮勇話：「主公唔使擔心。我同呂布係同鄉，佢呢個人有勇無謀，見利忘義，我可以去說服佢嚟歸順主公。」

董卓一睇，原來係虎賁中郎將李肅。佢好高興，又問李肅有咩好辦法說服呂布。李肅話：「我聽聞主公有一匹赤兔馬，日行千里，有呢匹寶馬，再加上金銀財帛，必定可以說服呂布嚟投靠主公！」

董卓當然同意啦！於是，李肅帶住赤兔馬，同一大筆金銀財寶，就過去搵呂布。呂布見到李肅好高興，問佢近況如何，李肅就話：「我而家任虎賁中郎將，聽聞賢弟希望匡扶社稷，所以特登帶一匹寶馬嚟送畀你！」講完，就叫人牽馬畀呂布。

呂布一見赤兔馬就即刻流曬口水，歡喜到不得了，猛咁多謝李肅話：「咁大份禮物，小弟何以為報啊？」李肅乘機同呂布講自己喺董卓麾下幾搵到食，又攞出大批禮物，話如果呂布肯去投靠董卓，必定可以封侯進爵，貴不可言。

呂布畀佢講到心嘟嘟，當晚就馬上去殺咗丁原，帶住部隊去投靠董卓了。

董卓得咗呂布，梗係高興到不得了啦。佢收呂布為義子，又賞賜金甲錦袍畀佢，封佢為中郎將、都亭侯。自此之後，董卓就更加不可一世了。

粵語知多啲

發爛渣 —— 粵語形容一個人發脾氣、發惡，稱之為「發爛渣」。據講早年廣州有一家涼茶舖，因為配方好效果好，生意十分興隆。同行眼紅之下，想研究下佢有咩獨門配方，於是就偷偷哋去執呢家涼茶舖嘅藥渣去研究。呢個老闆知道之後十分激氣，於是每次煲完涼茶都要將藥渣打爛，此所謂「發爛藥渣」，以免畀人知道獨門秘方。後來，大家就用「發爛渣」嚟形容發惡、發脾氣，仲由此派生咗個歇後語，叫「過期中藥 —— 發爛渣」。

歷史知多啲

行伊霍之事 —— 所謂「行伊霍之事」，就係權臣廢立皇帝嘅意思。其中，「伊」係指商朝嘅伊尹，佢係商朝嘅開國功臣，曾經輔助三任君主。後來商王太甲貪圖享樂無心國事，於是伊尹就將佢軟禁起身，由伊尹自己同一班大臣執掌朝政。三年之後，太甲改過自新，伊尹就還政畀太甲。

而「霍」係指漢朝嘅霍光。佢係漢武帝留低嘅顧命大臣，受命輔助漢昭帝。後來漢昭帝去世，霍光迎立昌邑王劉賀為帝。但係劉賀荒淫無道，於是霍光就將佢廢黜，立劉病已為君。

因為伊尹、霍光都有廢立皇帝嘅事跡，所以後來權臣廢立皇帝，都話自己係學伊尹同霍光了。

第五回
刺奸臣孟德獻刀

董卓得咗呂布呢員勇將，更加得意，又再召集百官嚟飲宴，宣佈話要廢少帝，改立陳留王為帝。百官之中冇人敢出聲，唯有袁紹挺身而出，大聲反對。董卓見仲有人敢頂撞自己，發起火上嚟搲出寶劍就要殺袁紹，袁紹亦不甘示弱話：「你以為淨係你有劍啊？」亦都搲劍出嚟同董卓對峙。

李儒就勸住董卓，話而家大事未定，唔好亂咁殺人，董卓咁先停手。袁紹知道董卓容唔落自己，怒氣沖沖咁辭別眾人，將官印掛喺東門上，遠走去冀州了。

連袁紹都走埋，從此更加冇人敢反對董卓。於是董卓就宣佈廢少帝劉辯，立劉協為帝，呢個就係漢朝最後一位皇帝——漢獻帝。

廢立皇帝之後，董卓更加囂張，佢甚至害死埋太后同少帝，喺洛陽城裏面作威作福，縱容士兵燒殺搶掠，搞到民怨沸騰。

有個越騎校尉叫做伍孚，佢激於義憤，想去刺殺董卓，點知被董卓同呂布捉住殺咗。自此之後，董卓知道自己唔得人心，出入都帶住大隊士兵做保鑣，以策安全。

司徒王允一直睇董卓唔過眼。呢一日，佢以舉辦壽宴為

名，召集咗一班舊臣聚會，商量如何對付董卓。但一班老人家邊度商量得出咩辦法啊。佢哋正喺度相對痛哭嘅時候，忽然聽見曹操笑住話：「滿朝公卿，日喊夜喊，唔通就可以喊死董卓？」

王允聽咗好唔高興，鬧曹操話：「你祖宗都係食漢朝嘅俸祿，而家唔諗住報國，反而喺度笑！你笑咩啊？」

曹操答話：「我唔係笑第樣，而係笑各位冇辦法對付董卓。曹操雖然不才，卻願意去斬咗董卓嘅人頭，掛喺都門之上以謝天下！」

王允馬上拉開曹操，問佢有咩好辦法。曹操就話：「我呢排搏命同董卓搞好關係，正係想搵機會殺佢。而家董卓都幾信任我，我可以接近到佢。我聽聞司徒你有一把七寶刀，如果司徒肯借寶刀畀我，我就入相府殺咗董卓。」王允聽咗好高興，馬上將寶刀攞畀曹操。

第二日，曹操帶住寶刀去相府搵董卓，呂布問曹操點解遲到，曹操答話自己嘅馬行得慢。董卓一聽，馬上表示自己喺西涼帶咗好多好馬過嚟，叫呂布去選一匹送畀曹操。

眼見呂布行開咗，曹操好高興，心諗：「真係天助我也！董卓你今次仲唔死？」趁董卓轉身嘅時候，正準備拔刀嘅手，點知董卓牀上正好有面銅鏡，一眼就見到曹操要搵刀，董卓大聲喝問：「曹操，你想做乜？」

曹操反應都夠曬快，只聽佢馬上答話：「我有把寶刀，想獻畀恩相！」

董卓接過寶刀一睇，只見把刀長一呎有多，七寶鑲嵌，極其鋒利，果然係把寶刀。董卓好高興，叫呂布收好，然後帶曹操出去睇馬。曹操趁機話：「我想試騎一下。」然後牽馬出門，快馬加鞭就走咗去。

呂布見曹操走得咁快，就對董卓話：「睇曹操啱先個樣，好似係想行刺主公，被主公叫破咗，咁先至詐帝話獻刀咋！」

畀呂布咁一講，董卓都覺得曹操可疑了，跟住佢又接到消息，話曹操連屋企都冇返就飛馬出東門走咗去。董卓知道自己畀曹操呃咗，嬲到不得了，馬上下令通緝曹操。

曹操出城之後，本來想走去譙郡，結果行到中牟縣就被守關嘅士兵捉住去見縣令。縣令一眼就認出曹操，吩咐將佢先關入監牢。到咗半夜，縣令將曹操帶到後院，幫佢鬆綁，問曹操有咩打算。曹操話準備返家鄉號召天下諸侯，一齊興兵討伐董卓。縣令聽咗好感動，向曹操行禮話：「明公真係天下忠義之士，我陳宮願意跟隨明公！」於是，佢哋兩個漏夜執拾好行李，向曹操家鄉趕去。

行咗三日，行到成皋一帶，眼見天色已晚，曹操指住樹林深處，話有個人叫呂伯奢，就住喺嗰度，係佢父親嘅結拜兄弟，可以過去投宿。於是佢兩個就去咗呂伯奢嘅山莊。呂伯奢見到曹操，問佢：「我聽聞朝廷急住捉拿你，你父親已經去咗陳留避難了，你點會走到嚟呢度㗎？」

曹操就將自己被陳宮捉住又放翻嘅事講畀呂伯奢聽。呂伯奢好佩服陳宮，稱讚咗陳宮一番。然後佢又走入去內院，

隔咗一排先出嚟話：「老夫屋企有咩好酒，等我去西村沽一樽返嚟。」講完，就騎驢出咗去。

曹操同陳宮等咗好耐，都唔見呂伯奢返嚟，又忽然聽到後院傳來磨刀嘅聲音，曹操馬上起疑心，叫埋陳宮一齊去睇睇咩回事。入到後堂，就聽到有人講：「不如綁住來殺哩？」

另一個答話：「系啊，如果而家唔喐手，就好難捉住佢！」

曹操聽到佢哋咁講嘢，認定呢班人要害自己，於是同陳宮一齊拔劍殺入去，將一家八口全部殺曬。結果佢兩個殺完人之後，入到廚房，發現裏面綁住隻大豬，先知道人哋原來準備劏豬，陳宮大叫：「哎呀，你疑心太重，錯殺好人啦！」

佢兩個殺咗咁多人，梗係馬上走人啦。結果行到半路就遇到呂伯奢買酒返嚟。呂伯奢見佢兩個急住走，就話：「我已經吩咐家人劏豬款待，賢姪點解咁快就走呢？」

曹操推託話：「待罪之人，不敢久留。」講完拍馬就走。走得幾步，曹操忽然又走返轉頭，對呂伯奢大叫：「咦？你睇邊個嚟咗？」

呂伯奢轉頭過去睇啦，點知曹操忽然一劍劈過去，將呂伯奢殺咗。陳宮大吃一驚，問曹操點解殺人，曹操話：「佢返到屋企，見到死咗咁多人，點肯放過我？」

陳宮就話：「頭先我哋聽啲唔聽啲，仲話係因為有誤會啊，而家明知人地無害你嘅心思都仲殺人，咁就係不義啦！」

曹操大大聲話：「寧教我負天下人，休教天下人負我！」

聽到陳宮當堂冇聲出。

　　到咗夜晚，曹操訓咗覺，陳宮覺得曹操為人太過狠毒，本來想趁佢訓着殺咗佢，但後來又覺得自己為國家大義先跟住曹操，而家殺咗佢唔合道義，於是就趁住夜色偷偷離開曹操，自己去咗東郡了。

粵語知多啲

詐帝 —— 喺呢一回裏面，呂布話曹操「詐帝」獻刀，其實係想行刺董卓。喺粵語裏面，一般會用「詐帝」嚟形容假裝、假扮嘅意思。「詐帝」呢個詞出自楚漢相爭時期嘅典故。當年劉邦喺滎陽畀項羽圍攻，眼睇城池就要被攻破，陳平就叫大將紀信着上劉邦漢王嘅服飾，帶住一大班侍女衝出東門。楚國嘅士兵見到佢哋出嚟，全都衝過去圍攻，劉邦自己就乘機從西門走咗去。後來劉邦做咗皇帝，紀信假扮劉邦呢件事，就被稱為「詐帝」，慢慢就發展為代表假裝、假扮嘅意思。

歷史知多啲

寧教我負天下人，休教天下人負我 —— 喺《三國演義》裏面，因為曹操係白面奸臣嘅角色，所以專門安排咗殺呂伯奢一家嘅故事，以表現佢嘅狠毒。不過呢個故事喺正史《三國誌》裏面並冇記載，喺其他一啲史書裏面嘅講法亦都各有不同。其中，以孫盛《雜記》裏面嘅講法同《三國演義》最為接近，而喺《魏書》裏面就話當時呂伯奢唔喺屋企，佢個仔同門客想搶劫曹操嘅財物，曹操先至殺咗幾個人。

曹操獻刀

第六回

關羽溫酒斬華雄

話說曹操返到陳留，一邊假傳聖旨號召各路諸侯一齊討伐董卓，一邊召集義兵，組織軍隊。

董卓擅自廢立皇帝，壟斷朝政，早就天怒人怨了。各路諸侯一接到曹操嘅檄文，馬上紛紛響應，一下子就集合咗十八路諸侯，其中包括渤海太守袁紹、南陽太守袁術、北平太守公孫瓚、長沙太守孫堅等等。

其中北平太守公孫瓚帶住一萬五千兵馬趕去洛陽，路過平原縣，忽然見到有人過嚟迎接。佢定眼一睇，原來係劉備。公孫瓚問劉備點解喺度，劉備就答話：「當日得兄長保舉我為平原縣令，而家聽聞兄長率領大軍過境，所以我專程嚟請你入城休息。」

公孫瓚見劉備身邊嘅關羽、張飛十分威武，就邀請劉備一齊去打董卓。劉備一聽馬上應承，張飛就喺度忿忿不平咁話：「當日唔係你哋拉住我，我早就殺咗董卓啦，仲邊有咁多事啊？」

關羽就勸佢：「蘇州過後冇艇搭，冇辦法㗎啦，都係快啲執拾好行李出發啦！」就係咁樣，劉關張三個跟住公孫瓚去討伐董卓了。

到達洛陽之後，十八路諸侯歃血為盟，又推舉咗袁紹為盟主。袁紹任命細佬袁術負責督運糧草，孫堅為先鋒，領軍去攻打汜水關。

　　董卓自從執掌朝廷大權之後，日日喺京城飲酒作樂，呢個時候忽然接到告急文書，當堂嚇咗一跳，馬上召集眾將商議對策。溫侯呂布挺身而出話：「父親無需擔心，關外諸侯我視之如草芥，等我帶兵去將佢哋全部斬曬返嚟！」

　　董卓好高興，話：「我有奉先，可以高枕無憂啦！」

　　點知董卓說話都未講完，旁邊就有個人大聲話：「殺雞焉用牛刀，唔使溫侯親自去，我去斬諸侯首級，猶如探囊取物！」董卓一睇，講說話呢個人生得神高神大，虎背熊腰，豹頭猿臂，正係關西大將華雄。董卓非常歡喜，於是任命華雄為驍騎校尉，帶領五萬兵馬去迎戰孫堅。

　　而喺十八路諸侯裏面，濟北相鮑信一心想搶頭功。佢派個細佬鮑忠運小路搶先趕到汜水關，喺關前挑戰。點知華雄帶住五百騎兵忽然間從關裏面衝出嚟，手起刀落，將鮑忠斬於馬下，將鮑忠軍打得大敗而回。

　　無幾耐，孫堅帶住幾員大將嚟到汜水關前，華雄派副將胡軫出嚟迎戰。結果同程普打得幾個回合，胡軫就畀程普一矛拮中咽喉，死於馬下。孫堅趁機向汜水關發動進攻，但關上嘅士兵搏命射箭揼石頭，孫堅唯有先退兵，一邊向袁紹報捷，一邊向袁術催糧。

　　點知袁術妒忌孫堅嘅戰功，竟然唔肯發糧草；另一邊華

雄又唔忿輸，派李肅漏夜運小路偷襲孫堅，佢自己就正面去攻打孫堅嘅營寨。孫堅兩面受敵，糧草又不繼，畀華雄打到節節敗退，連手下嘅大將祖茂都被華雄殺埋。

孫堅戰敗嘅消息傳到諸侯聯軍嘅營寨，大家都有啲泄氣。呢個時候，袁紹忽然見到劉關張三個。佢哋嘅外型好特別，正企喺公孫瓚身後冷笑。袁紹好奇問公孫瓚佢哋係邊個。於是公孫瓚就介紹劉備畀袁紹認識，話佢雖然只係個縣令，但係漢室宗親，喺中山靖王嘅後人。袁紹聽咗，就安排劉備坐喺諸侯中最後嘅位置。

大家正喺度商議對策，忽然接到探馬來報，話華雄已經帶兵嚟到寨前挑戰。袁紹問邊個敢去迎戰，袁術嘅大將俞涉自告奮勇出馬。點知大家話咁快就接到回報，話俞涉唔到三個回合，就被華雄斬咗。眾人大驚失色，太守韓馥就推薦自己嘅大將潘鳳出馬。結果潘鳳去咗冇幾耐，眾人又接到報告，話潘鳳都被華雄斬埋。

大家一時之間面都青曬，冇人再敢出馬。袁紹猛咁呻話自己嘅大將顏良、文醜只要有一個喺度，都唔使怕華雄。佢啱啱講完，就听到下面有人大声講道：「小將願去斬華雄嘅人頭，獻於帳下！」

大家一睇，只見講嘢呢個人身長九尺，一把長鬚有兩尺長，丹鳳眼，臥蠶眉，面如重棗，聲如洪鐘，認真威武。袁紹問佢係邊個，公孫瓚就答話：「係劉備嘅義弟關羽，而家跟住劉備做馬弓手。」

袁術嫌棄關羽職位低微，話：「咁多大將喺度，幾時輪到你個馬弓手？」講完就要趕關羽出去。曹操攔住話：「且慢！佢既然口出大言，必定有啲料到。就等佢出馬去試一試，如果打唔贏，返嚟再責罰都唔遲啊！」

　　關羽又話：「如果打唔贏，你哋就斬我人頭係啦！」

　　曹操好佩服關羽嘅氣概，親自斟咗一杯熱酒，叫關羽飲完先上馬殺敵。關羽話：「你斟咗酒先，我去一去就返嚟。」講完，佢出咗營帳，提刀上馬就去出戰。

　　一眾諸侯喺營帳裏面，只聽到外面鼓聲雷動，吶喊聲大作，好似天崩地裂，山呼海嘯一樣。大家都驚惶無措，唔知戰況如何。佢哋正想叫人去打探下咩回事，只聽到外面鸞铃聲響起，馬已經跑到中軍，然後就見到關羽手提華雄嘅人頭入到帳內，呢個時候，曹操斟嘅嗰杯酒都仲未凍。

　　呢種神威，正係：「威震乾坤第一功，轅門畫鼓響冬冬。雲長停盞施英勇，酒尚溫時斬華雄！」

蘇州過後冇艇搭 —— 喺粵語裏面，形容機會一去不復返，有句俚語叫做「蘇州過後冇艇搭」。呢個俚語據講源自於蘇州嘅風月事業。話說喺古時候，秦淮河畔嘅風月事業十分發達，當時有唔少廣東富商都喜歡流連煙花之地。有一次，幾個富商喺船上談論秦淮美女，講到津津有味，其中有一個興之所至，就話要去嘗試一番。點知佢哋講得興起，竟然完全無察覺到條船早就過咗秦淮河段，去到蘇州喇。大家就笑佢哋話：「蘇州過後冇艇搭喇！」後來，就用呢句話嚟形容機會一旦錯過，就再都搵唔返喇。

歷史知多啲

十八路諸侯討董卓 ——《三國演義》裏面講到諸侯討伐董卓呢件事，喺歷史上確實有發生，不過實際上並冇十八路咁多，小說為咗好聽，所以就湊夠十八路諸侯。根據史書記載，劉備確實有帶領人馬參與呢一次討伐，不過並冇發揮好大作用，史書裏面都係一句帶過。而「溫酒斬華雄」、「三英戰呂布」等等故事，就更加係《三國演義》嘅藝術創作喇。

關羽溫酒斬華雄

第七回

三英大戰呂溫侯

話說關公溫酒斬華雄嘅消息傳到洛陽後，董卓好緊張，馬上發動二十萬大軍，兵分兩路，一路由李傕、郭汜領兵五萬去守汜水關，董卓自己就同李儒、呂布等人，率領十五萬大軍去把守虎牢關。

諸侯咽邊接到消息話董卓嚟到虎牢關，決定分兵迎敵。於是，袁紹派出陶謙、鮑信、公孫瓚等八路諸侯去虎牢關，迎戰董卓。

八路諸侯之中，河內太守王匡最快趕到虎牢關。一去到，佢就遇到呂布帶住三千鐵騎過嚟迎戰。呂布率先策馬出陣，只見佢頭戴紫金冠，身穿百花袍，外面披住獸頭連環甲，腰系玲瓏獅蠻帶，手持方天畫戟，坐下嘶風赤兔馬，真係「人中呂布，馬中赤兔」，威風到不得了。

王匡派出河內名將方悅出戰，結果唔到五個回合，方悅就畀呂布一戟刺於馬下。呂布乘勝發動衝鋒，王匡招架不住，大敗而逃。呂布左衝右突，喺戰陣中如入無人之境。好在另外兩路諸侯及時趕到，咁先擋住呂布，救翻王匡，連退三十里先可以紮落營寨。

等到其他幾路諸侯到齊，大家一齊商議，都覺得呂布英

雄無敵，唔知點算好。

　　正喺度發緊愁，大家就接到報告話呂布嚟到營前挑戰。八路諸侯於是一齊上馬，八路大軍齊齊出去迎戰呂布。

　　呂布見到諸侯出戰，帶住部隊就衝殺過嚟，上黨太守張楊嘅部將穆順被佢一戟就拮死咗。跟住北海太守孔融嘅部將武安國舞起鐵錘上去應戰，結果打咗十幾個回合，被呂布一戟斬斷咗手腕，鐵錘都跌埋落地，好在八路兵馬齊出，咁先救翻武安國，退返去營寨。

　　回營之後，大家坐埋商議，曹操就話：「呂布咁好打，應該會合十八路諸侯一齊商量對策，只要夾手夾腳搞掂呂布，董卓就好辦啦！」

　　佢哋都未商量好，外面又嚟報告話呂布前來挑戰，八路諸侯唯有又出去應戰啦。公孫瓚自告奮勇去挑戰呂布，結果打唔到幾個回合就頂唔順，撥轉馬頭就走，呂布拍馬追趕。佢嗰匹赤兔馬日行千里㗎嘛，所以話咁快就追到上嚟。只見呂布舉起畫戟照住公孫瓚背心就拮過去，眼睇住公孫瓚就要性命不保，呢個時候張飛拍馬趕到，瞪起一對牛眼，挺起丈八蛇矛大叫話：「三姓家奴你咪走，燕人張飛在此！」

　　呂布見張飛咁威武，就唔理公孫瓚，過嚟同張飛打過。張飛抖擻精神，同呂布大戰咗五十幾個回合，仲係不分勝負。關羽見到張飛一個打唔贏，於是亦舞起青龍偃月刀，拍馬衝上嚟夾攻呂布。三個人三匹馬擺成個丁字，一路殺到天昏地暗，又打多咗三十幾個回合。劉備見仲係打呂布唔贏，舞起

雙股劍亦都趕上嚟助戰。劉關張三兄弟好似走馬燈咁圍住呂布狂攻猛打，睇到諸侯眼都凸曬。呂布一個打三個，時間一長都有啲支持唔住，佢向劉備虛晃一戟，逼開咗劉備，飛馬就走返轉頭。劉關張三個梗係拍馬追住嚟啦，八路諸侯嘅兵馬亦都一齊掩殺過嚟，呂布見勢頭唔對，唯有帶兵退返虎牢關。劉關張三人追住呂布嚟到虎牢關下，只見關上打住個青羅傘蓋，張飛大叫話：「呢個一定係董卓！追呂布有咩用啊？不如捉住董卓，咁就斬草除根啦！」於是拍馬上關直取董卓。

關上嘅守軍見到張飛殺到，搏命又係射箭又係㧱石頭，將張飛打返轉頭。

八路諸侯贏咗一仗，一齊為劉備關羽張飛慶功，然後派人向袁紹報捷。而喺另一邊，孫堅走去投訴袁術唔發糧草導致佢兵敗。袁術嚇到面都青埋，唯有賴個手下亂講嘢，殺咗個手下，塞住孫堅把口。

呢個時候，忽然有人來報，話有人要見孫堅，孫堅出嚟一睇，原來係董卓嘅愛將李傕。孫堅問佢咩事啦，李傕就話：「丞相敬重將軍，專門派我嚟傳話，想同將軍結為親家，將丞相個女許配畀將軍個仔。」

孫堅聽咗就大鬧李傕：「董卓無法無天，冒犯王室，我正要滅佢九族以謝天下，又點會同逆賊結為親家？我今日唔殺你，你快啲返去，早早獻關投降，我就饒你一命。若然唔係，要你粉身碎骨！」

李傕嚇到抱頭鼠竄，返去向董卓彙報。董卓驚起上嚟，

就問李儒點辦先好。李儒建議董卓乾脆遷都去長安算了。董卓一聽好高興，馬上趕返洛陽，宣佈話要遷都。一班大臣梗係唔制啦，但係董卓霸王硬上弓，將洛陽城搶掠一空，然後帶住皇帝同后妃，一齊急急忙忙遷去長安了。

粵語知多啲

　　夾手夾腳 ── 呢一回故事中提到曹操話要「夾手夾腳」對付呂布。呢度嘅「夾手夾腳」唔係夾住手腳嘅意思，而係指大家一齊齊心合力做某件事情。喺粵語裏面，「夾」字有合併、聚合嘅意思，所以「夾手夾腳」，就係指將大家手腳之力都聚合埋一齊。而喺發音上，作「聚合」之意嘅「夾」字，應該讀成 gam5，同作「夾住」之意嘅 gap6 音調並唔一樣。

歷史知多啲

　　洛陽與長安 ── 喺呢一回，董卓要將都城從洛陽遷到長安。事實上，漢朝開國嘅時候，都城就係喺長安，歷史上稱為「西漢」。不過經過王莽之亂、光武中興之後，漢光武帝劉秀因為長安已經破敗，關中又未全部平定，所以就將都城定喺洛陽。又因為洛陽喺長安嘅東面，所以呢個時期被稱為「東漢」。而董卓之所以要遷都去長安，除咗因為諸侯討伐之外，亦都因為長安離佢嘅大本營涼州比較近，佢可以就近照應。

劉備、關羽、張飛，三英戰呂布

第八回

界橋袁紹鬥公孫

　　話說董卓決定遷都長安，臨行前喺洛陽燒殺搶掠，又將洛陽嘅百姓都趕曬去長安，搞到天怒人怨。

　　諸侯聽講董卓走咗佬，就一齊趕入洛陽。去到之後，只見幾百里內都黑煙漫天、渺無人煙。曹操催袁紹去追擊董卓，但係袁紹就話兵疲將倦唔肯去，其他諸侯亦都話要睇定啲先，激到曹操大鬧：「豎子不足與謀！」然後就帶住本部人馬去追擊董卓。

　　點知董卓都唔係蠢人，早就留低伏兵嚟截擊追兵。曹操畀呂布、郭汜、李傕、徐榮四路人馬圍攻，招架唔住大敗而逃，差啲畀徐榮兩個士兵捉住。好在曹洪及時趕到，殺死兩個兵卒，咁先救翻曹操。

　　而喺洛陽嗰邊，孫堅入去皇宮救火，救熄之後就指揮兵卒打掃瓦礫。忽然間，一個士兵話見到有個井裏面有五色毫光，孫堅馬上叫人去睇下咩回事。結果佢哋發現喺井裏面有個婦人嘅屍首，屍首身上有個錦囊。錦囊裏面又有個紅色嘅小匣，再打開一睇，只見裏面係個玉璽，玉璽上面缺咗一角，用黃金鑲補，刻住八個篆文大字：「受命於天，既壽永昌。」

　　孫堅去問程普，程普話：「呢個係傳國玉璽啊！聽聞之前

十常侍作亂，劫持少帝出宮，返嚟之後就搵唔到呢個傳國玉璽啦。而家老天送玉璽畀主公，日後主公必定能夠成為九五之尊。我哋唔好再喺度逗留啦，一於返江東圖謀大事啦！」

於是，孫堅就去向袁紹告辭了。點知佢有個士兵泄漏咗消息畀袁紹知，袁紹就要孫堅交個玉璽出嚟。孫堅梗係打死都唔認啦，仲誓神劈願話：「如果我得咗玉璽，私自收藏嘅，日後不得好死，死於刀箭之下！」然後就告辭而去。

孫堅走咗之后，袁紹心深不忿，叫人送信畀荊州刺史劉表，叫劉表去截擊孫堅。結果孫堅行到半路，被劉表截住大殺一場，好不容易先殺出重圍，自此就同劉表有咗牙齒印。

而各路諸侯見曹操兵敗，袁紹又冇咩料到，亦都意興闌珊，各自散去了。劉備就仲係跟住公孫瓚返去做平原相。

諸侯聯軍散咗夥，袁紹呢個盟主就冇咁威水啦。佢用謀士逢紀嘅計策，秘密邀請公孫瓚去攻打冀州牧韓馥，然後趁韓馥向佢求助，搶咗韓馥嘅地盤。等公孫瓚嚟到話要平分冀州嘅時候，袁紹就死口唔認，仲殺咗公孫瓚嘅細佬，激到公孫瓚發動全軍，去冀州攻打袁紹。

兩軍喺磐河相遇，袁紹喺橋東，公孫瓚喺橋西，雙方互相破口大罵。袁紹嘅大將文醜拍馬挺槍直取公孫瓚，公孫瓚同文醜打咗十幾個回合，就抵擋唔住走返轉頭。文醜得勢不饒人，追住公孫瓚唔肯放，一路殺到入公孫瓚嘅陣中，公孫瓚手下四員大將過嚟都擋佢唔住，仲被佢一槍拮死咗一個。公孫瓚一路向山谷逃走，文醜喺後面窮追不捨，仲大叫話：

「快快下馬受降！」

公孫瓚畀文醜追到氣都咳，因為走得太急，忽然馬失前蹄，佢被拋咗落馬。文醜追過嚟舉槍就刺，眼睇住公孫瓚就要冇命，忽然喺旁邊轉出一位少年將軍，飛馬挺槍直取文醜。只見呢個少年將軍身高八尺，生得濃眉大眼，闊面重頤，威風凜凜，同文醜大戰咗五六十個回合都不分勝負。等到公孫瓚部下趕到，文醜見無乜勝算，唯有退返走了。

公孫瓚執翻條命，好感激嗰位少年將軍。佢問嗰位少年將軍嘅姓名，少年將軍答話：「在下常山真定人，姓趙，名雲，字子龍。原本係袁紹嘅部下，見袁紹並無忠君救民之心，所以想嚟投奔將軍麾下，咁啱喺呢度遇到將軍。」公孫瓚梗係高興啦，於是帶趙雲返到營寨，整頓兵馬準備同袁紹再戰。

第二日，兩軍擺開陣勢，正面交鋒。公孫瓚唔敢即時重用趙雲，只係叫佢帶一支部隊喺後面做支援。結果袁紹兩員大將顏良、文醜一齊殺到，打到公孫瓚節節敗退，連帥旗都畀袁紹嘅大將麴義斬斷埋。好在趙雲及時趕到，一槍拮死咗麴義，然後直闖袁紹軍嘅陣中，左衝右突，如入無人之境。公孫瓚乘機反攻，打咗袁紹一個措手不及。不過後面顏良、文醜又殺到，趙雲唯有護住公孫瓚退過界橋，眼睇住就要支持唔住了。忽然之間，喺唔到五里嘅山後衝出一彪人馬，為首三員大將，正係劉備、關羽同張飛。

原來劉備聽聞公孫瓚同袁紹開戰，係專門過嚟助戰嘅。呢個時候佢哋三個人三匹馬三件兵器，好似飛咁衝過嚟直取

袁紹，嚇到袁紹連寶刀都跌埋，掉頭就走，喺一眾部將嘅保護之下退返去界橋對面。

公孫瓚好感動，拉住劉備話：「如果唔係玄德你嚟救我，我今日幾乎冇命啊！」然後又介紹趙雲同劉備佢哋相識。劉備對趙雲十分尊重，兩個人相見恨晚，非常投契。

就喺兩軍相持不下之際，董卓派人過嚟傳詔書，為雙方講和。袁紹同公孫瓚趁機落台階，分別打道回府。臨別嘅時候，劉備拉住趙雲流曬眼淚，十分之唔捨得，趙雲感歎話：「我之前以為公孫瓚係英雄，而家睇嚟同袁紹都差唔多。」

劉備就對佢講：「你先忍一忍，以後我哋必定有機會再相見嘅！」然後，佢兩個就灑淚分別喇。

粵語知多啲

誓神劈願 —— 對於發誓、表決心嘅行為,喺粵語裏面有個講法,叫做「誓神劈願」。「誓神」,自然就係對神明發誓嘅意思,而「劈願」,則有發毒誓嘅意思,表示一旦違背誓言,就會遭到天打雷「劈」。喺故事裏面,孫堅明明執到傳國玉璽,但係點都唔肯認,仲發誓話如果有所隱瞞,就死於刀箭之下。後來佢果然中咗埋伏,死於刀箭之下,都算係應咗自己發嘅毒誓喇。

歷史知多啲

傳國玉璽 —— 呢一回裏面講到孫堅搵到傳國玉璽。呢個「傳國玉璽」,喺歷史上非常出名。相傳最早係秦朝丞相李斯奉秦始皇之命,用和氏璧做成,係皇帝嘅御用印璽。傳國玉璽上面雕住五條龍,正面刻有「受命於天,既壽永昌」八個大字。秦朝之後,歷代帝王都將呢個玉璽視為傳國之寶,係皇帝受命於天嘅象徵。如果冇咗呢個玉璽,就會畀人叫做「白版皇帝」,顯得底氣不足。不過相傳最遲去到五代十國嘅後唐時期,傳國玉璽就已經失蹤,再後來出現嘅,全部都係流嘢。

第九回

司徒巧施美人計

話說袁紹同公孫瓚暫時休戰，各自返回自己嘅地頭。袁術聽聞袁紹得咗冀州，就走嚟搵袁紹要戰馬，袁紹唔肯畀，結果兩兄弟就此反咗面。袁術又向荊州劉表借糧，劉表亦都唔肯理佢，於是袁術就寫信去慫恿孫堅一齊攻打劉表。

孫堅之前被劉表攔路截擊，早就想報仇㗎喇，所以佢唔理程普勸阻，派黃蓋做先鋒去攻打劉表。劉表接到消息嚇咗一跳，馬上派黃祖帶江夏軍去迎戰，佢自己就帶住荊州軍支援。

孫堅嘅大仔叫做孫策，字伯符，年紀雖然輕但係十分驍勇善戰，見孫堅出兵就一定要跟住去，孫堅冇辦法，唯有帶埋佢一齊出發。

孫堅嘅大軍好快就殺到樊城，大敗黃祖。黃祖見守唔住，就退到鄧城，然後領軍喺野外佈陣，迎戰孫堅。兩軍對陣，黃祖嗰邊張虎率先出戰，孫堅呢邊就派韓當出嚟應戰，打咗二十個回合。眼睇住張虎有啲手軟，黃祖嗰邊嘅陳生衝出嚟想幫手，點知對面孫策眼疾手快，一箭射過去，正中陳生面門，將陳生射於馬下。張虎見到吃咗一驚，結果畀韓當一刀斬咗半邊人頭。

孫堅乘機指揮大軍發動攻擊，打到黃祖伶仃大敗，落荒而逃。

呢個時候劉表率領嘅兵馬趕到，見到黃祖兵敗，十分緊張。佢嘅舅仔蔡瑁自告奮勇要去迎戰，結果又被孫堅打敗，劉表唯有退入襄陽了。孫堅圍住襄陽猛攻，眼睇住就要攻陷城池了。點知忽然有一日，天上颳起一陣狂風，將孫堅中軍嘅帥旗吹斷咗，韓當就勸孫堅話：「軍旗斷咗唔利是啵，不如退兵先啦！」但孫堅唔肯聽。

劉表呢個時候想派呂公突圍去搵袁紹求救，謀士蒯良就教咗呂公一條計策，叫佢衝出去之後直奔峴山，然後埋伏人馬偷襲追兵。

呂公領咗計策，就帶兵出城突圍，孫堅聽講之後，帶住幾十人就追過去。孫堅馬快，追到上去嘅時候，呂公埋伏嘅兵馬亂箭亂石一齊發射，打到孫堅頭破血流，當堂冇命，年僅三十七歲。

城裏面嘅劉表軍接到呂公伏擊成功嘅信號，馬上帶兵殺出嚟。江東軍死咗主帥，一時之間亂曬大龍，好在黃蓋同程普搏命死戰，咁先打退劉表，仲捉咗黃祖，殺咗呂公。

孫堅死咗之後，孫策就成為江東軍嘅首領。佢派人入城見劉表，用黃祖換翻孫堅嘅屍首，然後帶兵返回江東，喺當地招賢納士，積聚實力，慢慢圖謀發展。

遠在長安嘅董卓聽到孫堅戰死嘅消息，好開心咁話：「今次真係除卻咗我一個心腹之患！」又聽講孫策只有十七歲，

覺得佢冇咩料到，於是就更加猖狂，喺長安城內作威作福，大肆搜刮，邊個唔聽話就殺邊個，搞到百官人心惶惶。

呢一日，司徒王允返到自己府第，諗起董卓專權，忍唔住默默流淚。忽然間，佢聽到後院嘅牡丹亭邊，有人喺度長嗟短歎，行過去一睇，原來係府裏面嘅歌伎貂蟬。

呢個貂蟬年方二八，自幼就被選入王允府中，訓練歌舞，色藝雙全，王允當佢親生女一樣看待。呢個時候見佢歎氣，就問貂蟬咩事啦，貂蟬答話：「妾身蒙大人養育，教我歌舞，待我好似親生女一樣，妾身就算粉身碎骨都難以報答。呢段時間見大人愁眉苦面，一定係有國家大事，我又唔敢問，所以咪坐喺度歎氣咯。大人如果有用得着妾身嘅地方，妾身萬死不辭！」

王允一聽好感動，長歎話：「邊個會諗到，漢室嘅天下竟然要放喺你嘅手上！好，你跟我嚟畫閣樓。」

入到畫閣之後，王允叫貂蟬坐好，自己竟然對住貂蟬叩頭行禮，嚇到貂蟬馬上跪喺地話：「大人點可以對妾身行咁大禮呢？」

王允就解釋話：「如今大漢君臣有難，百姓遭殃，要靠你解救啊。賊臣董卓準備篡位，朝中文武大臣都束手無策。佢有個義子叫呂布，十分驍勇。我睇佢兩個都係好色之徒，所以想用連環計，先應承將你許配畀呂布，然後再獻畀董卓。你再離間佢兩父子，等呂布殺咗董卓，咁大漢嘅江山就有救啦！」

第二日，王允用自己家藏嘅珠寶打造咗一頂金冠，送畀呂布。呂布受寵若驚，親自去到王允府上表達謝意。王允提前準備好美酒佳餚，出嚟迎接呂布，話自己好敬重呂布嘅才華。呂布十分高興，就同王允開懷暢飲。飲到咁上下，王允叫人將貂蟬帶入嚟，向呂布敬酒。呂布一見貂蟬，當堂眼都定曬。王允見到，就話想將貂蟬送畀呂布為妾，呂布梗係馬上應承啦，於是佢兩個約定擇個良辰吉日，將貂蟬送到呂布府中。呂布千多得萬多謝，同貂蟬依依不捨，告辭而去。

　　又過咗幾日，王允趁呂布唔喺董卓身邊，又邀請董卓到府上作客。董卓到咗之後，王允先係吹捧咗董卓一番，氹到董卓鬼咁開心，然後叫樂隊奏樂，請貂蟬出嚟跳舞助慶。

　　貂蟬本來就貌若天仙，呢個時候特登裝扮一番，就更加美豔動人，舞姿更加係曼妙無比，睇到董卓流曬口水。一曲舞罷，貂蟬又手執檀板，輕啟朱唇，輕唱一曲。

　　董卓聽到拍爛手掌，對貂蟬讚不絕口。王允乘機話要將貂蟬送畀董卓，董卓梗係馬上應承啦！佢再三多謝王允，然後即刻備好車輛，將貂蟬接返去相府喇。

粵語知多啲

拍爛手掌 —— 故事裏面講到董卓睇咗貂蟬嘅表演,「拍爛手掌」。呢個講法係形容非常讚賞嘅意思。喺粵語裏面,一般將「鼓掌」稱為「拍手掌」,通常都係因為對人嘅表現十分讚賞,先至會拍手掌。而拍到手掌都爛埋,可見讚賞程度之高。所以形容一個表演十分精彩,就可以話「睇到人拍爛手掌」。

歷史知多啲

貂蟬 —— 中國向來有「古代四大美人」嘅講法,指嘅係西施、貂蟬、楊貴妃同王昭君四位。民間有所謂「閉月羞花、沉魚落雁」嘅講法,用嚟形容四位美人嘅美貌,其中「閉月」就係指貂蟬。喺呢四位美人裏面,楊貴妃同王昭君都係史上確有其人,而西施同貂蟬就只係有故事傳說,史書上並無明確記載。不過董卓同呂布因為女色而反面,喺歷史上倒係確有其事,只不過史書上並冇記載呢個美人叫做咩名,貂蟬呢個名係後人編造嘅。

王允巧施美人計

第十回
鳳儀亭父子反目

　　話說王允將貂蟬送咗畀董卓，然後就打道回府。行到半路，就畀呂布截住，追問佢明明已經將貂蟬許配畀自己，點解又送畀董卓？王允將呂布拉到自己府上，解釋話：「係咁嘅，董太師今日嚟我家中飲宴，話聽聞我嘅女兒貂蟬已經許配咗畀將軍，想要見一見。我唯有叫貂蟬出嚟畀佢見啦，佢一見之後就話要帶返去畀將軍你，咁我點敢阻攔呢？」

　　呂布聽佢咁講，就向王允道歉，然後返回府裏面等候。點知等到第二日，一啲聲氣都冇，佢走去問董卓嘅侍妾，侍妾話：「太師尋晚同新人共寢，未起牀喔。」

　　呂布一聽就激鬼氣喇，走去董卓房間一睇，正見到貂蟬喺度梳頭，一副愁眉苦面，好憂傷咁嘅樣。呂布睇咗一陣，就入屋去搵董卓，貂蟬向佢眉目傳情，睇到呂布神魂顛倒，董卓見到咁嘅情形，馬上趕呂布出去。

　　之後，董卓因為迷戀貂蟬美色，成個月都唔理正事，仲得咗個病。有一日，呂布入去問安，正好董卓訓着咗，只見貂蟬坐喺牀後面，用手指一指自己個心，又指一指董卓，然後就淚流滿面，睇到呂布眼火都飆。呢個時候董卓忽然醒咗，見到呂布係咁望住自己嘅牀後面，轉頭一睇，原來係貂蟬企

喉度。佢就發火大鬧呂布調戲貂蟬，呂布嬲爆爆走翻出去。李儒勸董卓同呂布和好，於是董卓搵呂布過嚟，話自己病咗亂講嘢，叫佢唔好介意，又賞賜金銀財物過呂布。呂布雖然表面道謝，但心裏面始終仲係掛住貂蟬。

過得一排，董卓病好咗，就去見皇帝，呂布趁機快馬走返相府去搵貂蟬。貂蟬將呂布帶到後院嘅鳳儀亭，對呂布話：「我雖然唔係王司徒嘅親生女，但司徒一直待我如己出。當日司徒將我許配畀將軍，我本來覺得心滿意足。點知太師竟然見色起意，霸佔咗我！我本來想一死了之，不過諗到未同將軍道別，所以先忍辱偷生。而家終於同將軍相見，我再冇咩好留戀，就死喺將軍面前係啦！」講完，爬上欄杆就要跳入荷花池。

呂布嚇到馬上拉住佢，貂蟬又話：「妾身今世人冇辦法嫁畀將軍，唯有寄望來世再與將軍相逢咯。」

呂布激動到不得了，大聲話：「我呂布今生娶唔到你，就唔算得上英雄好漢！」

貂蟬趁機要呂布搭救自己，但呂布仲係怕董卓，話要走先，貂蟬又喊住話：「將軍大名，我喺閨中都如雷貫耳，以為係當世第一人。點知你咁怕個老賊，我仲邊有重見天日嘅機會啊？」

呂布當堂心軟，抱住貂蟬好言安慰，兩個人郎情妾意，一時之間唔忍心分開。而董卓喺皇帝嗰度坐坐下唔見咗呂布，心裏面好懷疑，於是辭別皇帝趕返自己府第。一入到後

花園，就見到呂布同貂蟬兩個攬埋一齊。董卓睇到怒從心頭起，惡向膽邊生，大喝一聲就走過去。呂布嚇咗一跳，跳起身就走，董卓追佢唔上，執起呂布嘅方天畫戟就掟過去，呂布一手將畫戟打落，雞咁腳走咗去，董卓再想追都追唔到了。

事後，李儒勸董卓乾脆將貂蟬送畀呂布，董卓邊度捨得？佢話：「我唔追究呂布已經好畀面㗎啦，仲想叫我讓貂蟬比佢？」李儒冇囉辦法，唯有仰天長歎。

王允見時機成熟，就去搵呂布飲酒傾計。呂布將鳳儀亭嘅事講畀王允知，王允乘機勸呂布殺咗董卓，挽救漢朝，咁就必定名留青史，流芳百世。呂布諗起董卓喺鳳儀亭想殺自己，亦就下定決心，同王允約好一齊誅殺董卓。

跟住，王允就叫人修築受禪台，呃董卓話漢獻帝要禪位畀佢，搞到董卓鬼死咁開心。到咗約定嘅日子，董卓喺大隊人馬簇擁之下入城，去到宮殿門口，只見王允手執寶劍企喺門口。董卓大吃一驚，問身邊嘅李肅話：「佢手持寶劍，咁係咩意思？」

點知李肅早就同呂布約好咗，唔理董卓，推住佢部車直入宮殿，王允大叫話：「反賊在此，武士喺邊度？！」話音剛落，就見旁邊衝出百幾個武士，手持長戟向董卓猛刺過去。不過董卓身上着咗好厚嘅盔甲，武士刺佢唔死，只係傷咗佢嘅手臂。董卓跌咗落車，大叫話：「我阿仔奉先喺邊啊？快啲嚟救命啊！」

點知呂布喺車後面轉出嚟，大喝一聲：「奉旨殺賊！」講

完一戟刺過去，正中董卓喉嚨，董卓當堂冇命。

呂布殺咗董卓後，就攞詔書出嚟大聲宣讀：「奉詔討賊臣董卓，其餘人等一概不追究！」董卓啲部下聽到，咁先放心，齊齊歡呼萬歲。

跟住王允就將董卓嘅屍首放喺大街示眾。大家都憎到佢死，於是看守嘅士兵用佢肚腩嘅肥膏嚟點燈，百姓行過路過，都過嚟拳打腳踢，出翻一口惡氣。

粵語知多啲

雞咁腳 —— 喺故事裏面，講到呂布「雞咁腳」離開鳳儀亭。呢個「雞咁腳」，係形容一個人走得匆匆忙忙嘅意思。可能係因為廣東人鍾意食雞，所以喺粵語裏面有好多同「雞」相關嘅詞語，呢個「雞咁腳」就係其中之一。因為雞喺奔走嘅時候步幅細而步頻密，睇起嚟好似好慌張好匆忙嘅樣，所以粵語就用「雞咁腳」嚟形容一個人心慌意亂，走得好匆忙嘅情形。

歷史知多啲

司徒 —— 喺《三國演義》裏面，司徒王允巧施美人計，殺死咗董卓。咁呢個「司徒」究竟係咩官職呢？「司徒」呢個官職，最早喺三皇五帝嘅時候就出現，堯帝就曾經封舜為司徒。後來去到西漢末年，朝廷取消咗丞相呢個官職，改為「大司徒」，同「大司馬」、「大司空」並列為三公。到東漢時期，又改稱為「司徒」，係朝廷最高級嘅官職之一。不過去到東漢後期，呢個官職雖然高，但卻無咩實權，實權其實都已經掌握喺大將軍手中了。

第十一回
劉玄德義救徐州

話說王允巧施美人計，策反呂布殺咗董卓，局勢稍為安定落嚟。點知王允因為唔肯赦免董卓四個部將，結果畀李傕、郭汜佢哋殺到長安，呂布雖然好打，但係有勇無謀，中咗對方嘅埋伏，兵敗而回。最後長安城被李傕佢哋攻破，呂布唯有走去投奔袁術。

李傕、郭汜入城之後，殺咗王允，把持朝政，皇帝同大臣都冇曬辦法。西涼太守馬騰、并州刺史韓遂知道之後，帶領十幾萬西涼軍嚟長安討伐李傕佢哋。馬騰個仔叫馬超，字孟起，雖然只有十七歲，卻英勇無敵，一出陣就殺咗李傕派出嘅王方，仲生擒咗李蒙。李傕、郭汜聽咗謀士賈詡嘅計策，堅守不出，西涼軍糧草不繼，唯有退兵。咁一來，一時之間冇人吹得佢哋漲。

不過冇過幾耐，青州地區又爆發黃巾動亂，太僕朱儁推薦曹操去討伐黃巾，於是朝廷發任命詔書畀曹操。結果曹操好快就討平黃巾，仲將黃巾軍嘅精銳收編，稱為「青州兵」。朝廷因為曹操立下大功，於是封佢為鎮東將軍。

曹操喺山東勢力越來越大，就派人去琅琊郡接父親曹嵩。曹嵩一行人路過徐州，徐州太守陶謙想同曹操結交，見

到曹嵩梗係好好接待一番啦，後來仲派部下都尉張闓護送曹嵩一行。點知呢個張闓原本係黃巾餘黨，呢個時候見曹嵩身家豐厚，見財起意，竟然殺曬曹嵩全家，搶曬佢啲財物。

曹操知道之後，嬲到咬牙切齒，話：「陶謙放縱部下殺我父親，此仇不共戴天！我要發動大軍，血洗徐州！」於是佢率領大軍攻打徐州，所過之處雞犬不留。

陶謙眼見曹操來勢洶洶，怕徐州百姓受苦，就想主動投降。不過有個部下叫糜竺嘅勸住佢，話自己可以去北海搵孔融班救兵，另外再叫人去青州搵田楷嚟幫忙，咁就可以打退曹操啦。

於是，陶謙就依計行事，派糜竺去北海搵孔融。呢個孔融係孔子嘅第二十世孫，自幼就好聰明，呢個時候任北海太守。糜竺去到之後，就同孔融商量出兵救徐州嘅事。點知都未傾得幾句，就有人來報告話黃巾軍首領管亥帶住幾萬人馬嚟攻打北海。孔融頭都大曬，好在有個勇士太史慈自告奮勇幫佢衝出重圍去平原郡搵劉備幫忙。

劉備接到孔融嘅求救信，又驚又喜，話：「孔融竟然知道我劉備！」於是馬上同關羽張飛帶領三千精兵去北海解圍。

劉關張一到，關羽就斬咗管亥，佢哋三兩下手勢解咗北海之圍。入城之後，劉備同孔融商量好，叫孔融先去徐州，自己去搵公孫瓚借兵。結果佢不但借到兵馬，仲借埋趙雲，一齊趕到徐州。

劉備軍到埗之後，曹操嗰邊派于禁出嚟應戰，但係于禁

點打得過張飛？幾個回合之下，張飛就打敗咗于禁，劉備得以順利領軍入城。

入城之後，劉備寫咗封信去勸曹操。曹操睇完大發脾氣，正要發兵攻城，點知忽然間收到報告，話佢嘅地頭兗州同濮陽都被呂布攻佔咗。曹操緊張到不得了，大叫話：「兗州有失，我無家可歸啊，一定要快啲想辦法！」於是，曹操趁機賣個人情畀劉備，退兵返去打呂布了。

陶謙見劉備一封信就勸走咗曹操，感動到不得了，話要將徐州讓畀劉備嚟統領。劉備打死都唔肯，邊個勸都唔聽，最後陶謙唯有請劉備駐紮係附近嘅小沛，就近保護徐州。

嗰邊廂曹操班師返到兗州，曹仁向佢彙報話呂布兵多將廣，又得咗陳宮輔助，已經佔領咗兗州同濮陽，好在荀彧同程昱守住鄄城、東阿、范縣，咁曹軍先有地方落腳。曹操聽完好鎮定咁話：「呂布有勇無謀，唔使怕佢！」於是率領大軍去攻打濮陽。

兩軍係濮陽城下相遇，呂布嗰邊有兩員大將，一個叫張遼，字文遠，另一個叫臧霸，字宣高，都係驍勇善戰之人，而曹操呢邊就有夏侯惇、樂進出戰，一時之間打得難分難解。但等到呂布一出場，曹操呢邊就頂唔住啦，被打到大敗，連退三四十里。

到咗夜晚，曹操又帶一班將領去偷襲呂布嘅營寨，點知陳宮早就估到曹操會嚟夜襲，叫呂布早作準備。結果等曹軍殺到，呂布麾下大將高順亦都趕到，同曹軍殺成一片。打得

一陣，呂布又領軍殺到，曹操終於支撐唔住了。佢正要搵路走，卻被呂布幾個部將攔住，箭如雨下，眼睇住走唔甩，好在典韋神勇無比，用飛戟連殺十幾個敵兵，咁先帶住曹操殺出重圍。

點知走得冇幾遠，呂布又趕到，拍馬提戟大喝話：「操賊你咪走！」曹操以為今次實死梗啦，好在夏侯惇及時趕到擋住呂布，曹操咁先執翻條命。

粵語知多啲

吹漲 —— 喺粵語裏面，「吹漲」係指畀人激到一肚氣，冇地方發泄，只能夠自己谷埋嘅意思。而「吹人唔漲」，則係指對人無可奈何。例如故事裏面講到冇人吹得李催佢哋幾個漲，就係指當時大家都奈何唔到李催佢哋幾個。

歷史知多啲

孔融 —— 喺中國歷史上，孔融係一個好有名嘅人物，不過佢出名並唔係因為做過咩大事，而係因為佢細個嗰陣嘅一件小事。據講孔融四歲嘅時候，有一次同班兄長一齊食梨，佢總係攞細隻嘅梨。大人問佢點解，佢就話：「我細個啊嘛，所以應該食細隻嘅梨咯。」大家聽到都覺得好驚奇。孔融長大之後，以文學著稱，係「建安七子」之一，不過佢嘅文章寫得再好，似乎都比唔上佢讓梨咁為大家所熟悉。

第十二回
挾天子以令諸侯

曹操偷襲呂布失利，好在得典韋相救，所以回營之後重賞典韋，加封佢為領軍都尉。而呂布就同陳宮商量，搵濮陽城裏面嘅富戶田氏寫信引曹操入城。

曹操接到信之後，果然信以為真，高高興興帶兵馬入城，結果中咗呂布嘅埋伏，畀打到幾乎出唔到城。當時周圍火光沖天，曹軍亂晒大龍，曹操慌不擇路，跑到北門竟然遇到呂布。曹操用手遮住塊面就向前衝，呂布一下子認唔出，仲用畫戟敲咗一下曹操嘅頭盔，問佢：「曹操去咗邊度？」

曹操用手指一指前面，話：「前面騎黃馬嗰個就係啦！」呂布一聽，馬上拍馬去追，曹操梗係冇鞋拉屐走啦，運東門衝出咗城外。

曹操畀呂布陰咗一嘢，決定將計就計，對外宣傳話自己被燒死咗，引呂布嚟攻打，然後喺馬陵山埋伏兵馬襲擊呂布，果然打得呂布大敗。呂布唯有返去死守濮陽。

兩軍你來我往，一時分唔出勝負，又遇到蝗災，只好各自退兵。而喺徐州嘅陶謙就忽然得咗重病，眼睇住唔得了，於是搵糜竺同陳登嚟商量。糜竺勸陶謙將徐州讓畀劉備，咁就可以保護徐州。陶謙覺得佢呢個提議好好，於是派人將劉

備關羽張飛都請曬過嚟，對劉備話：「老夫已經病入膏肓，朝不保夕，希望你以漢家城池為重，領徐州牌印，咁老夫就死得瞑目啦！」

劉備推託話：「陶公你有兩個仔，點解唔傳畀佢哋呢？」

陶謙話：「我兩個仔難堪大任，老夫死後，千祈唔好畀佢哋掌管州事啊！」然後又推薦孫乾、糜竺輔助劉備。但劉備就點都唔肯，直到陶謙過身，徐州軍民都捧住徐州嘅牌印嚟畀佢，咁劉備先勉強應承代領徐州事務。然後一邊為陶謙安排後事，一邊向朝廷上奏。

曹操接到消息話陶謙死咗，劉備領徐州牧，就大發雷霆話：「我大仇未報，你個劉備一箭未發就得咗徐州，呢個世界邊有咁着數嘅事啊？我要先殺劉備，再鞭陶謙嘅屍，先可以為我父親報仇！」於是下令要起兵攻打徐州。

荀彧就勸佢話：「兗州係兵家重地，亦都係曹公嘅根本。而家如果去攻打徐州，呂布必定乘虛而入，咁就因小失大啦！」

曹操聽咗荀彧嘅勸告，就決定先去攻打汝南同潁川嘅黃巾餘黨，一戰之下果然順利到飛起，好快就平定咗兩地。

曹操打咗勝仗，跟住又去攻打濮陽。呂布唔等其他人就領軍出戰，結果曹軍呢邊許褚、典韋、夏侯惇、夏侯淵、李典、樂進六個打呂布一個。呂布招架唔住想退兵入城，點知城裏面嗰個富戶田氏已經投降咗曹操，唔肯開門。呂布冇曬計，唯有走去定陶搵陳宮。

曹操梗係唔肯放過佢啦，追住佢嚟打，打到呂布大敗而逃。咁樣一來，成個山東就被曹操佔曬了。

呂布冇咗立足之地，本來想去投奔袁紹，點知袁紹覺得呂布太難搞，反而想同曹操聯手對付佢，呂布知道之後就唯有走去徐州投奔劉備。

劉備知道呂布要嚟都好開心，準備出城迎接。但係佢班部下都話呂布係虎狼之徒，靠唔住，唔應該收留佢。劉備就認為上次自己可以幫徐州解圍，都係因為呂布襲擊兗州分散咗曹操嘅注意力，自己唔可以唔畀面，於是最後仲係決定出城三十里去迎接呂布。

入城之後，劉備熱情款待呂布，仲話要將徐州讓畀呂布。呂布正想接過牌印，就見到關羽、張飛喺後邊瞪大對眼嬲爆爆望住自己，唯有詐帝推辭。最後，劉備安排呂布去小沛駐紮。

嗰邊廂曹操平定咗山東，就向朝廷上奏，請求加封自己為建德將軍費亭侯。當時喺朝廷裏面，李傕自封為大司馬，郭汜自封為大將軍，把持朝政，人人都敢怒不敢言。太尉楊彪、大司農朱儁向漢獻帝建議，話既然曹操而家咁好打，如果可以搵到佢嚟匡扶社稷，咁就一定掂。畀李傕、郭汜蝦咗咁耐，皇帝當然同意了。

於是，楊彪用離間計，搞到李傕同郭汜反面，雙方大打出手。李傕劫持咗漢獻帝，郭汜就劫持咗一班大臣，打到天昏地暗。楊奉同董承好不容易將漢獻帝救翻出嚟，帶住佢一

路趕去弘農。李傕同郭汜見皇帝走咗，又唔狗咬狗了啵，反而一齊窮追不捨，追到漢獻帝一行人氣都咳曬，幾經艱難先趕到洛陽。但呢個時候洛陽早就破敗不堪，漢獻帝同朝廷百官連飯都食唔飽。

曹操喺山東亦都收到皇帝去到洛陽嘅消息。荀彧勸佢話：「當年晉文公支持周襄王，得到諸侯敬服；漢高祖為義帝發喪，而天下歸心。而家天子喺洛陽，將軍應該馬上起兵去護衛，遲咗就畀人搶先㗎啦！」

曹操聽咗，馬上帶兵趕去洛陽，正好遇上李傕、郭汜帶兵過嚟追趕漢獻帝，兩軍一場大戰，曹操大獲全勝，李傕、郭汜落荒而逃。曹操成功接到漢獻帝之後，又聽從董承嘅建議，以洛陽缺糧為由，帶住漢獻帝去到許昌，喺嗰度修建宮殿，設立宗廟社稷，封賞百官。曹操自封為大將軍武平侯，以荀彧為侍中尚書令，自此朝廷大權就落咗喺曹操手中。文武百官有咩大事都會先稟告曹操，然後再向皇帝彙報。

粵語知多啲

冇鞋拉屐走 —— 粵語裏面形容狼狽而逃，有個俗語叫做「冇鞋拉屐走」。原來早年廣東地區因為天氣炎熱，居民都鍾意着木屐，類似而家我哋着嘅拖鞋。一旦遇到緊急情況，嚟唔切換鞋，就只能夠着住木屐落荒而逃。於是，大家就用「冇鞋拉屐走」、「冇鞋拉隻屐」嚟形容狼狽逃走嘅情形喇。

歷史知多啲

挾天子以令諸侯 —— 對於曹操來講，喺佢一生人裏面，迎接漢獻帝入許昌，「挾天子以令諸侯」可以講係最重要同最正確嘅一個決定。當時其他諸侯例如袁紹，都睇唔出迎奉天子嘅好處，淨係覺得麻煩，唯有曹操知道有咗天子喺手，以後做咩事都可以打住天子嘅旗號，號召力大好多。後來，呢句話仲經常畀人用嚟形容打住上級旗號作威作福嘅情形。

第十三回

轅門射戟解紛爭

曹操將漢獻帝接到許都，朝廷大權從此盡在佢掌握之中。荀彧建議話可以封劉備為徐州牧，然後寫一封密信叫劉備殺呂布，咁就可以等佢兩個自相殘殺，呢一招叫做「驅虎吞狼」。

詔書同密信送到去徐州，張飛主張殺咗呂布，但係劉備就唔肯，仲將密信界呂布睇，表示自己唔會做啲咁方義氣嘅事。事後，關羽同張飛問劉備點解唔殺呂布，劉備耐心咁解釋講：「呢個係曹操嘅計策，想我同呂布互相殘殺，我哋唔可以中計啊。」

嗰邊廂，曹操見一計不成，又生一計。佢以朝廷嘅名義叫劉備去攻打南郡嘅袁術，等到劉備同袁術打起上來，呂布就必定會生異心。

劉備接到要自己去討伐袁術聖旨後，雖然知道呢個又係曹操嘅計謀，但又唔想違抗聖旨，所以仲係領軍出發，留低張飛守城。臨行之前，劉備千叮囑萬吩咐，叫張飛一定唔可以飲酒，張飛拍曬心口，滿口應承。

結果劉備走咗冇幾耐，張飛就叫埋一班部下飲酒，仲話今晚飲完聽日開始戒酒。張飛有個部下叫曹豹，係呂布嘅外

父。張飛叫佢飲酒佢唔肯，於是張飛發起酒癲上嚟，打咗曹豹五十軍棍。

曹豹條氣梗係唔順啦，就叫人寫信去畀呂布，話劉備唔喺徐州，張飛又飲醉酒，可以趁機偷襲，攻取徐州。呂布接到信，漏夜就帶兵趕去徐州，曹豹打開城門放呂布入城。張飛呢個時候先至出嚟抵擋，但係佢酒都未醒，邊度打得過呂布呢？結果徐州城就被呂布佔咗去。

呂布雖然佔咗徐州，但仲係想利用劉備對付袁術，所以就將小沛畀翻劉備駐紮，又將劉備嘅家眷都還翻畀佢，以示友好。劉備呢個時候馬死落地行，唯有揸頸就命，暫時喺小沛落腳。

而袁術嗰邊本來收留咗孫策，但孫策心高氣傲，一心要自立一方，根本冇打算長期跟袁術搵食。佢用孫堅留低嘅傳國玉璽做抵押，向袁術借兵去江東。經過連場大戰，不但得咗周瑜、太史慈等大將，仲將江東地區都收為己有。袁術見孫策養唔熟，本來想去打孫策，但係謀士就勸佢應該先對付劉備。

於是袁術送咗一批糧草畀呂布，請呂布按兵不動，然後自己就發動大軍去攻打劉備了。

劉備喺小沛地方又細，糧草又少，邊度頂得住袁術嘅大軍？佢唯有寫信畀呂布求救啦。呂布諗來諗去，覺得唇亡齒寒，最後都係決定去救劉備。袁術嘅大將紀靈見呂布帶兵趕到，就寫信去指責呂布話佢唔守信用。

呂布諗咗半日，諗到個好辦法。佢叫人將劉備同紀靈一齊請到自己嘅營寨。劉備先到，啱啱坐定，就聽到通報話紀靈到了，嚇咗一跳。呂布就安慰佢話：「我特登叫你哋過嚟聚會嘅，你唔使擔心。」

等紀靈入到營帳，見到劉備坐正喺度，亦都嚇咗一跳，問呂布話：「將軍你係想殺我啊？」

呂布話：「唔係。」

紀靈又問：「咁你係要殺劉備？」

呂布笑笑話：「都唔係。」

紀靈一頭霧水，問呂布到底咩回事。呂布就話：「劉備同我係兄弟，佢有難，我梗係要幫佢。不過我呢個人平生唔鍾意爭鬥，淨係鍾意幫人排解糾紛。我有個辦法，可以幫你哋兩家和解。」

紀靈問呂布有咩好辦法，呂布答話：「好簡單，等老天爺嚟做決定。」

講完，呂布吩咐擺開酒席，請紀靈、劉備佢哋一齊飲酒。酒過三巡，呂布就話：「我希望兩家睇在我嘅面上，可以各自收兵。」

紀靈馬上反對：「我奉主公之命，帶十萬大軍專門嚟捉劉備，如果收兵嘅話我點同主公交代啊？」

張飛聽咗當堂搲出寶劍大叫：「我哋雖然兵少，但一樣可以當你冇到！你哋比唔比得上當年百萬黃巾軍啊？」

關羽拉住張飛話：「你唔好心急，聽聽呂將軍有咩講，轉

頭返去再打都唔遲啊。」

呂布見佢兩個想開片咁款，大喝一聲話：「攞我畫戟過嚟！」

佢咁一喝，紀靈同劉備當堂面都青囇。跟住呂布又安慰佢哋：「我勸你兩家唔好打，一切盡在天命。」講完，叫手下將佢支方天畫戟插到轅門之外，然後對紀靈、劉備話：「轅門離中軍有一百五十步，我如果一箭射中畫戟嘅槍頭，咁你兩家就罷兵，如果射唔中，你哋再各自回營廝殺。如果邊個唔肯聽我講，我就同另一個一齊打佢！」

紀靈心諗：「支畫戟喺一百五十步之外，呂布邊有可能射中啊？我先應承佢，到時佢射唔中，咁我再去打劉備佢都冇說話好講啦。」於是一口應承。劉備當然更加冇意見啦。

於是，呂布叫大家各飲一碗酒，然後挽起袍袖，搭上箭拉滿弓，大喝一聲：「着！」真係弓開如秋月行天，箭去似流星落地，呢一箭正中畫戟嘅槍頭！

呂布射完呢一箭，哈哈大笑，拉住紀靈同劉備話：「咁真係老天爺都要你哋兩家罷兵啊！」紀靈冇計，唯有帶兵返去向袁術覆命。

但係過咗冇幾耐，呂布忽然接到報告，話張飛帶人扮成強盜，搶走佢嘅馬匹。呂布梗係火滾啦，心諗：「你個咁嘅大老粗，竟然恩將仇報？！」於是帶兵就去攻打劉備。劉備兵微將寡，眼見自己打唔過呂布，就唯有突出重圍走去投奔曹操了。

粵語知多啲

　　馬死落地行 —— 廣東人做人做事向來講求實際，遇到困難嘅時候，往往能夠放低面子，接受現實繼續努力。對於呢種精神，粵語裏面有個俗語叫「馬死落地行」，意思係騎嘅馬死咗，唯有落地自己靠腳行，而唔係賴死喺匹馬上面。當然，呢句話亦都有面對困難無可奈何，只能夠接受現實嘅意思。

歷史知多啲

　　轅門射戟 —— 喺《三國演義》裏面，有好多著名嘅情節都係虛構嘅，例如三英戰呂布、溫酒斬華雄等等。但係非常有戲劇性嘅「轅門射戟」，反而喺正史裏面有記載。當時袁術派紀靈帶兵去攻打劉備，呂布帶兵去小沛支援，然後拉埋紀靈同劉備一齊飲酒，繼而就上演咗呢一幕「轅門射戟」。《三國演義》呢種取材於史實嘅寫法被稱為「七實三虛」，往往令讀者難以分辨邊啲係真，邊啲係假。

呂布轅門射戟

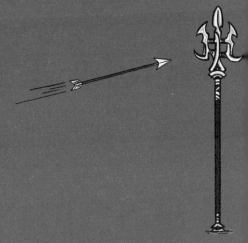

第十四回
正軍紀割髮代首

話說劉備去到許都，曹操對佢非常歡迎，以上賓之禮接待劉備一行人，又大排筵席，請劉備佢哋飲宴。到咗夜晚，荀彧對曹操話：「劉備係個英雄人物，如果唔趁而家搞掂佢，以後必成後患啊！」

曹操聽完冇出聲，走去問郭嘉嘅意見。郭嘉話：「主公你興義兵，為百姓除暴，應該以信義招徠天下嘅豪傑。而家劉備過嚟投奔主公，如果殺咗佢，咁天下嘅豪傑之士仲有邊個夠膽過嚟投奔主公呢？」

曹操一聽，覺得郭嘉嘅講法啱曬自己心水，於是第二日就上表推薦劉備擔任豫州牧，召集兵馬，準備去討伐呂布。

點知就喺呢個時候，忽然有消息話張濟嘅姪仔張繡以賈詡為謀士，駐紮喺宛城，準備嚟攻打許都，搶奪漢獻帝。曹操一聽，馬上決定先穩住呂布，搞掂張繡先。於是佢為呂布加官晉爵，然後起兵去攻打張繡。

張繡見曹操軍隊咁多，就問賈詡點算好。賈詡建議佢不如投降曹操算了。張繡果然聽從佢嘅建議，向曹操投誠。曹操好高興，帶兵入咗宛城，張繡就日日設宴款待曹操。

點知曹操睇中咗張繡嘅叔嫂鄒氏，將佢納為己有，日

日喺城外嘅營寨尋歡作樂，仲叫典韋負責把守，唔畀外人出入添。

張繡知道之後嬲到爆，就用賈詡嘅計策，將自己嘅部隊駐紮到曹軍裏面，然後又派人請典韋飲酒，趁機偷咗典韋嘅雙戟。到咗半夜，張繡嘅士兵忽然喺營寨放火，跟住就衝去曹操嘅營帳。典韋一下跳起身，正想搵兵器，點知發現雙戟唔見咗，唯有用把軍刀守住營寨門口，連殺二十幾人。佢身上冇着盔甲，中咗幾十槍，但係就半步都唔肯退，把刀斬崩咗，就捉起兩個敵人當兵器咁舞，又打死咗八九個張繡軍士兵。典韋咁威猛，嚇到張繡嘅士兵冇人敢過去，唯有離遠猛咁射箭，但仲係打唔退典韋。最後曹軍營寨後面都畀攻破咗，典韋畀人從背後襲擊中咗一槍，佢先大叫一声，血流満地而死。典韋死咗好耐，張繡嘅士兵都仲係唔敢從前門入寨。

靠住典韋喺前面拖延時間，曹操從營寨後面落荒而逃，一路上連個仔曹昂、姪仔曹安民都被張繡軍殺死咗，好在得于禁搏命打退張繡，咁先執翻條命仔。

事後，張繡走咗去投奔劉表，而曹操就喊住祭奠典韋，仲對手下話：「我死咗個大仔同姪仔，都唔係好心痛，但典韋死咗，我真係傷心啊！」

返到許都之後，曹操見呂布、袁術等幾個地方諸侯打到亂晒龍，於是向皇帝上奏，要再次去討伐張繡。

一路之上，曹操嘅大軍經過好多麥田。只見田裏面嘅麥已經熟晒，但係啲百姓見到軍隊過嚟，嚇到全部走晒，唔敢

收割莊稼。曹操就叫人傳話畀當地嘅父老同官吏：「我係奉天子嘅詔令，出兵討伐逆賊，為民除害。而家正係麥熟嘅時候，大小將校凡係踐踏麥田嘅，一律斬首。軍法嚴明，請大家不必擔心。」

附近嘅百姓聽咗梗係高興啦，而曹軍經過麥田嘅時候，都落馬用手扶住麥穗先敢通行，真係一啲都唔敢踐踏麥田。

點知輪到曹操自己行過嗰陣，忽然田裏面有隻雀飛起身呱呱叫，嚇到曹操匹馬失控衝入麥田，踩爛咗一大片莊稼。曹操馬上叫行軍主簿過嚟，要佢幫自己定罪。

個行軍主簿嚇咗一跳啦，話：「我點可以定丞相嘅罪㗎？」

曹操就話：「我自己定嘅規矩，我自己都唔遵守，咁點樣服眾啊？」講完佢搲出腰間寶劍就要自殺！當堂嚇到大家嗱嗱聲七手八腳拉住佢，郭嘉勸佢話：「丞相你唔好咁衝動，《春秋》裏面都有講，法不加於尊，丞相你統領大軍，點可以隨便死呢？」

曹操聽完諗咗一陣就話：「既然係《春秋》裏面講嘅，咁就姑且免我一死吧。」講完，就用劍將自己嘅頭髮割咗一大截落嚟，掟落地話：「就用我嘅頭髮來代替首級啦！」

然後，曹操又叫人將自己割落嚟嘅頭髮傳閱三軍，宣佈話：「丞相踩壞麥田，本來應該斬首嘅，而家割髮以代。」

全軍上下見曹操軍紀咁嚴明，個個都驚曬，再都冇人敢違抗軍令。

曹軍去到宛城，同張繡開戰。張繡得劉表派兵過嚟幫忙，雙方互有勝負，一時之間未有結果。曹操忽然又接到荀彧來信，話袁紹可能會嚟攻打許都，佢唯有馬上退兵。當曹操返到許都之後，袁紹寫信過嚟話要借糧去攻打公孫瓚，郭嘉就勸佢可以趁袁紹打公孫瓚嘅時機，先搞掂呂布呢個心腹之患。於是曹操請皇帝下詔封袁紹為大將軍，又應承幫佢打公孫瓚，然後就寫信約埋劉備準備一齊去對付呂布。

呂布收到風話曹操同劉備要嚟打自己，決定先下手為強，主動去攻擊劉備。劉備只好緊守城門，等曹操大軍嚟幫忙。但呂布實在厲害，曹操嘅援兵嚟到都係打佢唔過，劉備同關羽張飛三個失散咗，唯有走返去搵曹操。

曹操親自率領大軍去攻打徐州同小沛，呂布顧此失彼，又中咗謀士陳登嘅離間計，帶住兵馬同自己友陳宮打咗一場。等佢到徐州城下，先發現徐州城早就畀劉備嘅部下糜竺趁機佔咗了。

呂布冇計，唯有走去小沛落腳。點知行到半路，就遇到鎮守小沛嘅高順同張遼，原來佢哋又係畀陳登呃咗出城，等去到小沛，發現城池早就畀曹仁佔咗去了。

呂布連失兩城，唯有帶領人馬走去下邳，堅守不出。

聽古仔

粵語知多啲

　　亂龍 ── 喺粵語裏面，形容場面混亂，通常稱為「亂龍」、「亂曬龍」或者「亂曬大龍」。點解會用龍嚟形容混亂嘅情形呢？原來，喺傳說之中，龍因為身軀太長，無論飛天下海，都鍾意好似麻花咁攪成一團，所以粵語就用佢嚟形容混亂嘅情形，稱之為「亂龍」喇。

歷史知多啲

　　割髮代首 ── 曹操領軍出征嘅時候因為馬匹踩壞莊稼，違反自己頒佈嘅將令，所以割頭髮代替首級嘅故事，不但出現喺《三國演義》裏面，部分史書亦都有記載。有人可能覺得曹操咁樣做法係扮嘢，但對於古人嚟講，有所謂「身體髮膚，受之父母，不可毀傷」嘅講法，所以曹操割頭髮亦都算係對自己一個比較重嘅懲罰。亦正係因為呢個原因，佢嘅士兵先會對佢敬服，遵守軍紀。

第十五回

白門樓呂布絕路

　　話說曹操得咗徐州同小沛，呂布唯有退守下邳。曹操怕呂布會突圍去投奔袁術，所以叫劉備領軍守住去淮南嘅道路，以防呂布走甩。跟住，佢就親自率領大軍，圍攻下邳。

　　呂布恃住下邳糧食充足，又有泗水之險，所以仲係好老定。曹操領軍嚟到城下，對呂布大叫話：「我聽講你想同袁術聯姻，所以先領軍過嚟。袁術有謀逆大罪，你有討伐董卓嘅功勞，何必跟隨逆賊呢？」

　　呂布聽咗，有啲揸唔定主意，旁邊嘅陳宮未等佢發話，就大鬧曹操係奸賊，然後一箭射落去，射中曹操嘅麾盖。咁一嚟曹操梗係火滾啦，下令大軍攻城。

　　本來，陳宮勸呂布可以帶兵突圍出去，然後前後夾擊曹軍。但係呂布個老婆嚴氏同埋貂蟬都搏命扯住佢，呂布英雄難過美人關，始終唔聽陳宮嘅建議，一日到黑喺城裏面借酒消愁。陳宮無奈咁慨歎：「今次我哋一定會死無葬身之地啊！」

　　不過呂布雖然意志消沉，但下邳確實穩固，曹操領軍攻咗兩個月都攻唔落嚟。呢個時候，又忽然間收到河內太守想出兵嚟救呂布，畀部將楊丑所殺嘅消息。曹操怕袁紹、劉表、

張繡佢哋威脅自己後方,有啲想縮沙。但係荀彧起勢慫恿佢,話機不可失,今次一定要搞掂呂布。而郭嘉亦都獻上一條「決河水,淹下邳」嘅計策。

曹操馬上依計行事,派士兵挖開沂水、泗水嘅河堤,河水奔湧而下,將下邳城淹成澤國。城裏面嘅軍士馬上走去報畀呂布知啦,點知呂布話:「我有赤兔馬,渡水猶如平地,怕咩啊?」又繼續日夜飲酒。

因為酒色過度,呂布好快就已經成個人落晒形。終於有一日照鏡,連佢都畀自己嚇咗一跳,於是下令全城禁酒。

佢有個部將叫侯成,因為追翻一批被盜嘅馬匹,大家都去恭賀佢。侯成釀咗幾斛酒,想同大家一齊飲。佢怕呂布怪罪,於是先送幾樽去畀呂布。點知呂布發爛渣,話:「我下令禁酒,你居然敢自己釀酒聚餐?」佢嬲起上嚟就要殺咗侯成。一班部將搏命勸解,呂布最後都仲係打咗侯成五十軍棍,搞到一班將領冇晒心機。

有兩個將領宋憲同魏續去探望侯成,三個人傾傾下,都覺得呂布無情無義,不如捉住呂布獻畀曹操好過啦。於是,侯成漏夜去偷咗呂布嘅赤兔馬送去畀曹操,然後叫宋憲同魏續以白旗為號,準備獻城投降。

曹操見侯成過嚟獻馬,梗係高興啦,第二日就指揮大軍攻城。呂布登上城樓指揮,從一早打到中午,曹軍先稍微退卻。呂布呢個時候都打到劫晒,坐喺門樓嘅凳上面訓着咗。宋憲趁機偷咗佢支畫戟,然後同魏續一齊郁手,用繩索將

呂布綁到實一實，豎起白旗向城下大叫話：「呂布已經被生擒啦！」

呂布一下扎醒，見咁嘅情形，就叫部下嚟幫手，但結果都畀宋憲魏續佢哋打散晒。繼而宋憲將呂布嘅畫戟掟落城下，打開城門，曹軍一湧而入，將呂布嘅部下高順、張遼、陳宮等人都一舉成擒。

曹操入城之後，一邊出榜安民，一邊同劉備一齊坐喺白門樓上面，叫部下將俘虜帶上嚟。呂布高大威武，呢個時候畀人綁到成隻粽咁，就大叫：「綁得太緊啦，放鬆少少啦！」

曹操笑住話：「綁猛虎，唔緊啲點得呢？」

呂布又趁曹操行開，對劉備話：「兄台而家係座上客，我係階下囚，你幫我講兩句好話啦！」劉備岌吓下頭冇出聲。等曹操返嚟，呂布就對曹操話：「曹公你最顧忌嘅人無非就係我呂布，而家我服啦。有我輔助，曹公平定天下，一定易如反掌！」

曹操聽咗有啲心嘟，就問劉備意見。劉備答話：「曹公你唔記得丁原、董卓嘅事啦？」

曹操一聽馬上醒悟，叫人將呂布推出去斬。呂布大鬧劉備：「你個大耳賊，唔記得轅門射戟嘅事了咩？」

劉備都未出聲，就聽到有個人大喝：「呂布你個匹夫！死就死啦，咁多嘢講做乜？」大家定眼一睇，原來係張遼。

刀斧手將張遼帶到曹操面前，曹操覺得張遼好面熟，張遼就話：「當日喺濮陽城，冇燒死你呢個國賊，真係可惜！」

曹操一聽就發火啦，搋出寶劍就要殺張遼。忽然有個人拉住佢，然後跪喺曹操面前話：「丞相唔好喐手住！」曹操一睇，原來係關羽。

　　旁邊劉備亦都幫口話：「張遼係個忠心嘅人，應該留為己用啊！」曹操哈哈大笑話：「我向來都知道張遼忠義，同佢開個玩笑啫！」

　　講完，就親自幫張遼鬆綁，請佢上坐。張遼見曹操咁有誠意，也都同意歸降，被封為中郎將、關內侯。

縮沙 —— 粵語形容「臨陣退縮」、「打退堂鼓」有個很特別嘅講法，叫做「縮沙」。呢個詞來自於李時珍《本草綱目》裏面記載嘅一個藥材 —— 縮沙仁。後來很多人貪圖方便，將其簡稱為「縮沙」。因為少了個「仁」字，於是就有人由此生發出一個歇後語，叫「縮沙 —— 走人」，即係縮沙仁冇咗個仁字，所以後來「縮沙」就畀大家用嚟形容「打退堂鼓」、「走人」嘅意思。

歷史知多啲

呂布 —— 喺《三國演義》裏面，呂布一直被認為係三國第一武將，可惜有勇無謀。咁喺真實歷史裏面嘅呂布又係點樣嘅呢？根據史書記載，呂布確實以勇武著稱，有「人中有呂布，馬中有赤兔」嘅講法。佢殺死丁原投靠董卓，然後協助王允殺死董卓，呢啲都係史實。不過呂布作為東漢末年嘅梟雄之一，曾經同曹操打到難分難解，話佢有勇無謀似乎唔係太準確。例如轅門射戟救助劉備，就係睇出自己同劉備唇亡齒寒嘅關係，可見佢仲係有一定政治眼光嘅。

第十六回
青梅煮酒論英雄

曹操搞掂咗呂布，帶住大軍返到許都，就向漢獻帝推薦劉備，話佢立咗大功。漢獻帝聽劉備話係中山靖王劉勝嘅後人，一查族譜果然查到，十分高興，於是就認劉備為皇叔，封佢為左將軍，宜城亭侯，自此之後大家都叫劉備做劉皇叔。

過得一排，曹操為咗彰顯自己威望，就請漢獻帝一齊去許田圍場打獵。過程之中見到有隻大鹿，漢獻帝三箭都射唔中，於是佢將自己嘅寶雕弓、金鈚箭借畀曹操，叫曹操試射。結果曹操一箭射中大鹿，大家都以為係皇帝射中嘅，齊聲歡呼。曹操就當正自己係皇帝咁款，喺皇帝面前接受歡呼。關羽喺旁邊睇唔過眼，剔起臥蠶眉，瞪起丹鳳眼，拍馬提刀就要衝出去斬咗曹操。劉備見到，就猛咁耍手打眼色制止關羽。關羽見大哥咁嘅表情，唯有勒馬停步。

事後，關羽問劉備點解唔畀自己殺曹操，劉備就話：「我哋要投鼠忌器啊！曹操同皇上只有一個馬頭嘅距離，周圍都係佢嘅心腹。你一怒之下輕舉妄動，如果殺唔到曹操，反而會傷咗天子，仲會連累埋我哋添！」

關羽冇計，唯有歎氣話：「今日唔殺曹操，以後佢必定為禍漢室啊！」劉備就勸佢從長計議，唔好再亂咁講嘢。

漢獻帝回宮之後，亦都覺得曹操太過囂張專權，遲早會謀朝篡位。於是佢咬破指尖寫咗一封詔書，收埋喺錦袍玉帶嘅裏襯入面，然後叫人傳國舅董承入宮，將錦袍玉帶賜畀董承。

　　董承翻到屋企，心諗：「皇上賜錦袍玉帶畀我，梗係有深意㗎，但睇來睇去又睇唔出，真係奇怪。」於是佢翻來覆去咁檢查，終於發現錦袍裏面原來藏有天子嘅血字詔書，詔書中講到要佢暗中聚集力量，討伐曹操，安定社稷。

　　董承馬上行動，好快就召集咗工部侍郎王子服、長水校尉種輯、議郎吳碩、昭信將軍吳子蘭、西涼太守馬騰，以及皇叔劉備等好幾個重要人物。

　　劉備事後怕曹操猜忌，於是就成日喺自己後院種菜度日，韜光養晦。關羽同張飛問佢點解唔關心天下大事，一日掛住種菜，劉備就話：「呢啲嘢兩位賢弟唔明㗎啦！」關羽同張飛就唔敢再問了。

　　有一日，關羽同張飛都出咗去，劉備又喺後院幫啲菜淋水，忽然見到張遼、許褚帶住幾十個人嚟到，話曹操要請劉備過去。劉備吃咗一驚，問係咩嘢緊要事。許褚話我都唔知，劉備唯有跟住佢哋去到丞相府。

　　一入門口，曹操就大笑住對劉備話：「你喺屋企做咗好大件事啵！」劉備當堂嚇到鼻哥窿都冇肉，以為曹操識破佢嘅秘密，好在曹操拉住佢去到後院話：「你種菜真係好唔容易噶！」

劉備咁先鬆翻一口氣，答話：「我都係無聊消遣下啫。」

曹操又話了：「我啱先見到園裏面嘅青梅，諗起之前去討伐張繡嘅時候，路上因為缺水，將士都好口乾。我就指住前面話：『嗰度有個梅林啵！』大家聽到當堂流晒口水，再都唔覺得口渴啦。今日再見到青梅，又煮咗酒，所以就請你過嚟聚會，飲酒傾計囉！」

劉備咁先淡定翻落嚟，同曹操喺個小亭度坐落，一邊飲酒一邊品嚐青梅。飲到一半，忽然見到天上陰雲密佈，好似想要落雨了。旁邊嘅侍從話天上嘅雲好似龍一樣，曹操就同劉備嚟到亭邊觀賞。曹操睇睇下忽然問劉備：「使君你知唔知龍嘅變化？」

劉備話唔知，曹操就講：「龍能大能細，能昇能隱。而家係春夏之交，龍乘時變化，就好似人得志嘅時候縱橫四海咁樣。龍呢樣嘢，正如世上嘅英雄一樣。玄德你去過咁多地方，對當代嘅英雄都好清楚，不如你來講下咧？」

劉備推託不過，就話：「淮南袁術，兵多糧足，算唔算英雄？」

曹操笑一笑話：「袁術就好似墓裏面嘅枯骨，我遲早搞掂佢！」

劉備又話：「河北袁紹，四世三公，門生故舊眾多，而家虎踞冀州，麾下能人眾多，佢又算唔算英雄呢？」

曹操又笑啦：「袁紹呢個人，色厲膽細，好謀無斷，想做大事但係太過錫身，見到少少着數就搏命，唔算英雄！」

劉備繼續話：「有一個人，名稱八俊，威震九州，劉表劉景昇，算唔算英雄？」

曹操仲係話：「劉表名大於實，唔算英雄！」

劉備再提一個：「有一個人血氣方剛，乃係江東領袖，孫策孫伯符，算英雄啦掛？」

但曹操仲係擰頭：「孫策靠佢阿爸嘅名聲，亦都算唔上英雄。」

劉備再舉劉璋、張繡、張魯、韓遂等人，曹操就更加睇唔上眼。劉備數到冇人好數，唯有話：「小弟才疏學淺，除咗呢啲人之外，真係唔知有邊個可以稱得上係英雄啦。」

曹操就話：「所謂英雄，應該胸懷大志，腹有良謀，有包藏宇宙之機，吞吐天下之志。咁先算得上係英雄！」

劉備就問：「咁講法，邊個先當得上英雄兩個字呢？」

曹操用手指一指劉備，又指一指自己話：「當今天下英雄，就只有使君你同我兩個人而已！」

劉備一聽，嚇到手都震曬，手上嘅筷子都跌埋落地。好在呢個時候正好雷聲大作，劉備於是淡淡定咁執翻起對筷子，話：「天雷之威，竟然咁厲害！」

曹操笑佢：「大丈夫都怕打雷嘅咩？」

劉備答話：「聖人迅雷風烈必變，點可以唔怕呢？」就咁將失手跌筷子嘅事掩飾咗過去。

等到雨停，兩人忽然見到關羽同張飛手執寶劍衝入後院，侍衛攔都攔唔住。原來佢兩個怕曹操要害劉備，所以衝

入嚟救人。入到來見到劉備喺度同曹操飲酒,咁先放心,話係要嚟舞劍助興嘅。曹操大笑住話:「我呢個又唔係鴻門宴,唔使用到項莊項伯嘅,一齊飲酒啦!」

飲宴之後,三人辭別曹操,離開咗曹府。

粵語知多啲

　　鼻哥窿都冇肉 —— 喺粵語裏面，形容一個人好驚、驚得好緊要，有個好通俗嘅講法，叫做「嚇到鼻哥窿都冇肉」。點解驚嚇會叫做「鼻哥窿都冇肉」呢？原來，一個人受驚嚇嘅時候，往往會因為太過緊張，鼻孔不自覺咁張大，鼻哥本來就冇咩肉，鼻孔一張大就更加淨係得個窿，所以就叫做「鼻哥窿都冇肉」喇。

歷史知多啲

　　煮酒論英雄 ——「青梅煮酒論英雄」係《三國演義》裏面一個非常著名嘅片段，咁喺歷史記載裏面，又有冇呢個情節呢？喺《三國誌》裏面講到，曹操曾經對劉備話：「今天下英雄，唯使君與操耳。本初之徒，不足數也。」曹操當時講呢番話主要係因為準備同袁紹作戰，所以幫自己同劉備打氣。而《三國演義》嘅作者羅貫中就對呢番話大加發揮，演繹出「青梅煮酒論英雄」嘅名篇。

劉備、曹操煮酒論英雄

關公降漢不降曹

　　喺煮酒論英雄之後，曹操第二日又請劉備飲宴。宴席之上，忽然收到報告，話公孫瓚已經畀袁紹滅咗，而且袁紹仲準備接收埋袁術嘅淮南地區。劉備諗起公孫瓚當年曾經推薦過自己，又掛念趙雲，於是同曹操話：「袁術想去投靠袁紹，肯定要經過徐州，我帶一支兵馬半路截擊，必定可以捉住袁術。」

　　曹操覺得係個好辦法，於是畀咗五萬人馬過劉備，派朱靈、路昭陪同，一齊去截擊袁術。去到徐州，正遇上袁術嘅先鋒紀靈，張飛拍馬直取紀靈，唔到十個回合，就將紀靈一槍刺於馬下。跟住劉備乘勝追擊，將袁術嘅主力部隊打到大敗，袁術走投無路，喺逃亡路上病死咗。

　　打敗袁術之後，劉備留喺徐州唔肯走，曹操知道佢養唔熟，就秘密聯絡徐州刺史車冑，想暗算劉備。點知事情畀陳登父子知道咗，偷偷哋通水畀關羽同張飛知。關羽於是叫士兵打住曹操嘅旗號，着上曹軍嘅軍服，佢自己就假扮成張遼，引車冑打開城門，然後衝入去一刀將佢殺咗。

　　劉備知道之後，好擔心曹操嚟搵佢算帳，陳登就建議佢去搵袁紹幫忙。袁紹接到劉備嘅求救信，馬上點起大軍，準

備去討伐曹操。

曹操怕袁紹同劉備夾攻，就派劉岱、王忠打住佢嘅旗號去徐州攻打劉備，佢自己則帶住二十萬大軍去抵擋袁紹。

只不過，劉岱同王忠邊度係劉關張嘅對手？一上場佢哋就畀關羽同張飛生擒活捉。曹操本來想自己去討伐劉備，但係孔融勸佢應該先收復張繡同劉表。於是曹操派使者去搵張繡同劉表。張繡好順攤，聽從賈詡嘅建議歸降曹操，但劉表就睬佢都傻，唔肯應承。

而喺許都，國舅董承聯合大臣要對付曹操嘅事，終於畀曹操發現咗。曹操下令殺咗董承一家，又逼死咗董貴妃，然後就準備去搵馬騰同劉備算賬。

不過因為袁紹大軍壓境，曹操擔心如果去打劉備，袁紹會乘虛而入，於是去搵郭嘉商量。郭嘉就話：「袁紹呢份人做事猶豫不決，部下嘅謀士又互相妒忌，唔使擔心。劉備嘅部隊仲未穩定，丞相你抓緊時間去打佢，必定一戰成功！」

曹操一聽覺得啱曬心水，於是點起二十萬大軍，分五路去攻打徐州。

劉備聽講曹操大軍殺到，馬上又寫信畀袁紹，叫佢趁機去攻打曹操。點知使者孫乾去到，袁紹居然話自己個細仔得咗重病，冇曬心機，唔想出兵。謀士田豐搏命勸佢，話呢個機會千載難逢。但係袁紹點都唔肯聽，淨係同孫乾講話如果劉備打唔過曹操，可以過嚟投奔佢。激到田豐用條拐杖猛咁篤個地下，長歎話：「咁難得嘅機會，因為佢嘅細路有病就錯

過咗，唉！大事無望咯，可惜啊可惜啊！」

　　話說曹操大軍殺到徐州，劉備知道正面交鋒難以抵擋，決定漏夜去劫營，想打曹操一個措手不及。點知曹操早就估到佢呢招了。等劉備佢哋嚟到，忽然伏兵四起，一齊衝殺過嚟。劉備手下好多士兵都係原來曹操嘅部下，見到勢頭唔對紛紛投降，劉備唯有落荒而逃，走去投奔袁紹。

　　而關羽保住劉備嘅家眷，喺下邳死守。張遼就自告奮勇，話可以去勸關羽投降。於是，曹操派一批投降嘅士兵去下邳搵關羽。關羽見係舊兵，就畀佢哋入城。第二日，夏侯惇帶兵過嚟挑戰，關羽出城迎戰，打得十幾個回合，夏侯惇撥馬就走。關羽拍馬追上去啦，結果走得冇幾遠，正想返轉頭，就畀徐晃同許褚帶兵攔住去路。好不容易殺退敵軍，卻見到城入面火光沖天。原來之前混入城嘅降卒已經打開城門，放曹操大軍入城了。關羽嘅部隊畀困喺個小土坡上，進退兩難。

　　就喺呢個時候，只見張遼單人匹馬走過嚟，對關羽話：「玄德公而家生死未卜，曹公已經攻破下邳，派人保護好玄德公嘅家眷，我特登嚟報畀兄長知道。」

　　關羽發火話：「你分明係想嚟說我投降，關某雖然身處絕境，但視死如歸，你快啲返去，我同你大戰三百回合！」

　　張遼大笑話：「兄長咁講嘅法，恐怕畀天下人恥笑啵！」

　　關羽覺得奇怪，於是就問張遼：「我為忠義而死，點會畀天下人恥笑呢？」

張遼話：「兄長如果而家死咗，有三大罪。第一個，兄長同玄德公結拜，發誓同生共死。而家玄德公戰敗，兄長就死咗，日後玄德公再復出，要搵人幫手都搵唔到，豈不是有負當初嘅誓言？第二個，玄德公嘅家眷都託付畀兄長，兄長戰死，兩位夫人無人照顧，兄長豈不是有負玄德公所託？第三個，兄長武藝超羣，兼通經史，唔去諗辦法匡扶漢室，淨係掛住死戰，豈不是匹夫之勇？咁點算係忠義呢？」

關羽聽咗，覺得又幾有道理，就問張遼有咩好提議。張遼就勸佢先投降曹操，等打探到劉備嘅下落，再去投奔都唔遲啊。

關羽諗咗一陣就話：「要我投降都得，不過有三個條件。第一，我同皇叔立誓匡扶漢室，所以今日只降漢帝，唔降曹操；第二，兩位嫂嫂要按皇叔嘅俸祿奉養，唔准派人嚟騷擾；第三，我一旦知道皇叔嘅去向，就算千山萬水，都要趕去投奔㗎！」

於是張遼翻去將關羽嘅三個條件話畀曹操知。曹操對於第三條好猶豫，張遼就勸佢話：「雲長對劉玄德忠心，無非都係因為劉玄德對佢好啫，丞相你加倍對佢好，咁仲使憂佢唔服？」

曹操覺得有道理，就應承咗關羽嘅三個條件。於是，關羽入城接咗劉備兩位夫人，然後就去拜見曹操。

曹操得到關羽歸順，十分高興，馬上設宴款待關羽，對關羽十分親切。

粵語知多啲

通水 —— 喺粵語裏面,有好多同個「水」字有關嘅詞語。喺呢啲詞語裏面,「水」可以指代好多嘢,例如錢,又例如信息。喺「通水」呢個詞裏面,「水」就係指代消息、信息,而「通水」就係暗中傳遞信息嘅意思。例如學生考試嘅時候如果互通消息作弊,就可以稱為「通水」。

歷史知多啲

衣帶詔 —— 喺呢一回裏面,曹操發現咗國舅董承要對付自己,所以將佢殺咗。咁前面講到董承得到漢獻帝嘅「衣帶詔」,呢件事喺歷史上係咪真嘅呢?事實上,歷史上出現嘅衣帶詔大部分都屬於死無對證,好難搵到確切證據。例如喺《三國誌》同《資治通鑑》裏面都係話董承自稱接到衣帶詔,而唔係話漢獻帝有畀衣帶詔過佢。又例如清末嘅時候,康有為自稱得到光緒皇帝嘅衣帶詔,流亡海外,但亦都係冇證據。

聽古仔

第十八回

刀斬顏良誅文醜

話說曹操同關羽一齊返到許都之後，馬上帶佢去拜見漢獻帝，叫漢獻帝封關羽為偏將軍，又賞賜咗好多金銀美女過佢，仲三頭唔埋兩日就請佢飲宴。但係關羽一啲都唔心嘟，將啲美女送曬去服侍劉備嘅兩位夫人，佢自己就三日去問一次安。

有一日，曹操請關羽飲宴，食完之後送關羽出門，見到關羽匹馬好瘦，就問佢點解，關羽答話：「我個人太重，匹馬唔係好頂得順，所以咪瘦囉。」

曹操聽咗，就叫人牽一匹馬出嚟，只見嗰匹馬通體赤紅，好似火炭一樣，十分雄壯，原來正係當日呂布嘅赤兔馬。曹操將赤兔馬送畀關羽，關羽即時行禮拜謝。曹操就覺得奇怪喇，問佢：「我之前送咁多金銀美女畀你，你都未曾拜謝過我，點解送匹馬過你，你就咁高興要拜謝我呢？唔通馬仲貴重過人？」

關羽答話：「我聽講呢匹馬可以日行千里，如果我知道兄長嘅下落，一日就可以趕去見面，所以先咁高興。」

曹操聽咗，當堂冇曬心機，仲暗暗地覺得後悔了。

而另一邊劉備去到袁紹嗰度，日夜掛念自己嘅兩位夫人

同關羽，佢勸袁紹去討伐曹操。袁紹聽咗佢嘅建議，就發動大軍，以大將顏良為先鋒，去進攻白馬。

曹操接到告急文書，點起兵馬就趕去應戰。去到白馬，只見顏良率領十萬大軍，陣勢嚴整，威風凜凜，曹操睇見都暗暗心驚，於是叫呂布嘅降將宋憲去挑戰顏良。

顏良橫刀立馬企喺門旗之下，見到宋憲過嚟，大喝一聲上嚟應戰。打咗唔夠三個回合，顏良手起刀落，就將宋憲斬於馬下。曹操大吃一驚話：「呢個顏良真係猛將啊！」

旁邊嘅魏續見宋憲被殺，自告奮勇去為宋憲報仇，點知上去只係一個回合，亦都畀顏良兜頭一刀劈死咗。曹操再派徐晃過去挑戰，打咗二十個回合，都打唔過顏良，敗退返本陣。呢個時候天色已晚，雙方各自收兵，準備第二日再打過。

曹操見顏良咁好打，心裏面好焦慮，程昱就向佢建議，可以搵關羽來對付顏良。曹操擔心關羽立咗功勞就要走人，程昱就話：「劉備如果未死，必定就喺袁紹個度。如果關羽殺咗顏良，袁紹知道之後一定會殺劉備。只要劉備一死，關羽都冇地方好去，就會留翻喺主公身邊啦！」

曹操一聽就大讚：「好計！」於是馬上派人去請關羽過嚟。

關羽帶住青龍刀，騎上赤兔馬，趕到來白馬。曹操同佢講，話顏良連殺自己兩員大將，十分厲害。關羽陪曹操嚟到土坡上面，只見顏良嘅陣勢旗幟鮮明、刀槍密佈，井井有條，十分威風。曹操感歎話：「河北嘅人馬，真係雄壯啊！」

關羽就話：「在我睇嚟，佢哋不過係土雞瓦犬而已！」

曹操又指住對方陣前嘅大將話：「嗰個繡袍金甲，持刀立馬嘅，就係顏良啦。」

關羽一睇，又答：「我睇顏良，就好似插住標喺度出賣人頭嘅人一樣。」講完，關羽飛身上馬，倒提青龍刀，鳳目圓睜，蠶眉直豎，向住河北軍猛衝過去。

河北軍嘅士兵見到關羽咁嘅威勢，邊度敢阻攔？於是成個軍陣好似波浪咁分開，關羽話咁快就衝到顏良前面。顏良正喺度耀武揚威，見到關羽衝過嚟，剛想問佢係邊個，點知關羽嘅赤兔馬快如閃電，都未等佢開口就已衝到佢面前。顏良措手不及，畀關羽手起一刀，就刺於馬下。關羽落馬斬咗顏良嘅首級，再飛身上馬，提刀出陣，真係如入無人之境。河北嘅兵將眼見主將被殺，嚇到亂曬大龍，曹操乘機指揮大軍猛攻，打到河北軍大敗。

關羽跑翻上山坡，一班將領都走過嚟恭賀，曹操感歎話：「將軍真係神人啊！」

關羽就話：「關某唔算乜嘢，我義弟張翼德可以喺百萬軍中取上將首級，猶如探囊取物！」曹操嚇咗一跳，叫大家記住，以後遇到呢個人一定要小心。

嗰邊廂袁紹接到消息，話顏良畀對方一個紅面長鬚使大刀嘅勇將殺咗，就問究竟係邊個。謀士沮授話一定係劉備嘅義弟關雲長。袁紹梗係嬲啦，話要殺咗劉備。好在劉備抵賴話呢個世界咁多紅面長鬚使大刀嘅人，未必就係關羽，咁袁紹先放過佢。

袁紹麾下大將文醜話要為顏良報仇，自告奮勇去攻打曹操，於是袁紹畀七萬兵馬過佢，又叫劉備帶三萬兵馬殿後，一齊出擊。

而曹操見關羽斬咗顏良，對佢更加佩服，上表朝廷求封關羽為漢壽亭侯。冇過得幾日，又接到消息話袁紹派大將文醜領軍過嚟攻打，已經渡過黃河，去到延津了。曹操馬上親自帶兵去應戰，仲落咗個好奇怪嘅軍令，叫部隊以糧草先行，前軍在後，後軍在前。大家問佢點解，佢就笑騎騎唔肯講。

去到前線，曹操喺後軍接到前軍來報，話文醜帶兵過嚟搶奪糧草，前面嘅士兵已經走到散晒。曹操一啲都唔緊張，又叫將士卸甲休息，將馬匹放到四圍都係。文醜嘅軍隊見到又係糧草又係馬匹，梗係衝過嚟搶啦，咁一嚟佢嘅陣勢就亂晒大龍，曹操趁機指揮兵馬發動攻擊，打到文醜軍大亂。

曹操見到形勢有利，就問身後嘅將領：「文醜係河北名將，邊個可以幫我捉住佢？」後面張遼同徐晃飛馬跑出，追住文醜就殺過去。文醜見到，不慌不忙，彎弓搭箭，一箭就射傷咗張遼匹馬，搞到張遼跌咗落地。徐晃舞起大斧過嚟廝殺，打得一陣，見到文醜身後兵將越來越多，唯有撥轉馬頭走人係啦。文醜唔肯放過佢，拍馬沿河邊追住嚟。就喺呢個時候，只見一員大將手提大刀飛馬趕到，正係關羽。佢大喝一聲：「文醜你咪走！」舞起大刀就直取文醜。

文醜同關羽打得唔夠三個回合，就已經打到心都寒埋，撥馬就走。點知關羽嗰匹赤兔馬跑得快，一個衝刺就追上文

醜，腦後一刀斬過去，將文醜斬於馬下。

　　曹操見關羽殺咗文醜，就馬上指揮部隊掩殺過去，打到河北軍大敗而逃。

　　呢個時候，文醜後面嘅劉備趕到，遠遠一睇，只見關羽喺陣前來去如飛，身後大旗寫住「漢壽亭侯關雲長」七個大字。劉備知道咗關羽嘅下落，心裏面好高興，不過呢個時候見曹軍殺到，就帶兵退走先。

　　袁紹領軍嚟到官渡，聽講關羽又殺咗文醜，梗係發爛渣啦，又話要殺劉備。劉備就解釋話呢個係曹操嘅計策，想借袁紹嘅手來殺自己。然後又話願意寫信去勸關羽過嚟投奔。袁紹一聽又高興翻，馬上叫劉備寫信去畀關羽。

粵語知多啲

　　笑騎騎，放毒蛇 —— 喺粵語裏面形容一個人笑裏藏刀，表面和善暗中出陰招，有個俗語叫做「笑騎騎，放毒蛇」。喺故事裏面曹操對陣文醜軍嘅時候，將運糧隊放喺前面，吸引文醜領軍搶奪而破壞對方陣型。當自己人問起嘅時候，曹操就笑騎騎唔出聲，其實早就成竹在胸，正係「笑騎騎，放毒蛇」嘅典型表現。

歷史知多啲

　　斬顏良誅文醜 —— 「斬顏良，誅文醜」係《三國演義》裏面關羽著名嘅戰功。咁喺真實嘅歷史面，顏良同文醜又係唔係關羽所殺呢？根據《三國誌》嘅記載，關羽當時確實係衝入河北軍大軍之中，斬顏良首級，解咗白馬之圍。不過文醜則喺後來嘅一場戰鬥裏面畀徐晃所殺，同關羽冇關係。《三國演義》嘅作者羅貫中為咗表現關羽嘅武藝高強，就將徐晃嘅功勞寫埋落關羽身上。

第十九回

忠義千里走單騎

　　話說劉備知道關羽嘅下落，就寫咗封信，叫陳震帶去畀關羽。關羽接到信之後，馬上表示話要去搵劉備，叫陳震帶自己嘅書信翻去，然後就去搵曹操告辭。

　　曹操知道佢想走，就關埋門唔肯見。關羽一連去咗幾次都摸門釘，唯有將曹操送嘅金銀封存好，美女安置好，又將漢壽亭侯嘅大印掛喺堂上，一邊派人去送信畀曹操，一邊保護住劉備嘅兩位夫人，由北門出城而去。

　　曹操接到關羽叫人送來嘅信，又聽到手下來報，話關羽封金掛印，已經帶住兩位夫人出城而去了，就長歎一聲話：「唉，雲長要走啦！」

　　曹操嘅部下蔡陽自告奮勇話要帶兵去追關羽，曹操就話：「關公不忘舊主，來去明白，真係大丈夫，你哋應該學佢至啱！我之前應承過畀佢走，點可以講嘢唔算數呢？」

　　於是，曹操對張遼話：「雲長咁有義氣，我都好佩服。咁啦，我好人做到底，你去同佢講，我要幫佢送行，送征袍路費過佢，以作日後紀念。」

　　張遼領命，就上馬去追關羽。關羽行行下，聽到後面馬蹄聲響，擰轉頭一睇，見係張遼，就問佢：「你係咪來追我

返去？」

張遼耍手兼撟頭，向關羽講清楚來意，於是關羽就喺橋頭等曹操。曹操嚟到，問關羽話：「雲長點解走得咁急啊？」

關羽解釋話自己搵咗曹操幾次都冇搵到，所以先不辭而別。曹操叫人將一盤黃金，一件錦袍送過嚟畀關羽，關羽唔肯要黃金，只係用青龍刀將錦袍挑過嚟披喺身上，然後就向曹操多謝告辭了。許褚見關羽咁無禮就話要捉佢，但係曹操話：「佢單人匹馬，我哋呢邊咁多人，佢小心都係正路嘅。我既然應承畀佢走，就唔好再追佢啦。」

關羽帶住兩位阿嫂一路前行，好快嚟到東嶺關，守關嘅將領叫做孔秀。佢見關羽嚟到，問關羽有冇曹操發嘅過路文書。關羽話走得太急，來唔切攞，孔秀就話要叫人去問過曹操先可以放行。關羽心急如焚，亦擔心夜長夢多，邊度肯慢慢等？於是佢舉起大刀就直取孔秀。孔秀又點會係關羽嘅對手呢？兩馬相交，孔秀一個回合就畀關羽斬於馬下。

闖過咗東嶺關，關羽一行嚟到洛陽。洛陽太守韓福同部下商量點對付關羽好。牙將孟坦提出咗一個建議，話等關羽嚟到，自己先去應戰，然後詐敗引關羽來追，韓福就可以用暗箭來暗算關羽了。

等關羽嚟到，韓福果然領軍出嚟應戰，又係要關羽出示曹操嘅文書憑證。關羽發嬲話：「東嶺嘅孔秀都畀我殺咗，你仲敢要文書？」孟坦掄起雙刀來挑戰關羽，打唔夠三個回合，孟坦撥馬就走，想引關羽嚟追。點知關羽馬快，一下子就追

到孟坦身後，一刀將孟坦斬成兩截。韓福喺城門外一箭射過嚟，射中關羽手臂，關羽用口將支箭搲咗出嚟，然後飛馬直取韓福。韓福呢個時候再想走，仲邊度走得切？關羽手起刀落，亦將韓福斬於馬下，然後護住車駕闖過咗洛陽。

過關之後，關羽包紮好傷口，連夜就趕到汜水關。守關嘅將領叫卞喜，原本喺黃巾黨嘅人，後來投降咗曹操。佢聽講關羽嚟到，知道不能力敵，於是喺關前鎮國寺埋伏咗兩百刀斧手，準備暗算關羽。

等關羽嚟到，卞喜親自出關來迎接，猛咁稱讚關羽忠義，帶住關羽過咗汜水關。關羽見到佢咁順攤，梗係高興啦。佢哋一行嚟到鎮國寺，卞喜就請關羽入去飲宴休息。入寺之後，關羽遇到一個叫普淨嘅僧人，原來係佢同鄉。普淨知道卞喜埋伏刀斧手想害關羽，暗中向關羽打咗招呼。關羽馬上醒水，入到法堂之後，劈頭就問卞喜：「你請關某，係好心，定係惡意？」

卞喜知道事情敗露，就叫刀斧手啷手啦，結果佢啲手下衝到出嚟，都畀關羽劈低曬。卞喜一邊兜住走廊走避，一邊使出流星鎚想打關羽，關羽用大刀格開，三步夾埋兩步追上去，一刀將卞喜斬成兩截。佢又殺散卞喜嘅士兵，保護住兩位阿嫂，繼續向榮陽進發。

榮陽嘅太守叫做王植，同洛陽太守韓福係親家。佢聽講關羽殺咗韓福，就想幫韓福報仇。於是等關羽嚟到，王植就好殷勤咁招待關羽，請佢哋喺館驛住落，然後叫手下胡班半

夜帶兵放火，想燒死關羽佢哋。

　　胡班早就聽聞關雲長嘅名號，就想偷偷哋去見識一下。嚟到館驛，見到關羽正喺度睇書，又淡定又有台型，睇到胡班驚歎話：「真係天人啊！」於是向關羽講出王植要自己半夜放火嘅事，叫關羽快啲走。

　　關羽聽咗大吃一驚，馬上披掛上馬，帶住車隊出咗城門，行得冇幾遠就見到背後火把通明，王植帶領兵馬追緊上嚟。關羽大鬧話：「匹夫！我同你無仇無怨，你點解放火燒我？」王植亦唔講咁多了，拍馬挺槍，衝上嚟同關羽廝殺，但係佢邊度打得過關羽？結果畀關羽攔腰一刀，斬成兩段。

　　關羽帶住車隊繼續前行，好快嚟到黃河渡口，遇到夏侯惇嘅部將秦琪。秦琪唔肯放關羽過河，關羽都費事同佢廢話，舉刀就殺過去，一個回合就將秦琪嘅人頭斬咗落嚟。

　　殺咗秦琪之後，關羽叫士兵準備好船隻，正打算帶兩位阿嫂過河。正好呢個時候孫乾及時趕到，話佢知劉備見袁紹唔係好對路，搵咗個機會已經走咗去汝南，叫關羽去汝南搵劉備。關羽一聽，馬上就調轉頭，向汝南方向進發。

粵語知多啲

摸門釘 —— 喺粵語裏面，尋人不遇、上門搵唔到人，叫做「摸門釘」。據講呢個詞源自於早年省城廣州嘅一個童工市場。當時嘅童工日日一早就去到關帝廟前面嘅童工市場等人來帶開工。但係因為僧多粥少，所以好多童工等極都冇工開，無聊之下就摸住關帝廟大門嘅銅釘發佝愁。於是，後來就有人用「摸門釘」嚟形容不得其門而入嘅情形，繼而就引申為搵唔到人，尋訪不遇了。

歷史知多啲

漢壽亭侯 —— 關羽喺投降曹操嘅時期，畀漢獻帝封為漢壽亭侯，呢個稱號一直跟隨關羽一生。咁究竟呢個漢壽亭侯係幾大嘅官呢？原來，所謂「漢壽亭侯」，唔係官職，而係一個爵位。根據漢朝嘅制度，只有立過大功嘅人先可以封侯，例如名將李廣一生人就始終封唔到侯，抱憾終身。喺東漢嘅時候，侯爵分為縣侯、鄉侯、亭侯三個等級，享受唔同大小嘅食邑。不過亭侯雖然係第三級，但因為當時好少封縣侯鄉侯，所以亭侯都已經好矜貴。再加上畢竟係漢獻帝正式冊封，所以關羽對呢個爵位一直都十分珍視。

關羽護嫂，千里走單騎

第二十回

遇刺客孫策歸天

　　話說關羽過五關斬六將，好不容易闖過堵截，帶住劉備嘅兩位夫人一路趕去搵劉備。一路之上佢又搵埋張飛，終於去到汝南見翻劉備。兩個兄弟返咗嚟，劉備梗係高興啦，馬上設宴慶賀。跟住佢哋又喺臥牛山遇到趙雲。原來趙雲喺公孫瓚兵敗之後，唔肯跟隨袁紹，結果呢個時候流落江湖。劉備同趙雲本來就投契，而家趙雲唔再跟住公孫瓚，自然就願意追隨劉備喇。

　　嗰邊廂袁紹見劉備一去不復回，本來想發兵去打劉備，但謀士郭圖就勸佢話曹操先係心腹大患，建議袁紹聯絡江東嘅孫策，一齊對付曹操。

　　而孫策呢幾年稱霸江東，兵精糧足，聲威大振，就向漢獻帝請求封自己為大司馬，但曹操唔肯，搞到孫策好大意見。吳郡太守許貢見到咁嘅情況，就暗中寫信畀曹操，建議佢可以召孫策入京軟禁，以絕後患。點知送信嘅人畀孫策嘅士兵捉住，孫策打開封信一睇，當堂大發雷霆，將許貢搵過嚟殺咗。

　　許貢有三個家臣，一心想為許貢報仇，於是有一日趁孫策去打獵，喺樹林裏面埋伏，準備刺殺孫策。孫策毫無防備，畀佢哋三個一箭射中面門，好在程普及時趕到，將三個刺客

殺咗。但係孫策中嗰一箭箭頭有毒，唯有請神醫華佗嘅徒弟來醫治。徒弟為孫策用完藥之後，囑咐佢話：「箭頭有毒，毒已經入骨，要靜養百日，唔可以動氣，否則就好難好翻。」

但係孫策份人最性急，要佢靜養百日真係攞佢條命了。過得二十日，孫策忽然接到報告話袁紹派使者陳震過嚟，於是設宴款待陳震，一齊商量對付曹操嘅事。

傾得幾句，孫策見到部下眾將紛紛交頭接耳，就問大家咩事啦。部下話樓下有位「于神仙」路過，大家想落去拜見。孫策走到欄河邊一睇，只見有個道士企喺路中心，周圍好多百姓都對住佢焚香跪拜。

孫策平生最憎人裝神弄鬼整色整水，就叫人將呢個道士捉上嚟問話。呢個道士自稱于吉，話自己喺人間替天行道，普濟眾生，醫治萬民。孫策大鬧佢妖言惑眾，要殺咗佢。孫策嘅手下張昭勸佢話于吉喺江東幾十年了，並無犯過咩錯，同黃巾首領張角唔係一回事。孫策咁先冇殺到于吉，只係將佢關咗起身。

孫策嘅娘親吳夫人聽講呢件事，就叫孫策入後堂，勸佢放咗于吉，其他各大臣亦都紛紛相勸。但係孫策反而越聽越唔高興，話大家都聽信邪教，憎到上心口。

大臣呂範建議話最近大旱，可以叫于吉求雨，試下佢堅定流。于吉接受咗呢個要求，於是登壇求雨。原本眾人等咗好耐都唔見落雨，孫策正想叫人放火燒死于吉，點知就喺呢個時候，忽然一道黑煙衝上天空，跟住就大雨滂沱。大家

見到咁，都紛紛向于吉跪拜。孫策一睇就火滾了，大鬧話：「晴雨都係天地定數，妖人撞正死好彩啫，你哋點可以受佢迷惑？」於是仲係下令將于吉殺咗。

誰不知殺咗于吉之後，孫策去到邊度都見到于吉嘅陰魂，斬又斬唔死，趕又趕唔走，搞到孫策食唔好瞓唔着，身體一日差過一日。呢一日，吳夫人見到孫策，好憂心咁問佢點解落曬形。孫策一照鏡，先發現自己個樣好憔悴，再一眼望過去，竟然見到于吉企喺鏡裏面！孫策嚇到大叫一聲，傷口破裂，當堂暈低。

大家見到咁梗係緊張啦，七手八腳救翻醒孫策，孫策知道自己唔得了，於是將細佬孫權同張昭等人叫到牀邊，對張昭話：「而家天下大亂，我哋以吳越之眾，三江之固，必定大有可為，你要好好輔助我細佬。」

然後佢又將印綬交畀孫權，對佢話：「帶領江東兵馬，同敵人臨陣對敵，爭奪天下，你比唔上我。但係任用賢能，等大家可以盡力保護江東，我就唔及你啦。你要記住父兄創業嘅艱難，好自為之啊！」

最後，孫策對吳夫人話：「細佬才能勝過我十倍，足以擔當大任。如果遇到內事決斷唔到，可以問張昭；遇到外事決斷唔到，可以問周瑜。」講完，就閉目而去，終年只有二十六歲。

孫策死後，孫權喺周瑜輔助之下，穩定咗江東嘅局勢，又邀請魯肅、諸葛瑾等有才能嘅人過嚟幫忙，江東嘅事業就

更加興旺喇。呢啲都係後話了。

曹操嗰邊收到消息話孫策死咗，就想趁機起兵攻取江南，但侍御史张纮勸佢話：「乘人之喪去打人哋，係不義之舉，如果打唔落嚟，反而結落仇怨，倒不如趁機善待孫權，搞好關係。」

曹操聽咗，就請漢獻帝封孫權為將軍兼會稽太守。孫權得咗朝廷冊封，名正言順，更加威震江東。

而袁紹嘅使者陳震返去對袁紹話：「孫策死咗，佢細佬孫權繼位，曹操封咗佢做將軍，唔會幫我哋手啦。」

袁紹聽咗好激氣，心諗唔靠人哋我自己一樣搞得掂，於是發動七十萬大軍，開始攻打許昌了。

粵語知多啲

整色整水 —— 喺粵語裏面，形容一個人裝模作樣、扮嘢，叫做「整色整水」。呢個詞嘅出處有兩個講法。第一個，係出自歇後語「豉油撈飯，整色整水」，意思係食飯嘅時候冇餸，唯有用豉油撈到碗飯好有色水，做足表面工夫，但實際上只係白飯一碗。

而另一個講法係講以前大戶人家嘅棺材一般都會用楠木來做，但有啲無良商人就會用杉木來代替，並且將杉木加工到同楠木差唔多樣。其中，「整色」就係將杉木整到楠木一樣顏色；「整水」，係用泡製嘅方法，將杉木嘅紋路整到同楠木相似。所以「整色整水」，就係造假、裝模作樣嘅意思喇。

歷史知多啲

孫策和于吉 —— 雖然孫策畀于吉冤魂追命係小說嘅文藝創作，但孫策殺于吉呢單嘢，喺歷史上確有其事。咁點解孫策要殺于吉呢？有古人曾經評論話孫策呢個人小器，對於于吉受歡迎睇唔過眼。但係其實孫策殺于吉更重要嘅原因，在於防止另一個太平道嘅誕生。畢竟當時黃巾之亂先平息冇幾耐，而孫策喺江東都只係啱啱企穩陣腳，一旦有人利用宗教號召民眾作亂，就好難應付。就算于吉自己冇呢個打算，亦都有可能會畀人利用，所以孫策先會咁堅持要殺于吉。

第二十一回
曹操官渡戰袁紹

話說袁紹發動大軍嚟攻打曹操，曹操接到消息之後，留低荀彧守許都，自己帶住七萬兵馬就去應戰。

去到前線之後，曹操接到探馬回報，話袁紹今次帶咗七十萬大軍過嚟，連營九十幾里，聲勢十分浩大。曹軍嘅將士聽到都好緊張，曹操就召集一班謀士過嚟商議對策。其中荀攸話：「袁紹兵馬雖然多，但係唔及我軍精銳，不足為懼。不過我軍糧草不足，一定要速戰速決。」

曹操覺得荀攸嘅建議正合自己心意，於是馬上領軍出擊，同袁紹對陣。曹操出馬大鬧袁紹話：「我喺天子面前保舉你做大將軍，你點解謀反？」

袁紹就鬧返轉頭：「你託名係漢朝嘅丞相，其實係漢朝嘅逆賊，仲衰過王莽、董卓，仲敢污衊我謀反？」

於是兩軍展開一場大戰，曹軍抵擋唔住，一路敗退到官渡先企穩陣腳。

袁紹帶領大軍追到官渡，紮落營寨。兩軍各出奇謀，但一時之間都冇辦法攻破對方嘅防守，相持不下。呢場仗從八月一路打到九月，曹軍漸漸糧草不繼，曹操就想退翻許都，但荀彧寫信來勸佢一定要堅持到底，只要堅持多一陣，袁紹

嗰邊必定會自己出問題，到時就可以出奇制勝喇。曹操睇完封信之後信心大增，於是下令將士繼續堅守。

袁紹嗰邊有個謀士叫許攸，後生嘅時候同曹操係好朋友。佢手下士兵捉到曹軍嘅信使，知道曹軍缺糧，於是去向袁紹建議話：「曹軍同我哋相持不下，許昌必定空虛。我哋只要分一支兵馬去襲擊許昌，咁就一定可以搞掂曹操。而家曹軍缺糧，正好趁機攻打佢！」

點知正喺呢個時候，袁紹收到另一位謀士審配喺後方發過嚟嘅信，狀告許攸貪污受賄，縱容子姪犯法，話已經將佢嘅子姪捉咗起身。袁紹當堂發惡，鬧許攸話：「你仲有面來獻計？你以前同曹操係老友，一定係收咗佢嘅錢財，走嚟老點我！我唔殺你都算畀面啦，你快啲走！」

許攸見袁紹唔肯聽自己說話，一怒之下，乾脆就走去投奔曹操。曹操一聽講話許攸嚟投奔佢，興奮到連鞋都唔着，就係張牀度跳落地跑出去迎接許攸。許攸見曹操對自己禮遇有加，於是就話畀曹操聽：「袁紹嘅糧草輜重，全部都儲存喺烏巢。烏巢嘅守將淳于瓊係個酒鬼，曹公你只要派人扮成袁紹軍嘅蔣奇，話係護送糧草過去嘅，然後放火燒曬佢嘅糧食輜重，咁不出三日，袁軍就會大亂啦！」

曹操一聽好高興，馬上親自點起五千兵馬，帶埋張遼、許褚等幾員大將，打住袁軍嘅旗號，就向烏巢進發。

一路之上，佢哋遇到唔少袁軍嘅營寨。守寨嘅士兵問佢哋係邊個，曹操都叫人回應話：「係蔣奇奉命護送糧草去烏

巢。」袁軍嘅士兵見係自己人嘅旗號，就放佢哋過去。結果曹軍一路順風順水去到烏巢。到咗之後，曹操一聲令下，叫部下一齊放火。袁軍嘅守將淳于瓊啱啱飲完酒，忽然聽到外面人声鼎沸，就醉醺醺咁出嚟睇下咩回事啦，結果一出嚟就畀曹軍捉住。烏巢嘅糧草就咁畀曹軍燒個清光。

袁紹呢個時候正喺軍營裏面，忽然聽到報告話烏巢方向火光沖天，於是一邊派張郃、高覽去攻打曹操嘅營寨，另一邊派蔣奇帶兵去救援烏巢。

蔣奇行到半路，就遇到扮成敗兵嘅曹軍。蔣奇以為係自己人，冇作防範，結果忽然遇到張遼同許褚，措手不及之下，畀張遼一刀斬咗落馬。

而另一邊張郃同高覽去攻打曹軍營寨亦都唔順利。曹操早就埋伏好夏侯惇、曹仁、曹洪三路伏兵等住佢哋，所以佢兩個亦都被打到大敗而回。袁紹嘅謀士郭圖之前建議袁紹派兵去攻打曹營，而家見張郃佢哋打敗仗，驚袁紹怪罪，就派人同張郃、高覽講話袁紹想殺佢哋，結果張郃同高覽商量咗一下，乾脆又走去投降曹操了。

咁樣一嚟，袁紹真係損失慘重。而曹操就再接再厲，半夜又發兵去偷襲袁軍，打到袁軍大敗，折損咗大半人馬。

然後，曹操對外宣傳話自己要派兵攻打袁紹嘅老巢鄴城，又要派兵去攻打黎陽，截斷袁紹嘅退路。袁紹一聽，緊張起上嚟，馬上派袁譚帶五萬兵馬去救鄴城，派辛明帶五萬兵馬去救黎陽。

曹操打探到袁紹嘅軍隊調動，即刻全軍出擊，兵分八路，一齊向袁軍衝殺過去。袁軍呢個時候毫無鬥志，仲邊度係曹軍對手？一個二個只恨爹娘少生兩隻腳，走都走唔切。袁紹呢個時候乜都唔要喇，帶住幾百親兵過河走咗去，佢嘅士兵畀曹軍殺咗成八萬人，跌落河度浸死嘅就更加不計其數。

　　曹操大獲全勝之後，喺袁紹留低嘅書信裏面，發現有好多係自己嘅部下同袁紹暗中聯絡嘅信件。手下嘅人就建議佢可以對照姓名，將呢啲密謀反叛嘅人全部殺曬。

　　但係曹操就擰頭話：「以袁紹兵馬之強，連我都幾乎保唔住自己，更何況其他人呢？」於是將書信全部燒曬，再都唔追究喇。

粵語知多啲

　　搞掂 —— 喺粵語裏面，「搞掂」呢個詞有兩個含義，可以應用喺唔同嘅場合。第一個意思係完成工作、將事情做完，例如「我搞掂今日嘅功課喇！」而第二個意思係打敗甚至殺死對方，例如「你幫我搞掂佢！」喺故事裏面，許攸向袁紹獻計話可以「搞掂曹操」，就係第二個含義喇。

歷史知多啲

　　袁紹 —— 袁紹係曹操早期爭奪天下最主要嘅對手，無論從人脈資源定係軍隊數量來睇，袁紹都佔有優勢。袁紹嘅家族汝南袁氏號稱「四世三公」，亦就係四代人都有人做到三公嘅位置，喺朝廷裏面人脈好廣。而且當時袁紹佔據河北，擁有嘅軍隊數量亦都喺曹操之上。曹操係依靠自己堅持到底嘅決心、對機會嘅準確把握、加上軍隊英勇善戰，先至喺官渡之戰擊敗袁紹。不過就算打贏官渡之戰，後來曹操都仲係要等到袁紹死後，用咗好長時間先將袁紹喺河北嘅勢力肅清。

第二十二回

馬躍檀溪救劉備

　　話說官渡一戰，曹軍大獲全勝，袁紹好不容易先走返冀州。曹操乘勝追擊，又喺倉亭再次大敗袁紹，打到袁紹氣都咳，從此一病不起。

　　曹操正準備一次過攻破冀州，點知忽然收到消息，話劉備帶兵嚟攻打許昌，嚇到佢馬上掉頭，親自率領大軍去汝南迎戰劉備。

　　兩軍喺穰山相遇，一場大戰之下，劉備呢邊趙雲、關羽、張飛勇猛非凡，打到曹軍節節敗退。曹操見正面交戰唔容易取勝，於是堅守不出，派夏侯惇去偷襲汝南。劉備接到消息話後院起火，急住派兵返去救援，結果畀曹操趁勢猛攻，一下子潰不成軍，幾乎全軍覆沒，唯有走去荊州投奔劉表了。

　　曹操打敗咗劉備，又重新北上去攻打袁紹。袁紹呢個時候已經病得好緊要，一個激動，當堂嘔血而死。袁紹一死，河北羣龍無首，曹操趁機搞掂咗佢幾個仔，終於將成個河北都據為己有。咁樣一來，曹操嘅聲勢就更加犀利了。佢準備養精蓄銳，一舉打敗荊州劉表同江東孫權。

　　而嗰邊廂劉備去到荊州，劉表對佢好好，安排佢嘅部隊喺新野駐紮。呢一日，劉表請劉備去荊州相聚。兩個人見面

之後，劉表擺開酒席款待劉備，飲飲下酒，劉表忽然流起眼淚上嚟。劉備問佢有咩心事，劉表就話：「我個大仔劉琦係前妻陳氏所生，份人雖然幾好但係就比較懦弱；細仔劉琮係後妻蔡氏所生，份人幾聰明。我想廢長立幼，但係又唔符合禮法；想立大仔，蔡氏又掌管兵權，以後一定會起爭執，實在唔知點算好。」

劉備就勸佢話：「自古以來，廢長立幼都容易出問題。既然擔心蔡氏掌權，咁咪慢慢削佢哋權囉，唔應該因為偏心而立細仔嘅。」

劉表聽咗就冇出聲，而喺屏風後面，劉表個老婆蔡夫人就聽得一清二楚，心諗：「豈有此理你個劉備，我都冇得罪你，你居然想壞我好事？」

跟住劉表又講起劉備喺許昌同曹操煮酒論英雄嘅事，劉備飲多兩杯，忍唔住話：「我如果有個根本之地，天下間其他人都不在話下！」

劉表聽佢咁講法，心裏面有啲唔高興喇。返到後堂，蔡夫人勸佢殺咗劉備。劉表唔同意，蔡夫人就偷偷叫個細佬蔡瑁過嚟，叫蔡瑁先斬後奏，帶兵去殺劉備。

劉備返到館舍正準備訓覺，忽然見到伊籍過嚟搵佢。伊籍雖然係劉表嘅部下，但同劉備好老友。佢知道咗蔡瑁嘅計劃之後，就嗱嗱聲趕過嚟同劉備通風報信，話蔡瑁要嚟殺佢，叫劉備快啲走。劉備聽完，嚇到走都走唔切，連夜就趕返新野。等蔡瑁帶兵嚟到，劉備已經走咗好遠了。

蔡瑁見殺唔到劉備，就寫咗首口氣好大嘅詩喺牆上，然後走返去同劉表話係劉備寫嘅。劉表睇到首詩都好激氣，但當蔡瑁建議話要出兵去攻打新野，劉表就始終唔肯同意。

於是蔡瑁就同蔡夫人商量，話可以邀請各地官員去襄陽聚會，乘機謀害劉備。劉表因為身體唔舒服，聚會就由劉琦同劉琮兩位公子主持。

劉備返到新野，接到去襄陽聚會嘅邀請，覺得唔去反而會引人懷疑，於是決定帶住趙雲一齊去襄陽。去到之後，佢見劉琦同劉琮都喺度，就放心留低。但趙雲就唔放心喇，佢一直全身披掛，腰懸寶劍，隨時隨地貼身保護劉備。

蔡瑁見到咁嘅情形，就喺宴席上安排武將坐埋一圍，趁機支開趙雲，然後帶兵圍住大門，準備刺殺劉備。

好在今次又係伊籍過去提醒劉備，話佢知蔡瑁準備殺佢，叫佢快啲從西門走人。劉備一聽大吃一驚，馬上出門牽馬，從西門狂奔而去。

蔡瑁接到報告話劉備走咗，梗係唔肯放過佢啦，帶住五百人馬喺後面窮追不捨。劉備走得幾里路，忽然見到面前有條好大嘅溪流擋住去路。呢條溪水叫檀溪，直通襄江，水流好急。劉備眼見過唔到河，正想返轉頭，就見到後面煙塵滾滾，追兵就快殺到了。佢心諗：「今次死梗啦！」但無其他辦法嘅情況下，佢都唯有事急馬行田，硬住頭皮策馬過河。結果行得冇幾步，馬蹄就陷住咗走唔喐。劉備一邊出力鞭匹馬，一邊大叫：「的盧，的盧，你今次真係害死我喇！」

原來，劉備呢匹戰馬叫做的盧，十分神駿。但係好幾個相馬嘅人見到，都話呢匹馬會害死主人，只不過劉備一直唔信。呢個時候匹馬陷喺溪水裏面，後面追兵又就快趕到，劉備諗起「的盧害主」嘅講法，所以先至破口大罵。

點知嗰匹馬好似識聽佢講嘢咁，忽然從水裏面一躍而起，飛越三丈，跳上咗對岸。劉備騎喺馬上面，簡直好似騰雲駕霧一樣。

呢個時候，蔡瑁帶住兵馬趕到，見劉備已經走到檀溪對面，無得再追，唯有死死哋氣收兵回城了。

氣咳 —— 喺粵語裏面形容做事做得非常困難、非常辛苦，有個講法叫做「氣咳」、「氣都咳嚟」。之所以會用呢個講法，係因為一個人辛苦困難嘅時候，會有透唔到氣，甚至咳嗽嘅狀況。例如形容做得辛苦，可以叫「做到氣咳」；畀人打得辛苦，可以叫「畀人打到氣咳」。

的盧 —— 喺中國古代歷史同著名嘅小說裏面，有唔少名馬，其中最著名嘅應該係呂布同關羽嘅坐騎「赤兔馬」。而劉備嘅「的盧」亦都係其中之一。喺《世說新語》裏面，就有關於「的盧」嘅記載。裏面講到「的盧」嘅主人叫做庾亮，有人對佢話「的盧」會妨害主人，所以勸佢賣咗匹馬。但係庾亮就話：「如果賣畀第二個，咁匹馬又會妨害佢，點可以為咗自己連累人哋呢？」大家對佢呢種精神都十分欣賞。

第二十三回
三顧茅廬隆中對

話說劉備騎住嘅盧馬躍過檀溪，避過咗蔡瑁嘅追殺，一路趕返新野。喺路上佢遇到個牧童，竟然認得出佢係邊個。劉備覺得好奇怪，個牧童就帶佢去見自己嘅老師司馬徽。呢位司馬徽人稱水鏡先生，係個世外高人。佢對劉備話：「你麾下關羽、張飛、趙雲都係萬夫莫敵嘅良將，只係冇善於指揮利用佢哋嘅人。」

劉備追問佢有咩人才推薦，司馬徽就話：「伏龍、鳳雛，呢兩個人只要得到其中一個，就可以安天下啦。」

劉備再追問伏龍、鳳雛係邊個，但司馬徽就唔出聲了。第二日，趙雲帶兵趕到，將劉備接返新野。

劉備入城嘅時候，見到有個人身着葛巾包袍，一路行一路唱：「山谷有賢兮，欲投明主；明主求賢兮，卻不知吾。」

劉備一聽，心諗：「呢個莫非就係水鏡先生所講嘅伏龍、鳳雛？」於是將呢個人邀請返縣衙。一問先知，呢個人叫做單福，係專門嚟投奔劉備嘅。劉備好高興，任命單福為軍師，負責管理訓練兵馬。

再講曹操之前收復咗河北，就經常想去攻打荊州。佢接到探子報告話劉備喺新野招兵買馬，於是就派曹仁、呂曠、

呂翔帶領兵馬，去攻打新野。

　　劉備接到報告話曹軍來犯，就聽單福嘅建議，自己帶兵去應戰曹仁，另外派關羽去攻取樊城。曹仁擺出一個八門金鎖陣，結果畀單福三兩下手勢就破解咗；夜晚去偷襲，又畀單福計到，一場大火燒到曹仁幾乎冇命。曹仁搏命突圍走返樊城，點知樊城早就畀關羽佔領咗喇。

　　曹仁損兵折將，唯有返去向曹操彙報。曹操聽咗曹仁嘅報告，覺得一定有人幫劉備出謀劃策。曹仁就話劉備個軍師叫單福，曹操嘅謀士程昱聽咗就笑住話：「單福係假名，佢真名叫做徐庶，係個好犀利嘅謀士。」

　　曹操覺得咁好嘅人才走咗去幫劉備好可惜，程昱就諗出咗個辦法：「徐庶份人最孝順，只要將佢娘親接到許昌，叫佢寫信畀徐庶，徐庶一定馬上過嚟。」

　　曹操依計行事，將徐庶嘅娘親接到許昌，又假冒佢嘅字跡寫信畀徐庶，叫徐庶馬上趕嚟許昌歸順曹操。

　　徐庶接到娘親嘅信，冇曬辦法，唯有向劉備辭行，去許昌搵娘親。劉備好唔捨得，一路送徐庶出城。徐庶走得幾步，忽然走返轉頭，對劉備話：「我向主公推薦一個人。呢個人住喺襄陽城外二十里嘅隆中，叫做諸葛亮，字孔明，自號臥龍先生。佢嘅才能勝過我十倍，主公只要搵到佢幫忙，何愁天下不定？」

　　劉備就問：「呢個臥龍先生，莫非就係水鏡先生所講嘅伏龍、鳳雛？」

徐庶話：「係啊，伏龍正係諸葛孔明，鳳雛係襄陽嘅龐統。不過諸葛亮呢份人好高傲，主公你要親自去請佢先得。」

劉備見司馬徽同徐庶都推薦呢個諸葛亮，決心要親自請佢過嚟輔助自己。於是第二日佢就帶住關羽、張飛，一齊去隆中探訪諸葛亮了。

三個人去到隆中臥龍崗諸葛亮嘅山莊，敲門求見。但只有一個童子行出嚟，話諸葛先生今日一早就出咗門，唔知去咗邊度。

劉備又問：「咁先生幾時返嚟呢？」

童子答話：「好難講，有可能三五日，有可能十幾日，話唔埋啵。」劉備冇計，唯有返去了。

過得幾日，劉備接到消息，話諸葛亮已經返咗屋企啦，佢就馬上叫人備馬，準備再去探訪。張飛話：「呢個人不過係個村夫，大哥你何必咁辛苦？叫人傳佢嚟咪得咯。」

劉備就話：「你冇聽孟子講過咩？欲見賢而不以其道，猶欲其入而閉之門也。孔明係當世大賢，點可以叫佢過嚟呢？」於是上馬又去搵諸葛亮，關羽同張飛唯有一齊跟住去。

呢個時候已經係隆冬季節，天寒地凍，狂風呼嘯。張飛建議話不如等天氣好啲再去啦，劉備唔同意：「天氣唔好正可以體現我有誠意，你怕凍就走先啦！」張飛冇計，只好跟住劉備繼續行。

去到臥龍崗，劉備落馬去敲門，問童子：「先生今日喺唔喺度啊？」

童子答話：「先生喺堂上讀書。」劉備好高興，跟住童子入屋，以為今次可以見到諸葛亮了。點知入去之後，佢哋淨係見到諸葛亮嘅細佬諸葛均。

劉備問佢諸葛亮去咗邊度，諸葛均回答：「佢約咗朋友出去閒遊，唔知去咗邊喔。」劉備冇計，唯有留低一封信，然後就告辭而去了。

返到新野之後，劉備仲係對諸葛亮念念不忘。好不容易等到早春時節，又要再去探訪。關羽同張飛都好唔高興，覺得呢個諸葛亮太過無禮，張飛更加話要將諸葛亮捉翻嚟。劉備鬧咗佢兩個一餐，然後第三次去探訪諸葛亮。

去到之後，童子話諸葛先生今次喺度啦，不過瞓緊覺未醒。劉備就叫童子唔好叫醒諸葛亮，自己帶住關羽、張飛喺草堂外面等候。等咗好耐，諸葛亮都仲未瞓醒，張飛忍唔住發曬火，話要一把火燒咗諸葛亮間茅屋，好在劉備同關羽搏命拉住佢。

又等咗成個時辰，諸葛亮終於瞓醒，見劉備等咗咁耐，就馬上更衣出嚟同劉備相見。

劉備一坐低，就開門見山，問諸葛亮有咩好辦法可以幫助自己，一齊扶助漢室。諸葛亮對劉備話：「自從董卓之亂，天下羣雄並起。曹操手握百萬大軍，挾天子以令諸侯，好難同佢對抗；孫權喺江東經過三世經營，形勢穩固，又有長江天險，只能夠作為幫手，唔可以去謀佢嘅地方。而荊州四通八達，係用武之地。益州劉璋懦弱無能，將軍你既係漢室宗

親，又以信義聞名四海，只要掌握咗荊州同益州，就可以西和諸戎，南撫彝越，外結孫權，內修政治。等到天下出現變故，以大將從荊州出兵宛洛，將軍從益州出擊關中，咁就大事可成，漢室可興啦！」

劉備一聽，覺得簡直係撥開雲霧見青天，馬上向諸葛亮拜謝，又再三請諸葛亮出山輔助自己。諸葛亮推辭咗一番之後，終於都係畀劉備誠意打動，應承出山輔助劉備。

粵語知多啲

三兩下手勢 —— 喺粵語裏面，形容做事輕而易舉，簡單快捷，可以稱為「三兩下手勢」。據講呢個詞嘅出處來自戲曲行當，所謂「手勢」指嘅係表演者嘅姿態動作，所謂「三兩下手勢」，就係指兩三個好簡單嘅動作姿勢。一件事如果只需要三兩個動作就可以完成，當然就係輕而易舉，喺粵語裏面就會稱為：「三兩下手勢就搞掂咗」。

歷史知多啲

隆中對 ——《三國演義》因為推崇劉備，所以對於諸葛亮嘅描寫亦都有誇張嘅成分，但係佢第一次見到劉備嘅時候，為劉備所做嘅「三分天下」呢個策略，被稱為「隆中對」，則係貨真價實，無愧「戰略大師」嘅稱號。呢個「三分天下」嘅戰略，核心在於「聯吳抗曹」，同東吳聯手對付曹操。後來劉備嘅蜀漢能夠自立一方，同曹魏、東吳鼎足而三，就係一直按照諸葛亮嘅呢個戰略策劃操作而取得嘅成就。

劉備三顧茅廬，請諸葛亮出山

第二十四回

初試鋒芒燒新野

話說劉備三顧茅廬，終於請到諸葛亮出山。返到新野之後，劉備對待諸葛亮就好似對待老師咁，十分尊重。關羽同張飛有啲睇唔過眼，話諸葛亮未必有料到，劉備對佢太過優待。但係劉備就話：「我得到孔明，就好似魚得到水一樣，你兩個唔好咁多意見啦！」

過得一排，劉備忽然接到劉表嘅邀請，叫佢去荊州議事。原來，劉表因為部下黃祖畀孫權殺咗，想搵劉備去商量點樣報仇。

於是劉備帶埋諸葛亮去到荊州。去到之後，劉備勸劉表唔好掛住搵孫權報仇，要提防曹操過嚟攻打。而劉表就話自己身體好差，邀請劉備去輔助佢，佢死後就將荊州交畀劉備打理。

但係劉備起勢咁推辭。返到館驛之後，諸葛亮問劉備點解唔肯要荊州，劉備就話：「劉表待我有恩，我點可以趁佢病搶佢嘅地盤呢？」

諸葛亮感歎：「主公你真係仁慈啊！」

最後，劉備同劉表商量好，派劉表嘅大仔劉琦去鎮守江夏，佢自己就繼續鎮守新野，為劉表抵擋曹操。

而曹操聽聞劉備喺新野招兵買馬，訓練士兵，就派夏侯惇率領十萬大軍，直奔新野而來。劉備接到消息，就搵關羽、張飛嚟商量對策。張飛講到：「大哥，你可以搵孔明去對抗曹軍啊嘛，使乜搵我哋兩個？」

　　劉備知道佢發脾氣，就話：「孔明負責出主意，你哋負責殺敵啊嘛！」跟住就去搵埋諸葛亮一齊嚟商量對策。

　　諸葛亮講：「只要眾將領肯聽我號令，必定可以取勝嘅。」於是劉備將劍印都交畀諸葛亮，由諸葛亮佈置迎敵嘅方略。

　　諸葛亮將一眾將領召集過嚟，吩咐話：「請雲長帶一千兵馬去豫山埋伏，等敵軍行過之後，就出兵襲擊敵人嘅運糧隊，放火燒糧草；翼德帶一千兵馬去後面嘅山谷埋伏，見到火起，就去攻打博望城，燒嗰度嘅糧草。」

　　然後，佢又安排關平、劉封喺博望坡準備放火，由趙雲負責正面應戰。張飛忍唔住問：「我哋出曬去打仗，咁軍師你做咩呢？」

　　諸葛亮笑一笑答：「我喺城裏面等大家咯。」張飛就唔忿氣啦，話：「大家都出去廝殺，點解係得軍師可以坐喺屋企搵揞腳咩都唔做？」劉備解釋：「正所謂運籌帷幄之中，決勝千里之外，你唔好違反將令啊。」

　　關羽亦都勸佢，話睇下諸葛亮嘅計策使唔使得先講啦。於是眾將各自領命而去了。

　　嗰邊廂夏侯惇帶住大軍嚟到新野附近嘅博望坡，就遇到

趙雲領軍出嚟應戰。夏侯惇挺槍直取趙雲，打得幾個回合，趙雲撥轉馬頭就走，夏侯惇拍馬直追。部下韓浩過嚟勸佢，話可能有埋伏，但係夏侯惇唔肯聽，指揮軍隊窮追不捨。

走得一陣，忽然一聲炮響，只見劉備帶領一支兵馬出嚟助戰，夏侯惇一睇就大笑話：「咁都算係埋伏？我今晚入唔到新野，誓不收兵！」於是指揮軍隊繼續猛攻。

劉備同趙雲且戰且退，一路退入山谷之中。夏侯惇仲係掛住猛追，于禁同李典追上去勸佢，話山路狹窄又多樹木，要提防敵人火攻。夏侯惇呢個時候先醒悟過嚟，正要走返轉頭，只聽到後面喊殺聲四起，周圍火光沖天，原來佢哋已經中咗諸葛亮嘅火攻之計了！

夏侯惇帶領兵馬搏命突圍，畀關羽同張飛截住猛打，大將夏侯蘭畀張飛一槍拮死，其他人紛紛落荒而逃。呢一仗殺到曹軍屍橫遍野，血流成河，損失慘重。關羽同張飛都好佩服諸葛亮，一齊稱讚話：「諸葛亮真係英傑啊！」

夏侯惇打咗個大敗仗返去，曹操梗係火滾啦，點起五十萬大軍南下，準備一次過搞掂劉備、劉表同孫權。

而荊州呢邊劉表病重，佢本來想將荊州傳畀劉備，但劉備點都唔肯要，佢嘅大仔劉琦又畀蔡瑁攔住，見唔到劉表。最後劉表病死，蔡夫人同蔡瑁就擁立佢嘅第二仔劉琮繼位。

劉琮一上台，就聽到曹操大軍殺到嘅消息。佢知道抵擋唔住，喺部下勸說之下，乾脆就向曹操投降。曹操接到報信梗係高興啦，應承話只要劉琮肯出城迎接，就繼續畀佢做荊

州之主。

劉備聽聞曹操大軍殺到，十分緊張，諸葛亮就話：「主公唔使擔心，我之前一把火燒咗夏侯惇一班人馬，今次再放一把火，保證曹軍又中一次計！」

於是，諸葛亮安排新野嘅百姓去樊城走避，然後又安排關羽帶兵喺河流上游埋伏，用布袋擋住河水，接到信號先放水；張飛帶一千兵馬去下游埋伏，等曹軍敗退嘅時候出嚟截擊；趙雲則帶兵喺城外埋伏。然後喺城內嘅民房裏面放滿硫磺硝石等引火嘅物品，只等曹軍入城。

曹軍嘅先頭部隊由曹仁、曹洪率領，嚟到新野之後，發現人去城空，一個人都冇。曹洪就話：「劉備一定係怕咗我哋，帶啲百姓走咗佬。我哋今晚就喺城裏面過夜，聽日一早出兵。」於是吩咐士兵煮飯休息。

點知去到半夜，忽然接到報告話城裏面四圍都起火，嚇到曹仁馬上帶兵衝出新野。好不容易出到嚟，又遇上趙雲領軍殺到，結果曹軍被打到大敗而逃，死傷無數。

曹仁帶住敗兵一路走到白河邊，已經人困馬乏，焦頭爛額。見到河水唔深，佢哋紛紛落馬飲水。上游嘅關羽接到信號，將沙包放開，河水一下子洶湧而下，又浸死好多曹軍。眼見關羽追殺過嚟，曹仁唯有帶兵走去下游，點知又遇到張飛攔住去路，好在得許褚搏命擋住，咁先執返條命仔，返去向曹操回報喇。

粵語知多啲

摑摑腳 —— 對於一個人舒舒服服唔使做嘢嘅狀態，喺粵語裏面有個講法叫做「摑摑腳」。「摑」，係粵語對於「抖動」嘅講法。一個人如果處於一個悠閒舒適，甚至無事可做嘅狀態之下，往往會不自覺咁「摑腳」，所以大家就用「摑摑腳」嚟形容一個人好舒服，甚至唔使做嘢嘅狀況。例如喺故事裏面，張飛就投訴諸葛亮作為軍師可以「摑摑腳」，唔使做。

歷史知多啲

火攻 —— 喺古代戰爭裏面，「火攻」係一條非常重要嘅計策，好多歷史上著名嘅戰役都會用到「火攻」。喺呢個發展過程中，中國仲發明出世界上最早嘅火藥，被譽為中國古代四大發明之一。不過喺三國時期，火藥配方仲未最終成型，無論係諸葛亮火燒新野，定係後來周瑜火燒赤壁，都係使用易燃嘅燃料，用火把、引信等物品來點燃。根據記載，黑火藥配方正式成型係喺唐代，而正式應用到武器上，就要去到宋代。

第二十五回

百萬軍中藏阿斗

　　話說曹洪大敗而回，返去向曹操彙報，曹操當堂發曬爛渣，馬上下令大軍出動，兵分八路去攻打樊城。

　　劉備接到消息，就問諸葛亮點算好，諸葛亮建議佢可以去襄陽暫避。新野同樊城嘅百姓知道曹軍準備殺到，個個都話要跟劉備一齊走。點知去到襄陽城下，劉琮唔單止唔肯收留劉備，連百姓都唔肯放入城，劉備冇辦法，唯有帶住十幾萬軍民繼續走去江陵。

　　因為隨行嘅百姓太多，行得太慢，一班將領都勸劉備話：「江陵城池穩固，足以堅守。但係而家帶住咁多百姓，一日先行十幾里，幾時先行得到？萬一曹軍追上嚟咁點算？主公不如暫且將百姓留低，帶領部隊行先啦！」

　　但係劉備就流住眼淚話：「舉大事者必以人為本。而家百姓要跟住我，我點忍心拋棄佢哋呢？」百姓聽到劉備嘅說話，個個都十分感動。

　　諸葛亮見到咁落去都唔係辦法，就建議可以去江夏搵劉琦借兵。於是劉備寫咗封信畀劉琦，然後派關羽去班救兵，又安排張飛負責斷後，趙雲負責保護家眷，其餘嘅士兵就同百姓一齊前進。

曹操大軍去到樊城，知道劉備已經走咗，又聽講劉備帶住大隊百姓，一日只行得十幾里，馬上親自率領精銳騎兵去追趕劉備。

呢一日，劉備同大隊軍民去到當陽縣，喺當地嘅景山紮營休息。點知到咗半夜，忽然聽到喊殺聲從西北方向響起，驚天動地而來。劉備大吃一驚，馬上帶領本部人馬去迎戰。但係曹軍勢大，劉備好快就抵擋唔住，好在得張飛及時趕到，殺出一條血路，保護住劉備向東邊逃走。一路走到天光，劉備身邊只剩低一百幾人，百姓、家眷同趙雲、糜芳等人全部都下落不明。

劉備正喺度失聲痛哭，忽然見到糜芳帶傷趕到，對劉備話：「趙雲投降咗曹操啦！」劉備梗係唔信啦，但係張飛就激動起身，話要返轉頭殺咗趙雲，講完就帶二十幾個人就返到長坂橋。去到之後，佢叫啲騎兵用樹枝綁喺馬尾度，然後上馬，喺後面嘅樹林來回奔跑，搞到塵土飛揚。而張飛自己就喺橋上橫矛立馬，等住曹軍嚟到。

咁趙雲究竟去咗邊呢？原來，佢一路同曹軍廝殺，打打下就同劉備嘅家眷失散咗。趙雲好心急，四圍咁搵，心諗無論如何都要搵返劉備嘅夫人同個仔阿斗。

佢一邊廝殺一邊搵人，好不容易搵到甘夫人，於是先護送住甘夫人去到長坂橋搵到張飛，然後又返轉頭去搵糜夫人同阿斗。

行得冇幾遠，只見曹軍嘅夏侯恩手提鐵槍，腰配寶劍，

帶住十幾個騎兵殺到。趙雲拍馬迎上去，兩馬相交只一個回合，就將夏侯恩一槍刺於馬下，將佢把寶劍搶咗過來。原來，呢把寶劍叫做「青釭」，係曹操嘅兩把寶劍之一，削鐵如泥，鋒利無比。

趙雲得咗寶劍，更加如虎添翼，殺入重圍之中就去搵人。幾經辛苦，趙雲終於喺一個枯井旁邊搵到抱住阿斗嘅糜夫人。趙雲要保護糜夫人同阿斗衝出重圍，但糜夫人就話自己身上有傷，趙雲一個人點保得住兩個？於是佢將阿斗放喺地下，託付界趙雲，自己擰轉身就投井自盡了。

趙雲來唔切救糜夫人，喺冇辦法嘅情況下，唯有將阿斗綁喺懷裏面，提槍上馬，搏命向外面衝出去。走得幾步，就遇到曹洪嘅部將晏明，手執三尖兩刃刀直取趙雲。趙雲奮起神威，兩三個回合，將晏明一槍拮死，衝開咗一條血路，繼續狂奔。

又走得一陣，只見前面一隊人馬攔住趙雲嘅去路，當先一員大將，正係張郃。趙雲挺槍同張郃大戰咗十幾個回合，難分勝負。趙雲唔敢戀戰，拍馬就走。點知走得幾步，忽然連人帶馬跌落個土坑裏面。張郃追到上嚟，挺槍就刺。眼睇趙雲就要冇命，忽然只見到一道紅光從土坑閃出，原來係趙雲匹馬突然發力憑空一躍，帶住趙雲一齊跳出土坑之外。

張郃嚇咗一跳，唔敢再追，趙雲趁機繼續向前衝。走得冇幾遠，佢忽然聽到背後有兩個人大叫：「趙雲你咪走！」而前面又有兩員將領攔住去路。趙雲呢個時候殺紅咗眼，一個

趙雲百萬軍中救少主

打四個，揸出把青釭寶劍亂斬一通，結果寶劍所到之處血如泉湧，四員敵將都畀趙雲斬於馬下。

曹操呢個時候正喺景山頂上面，見到趙雲咁勇猛，就問部下呢個係邊個。曹洪飛馬落山大叫話：「軍中嘅戰將，請留低姓名！」

趙雲高聲回應話：「我就係常山趙子龍！」

曹洪返去報畀曹操聽，曹操讚歎話：「真係一員虎將啊！我要生擒佢！」於是傳令落去，話趙雲所到之處唔准放冷箭，要生擒活捉。咁一來就整定阿斗好彩咯，趙雲大發神威，抱住阿斗直闖重圍，斬倒兩面大旗，槍挑劍斬，殺死曹軍五十幾名大將，簡直如入無人之境，真係「古來衝陣扶危主，只有常山趙子龍」！

一番血戰之下，趙雲終於衝出重圍，追上劉備，將阿斗遞返畀劉備。只見阿斗粒聲唔出，竟然已經訓着咗。劉備一手將阿斗掟落地話：「就為咗你呢個細路，幾乎損咗我一員大將！」

趙雲好感動，抱起阿斗對劉備跪拜：「趙雲就算肝腦塗地，都報答唔到主公嘅恩德！」

呢個時候曹軍一路追到來長坂橋，見到張飛一個人怒目橫矛企喺橋面，後面又塵土飛揚，怕係諸葛亮嘅詭計，一時之間都唔敢再往前行。曹操趕到過嚟，只聽到張飛大叫話：「我就係燕人張翼德，邊個敢同我決一死戰？」佢嗰把聲好似打雷咁，嚇到曹軍嘅將士一個二個手揗腳震。

曹操一聽，馬上叫人撤咗自己嘅羅傘，同身邊啲人話：「雲長曾經講過，話佢義弟張翼德百萬軍中取上將首級，猶如探囊取物，大家唔好輕敵！」

　　佢一講完，又聽到張飛大叫：「燕人張翼德在此，邊個敢過嚟決一死戰？」

　　曹操見佢咁有氣勢，就有啲打退堂鼓。張飛又繼續大叫：「喂，打又唔打，退又唔退，你哋究竟想點？」佢呢一聲叫完，曹操身邊嘅夏侯傑竟然畀佢嚇到肝膽碎裂，「咚」一聲跌落馬死咗。

　　曹操嚇到撥轉馬頭就走啦，結果曹軍嘅將士跟住佢一齊亂跑，成支軍隊當堂亂曬大龍，曹操連髮冠都跌埋，認真狼狽不堪。

粵語知多啲

手揗腳震 —— 粵語裏面形容一個人非常驚恐害怕，有個形容詞叫做「手揗腳震」。所謂「揗」，粵語裏面有兩個意思，一個係抖動，一個係走嚟走去。喺呢個詞裏面，就係指抖動呢個意思。所以「手揗腳震」，就係指一個人因為太過驚恐，導致手腳都發抖。除此之外，仲有一個類似嘅詞叫做「揗雞」，亦都係指驚恐害怕嘅意思。

歷史知多啲

長坂坡之戰 ——《三國演義》裏面著名嘅「長坂坡之戰」，喺歷史上確實真有其事。當時劉備軍帶住大量走難嘅民眾，畀曹操嘅精銳騎兵追上，大敗而逃。小說裏面嘅著名場面「張飛喝斷長坂橋」，喺史書裏面亦都有記載。正因為佢英勇斷後，劉備先至逃過一劫。至於趙雲「百萬軍中藏阿斗」，就係小說嘅藝術創作，不過趙雲作為劉備嘅親衛隊長，確實有救助劉備家眷，立咗大功，事後被升為牙門將軍。

張飛喝斷長坂橋

第二十六回

說東吳舌戰羣儒

　　話說張飛喺長坂橋三聲大喝，嚇走咗曹操嘅大軍。佢叫部下拆斷條橋，然後返去搵劉備。劉備一聽就話：「唉，你勇就夠勇啦，但唔夠周到。如果你唔拆條橋，曹操怕我哋有伏兵，可能仲唔敢追過嚟。而家你拆咗條橋，即係擺明話佢知我哋怕咗佢啦。」於是馬上動身，向漢津趕過去。

　　果然，過咗一陣，曹操終於畀張遼、許褚拉住，叫人一打探，聽講張飛拆咗條橋，就知道劉備軍隊嘅虛實。佢馬上指揮大軍連夜搭浮橋去追趕劉備。

　　劉備行到漢津，忽然見到後面塵土飛楊，喊殺聲驚天動地，佢歎氣話：「前有大江，後有追兵，今次死梗了！」

　　就喺呢個時候，山坡後面突然鼓聲響起，一隊人馬衝殺出嚟，攔住曹軍去路。當先一員大將手執青龍刀，座下赤兔馬，大喝話：「我喺度等你好耐啦！」原來正係去江夏借兵嘅關羽及時趕到！

　　曹操一見關羽，嚇咗一跳，對眾將話：「今次又中咗諸葛亮嘅計啦！」馬上傳令退兵，劉備終於得以順利渡江，避過一劫，去到江夏搵劉琦。

　　曹操畀劉備走甩咗，於是搶先去佔咗江陵城，然後派人

去聯絡孫權，請佢一齊討伐劉備。

　　孫權接到曹操大軍南下嘅消息，亦都十分緊張，召集一班謀臣商議對策。魯肅建議可以聯絡劉備，一齊對抗曹操，於是孫權就派魯肅去江夏為劉表弔喪，順便打探一下劉備嘅情況。

　　魯肅去到江夏，見過劉琦同劉備，就入後堂飲宴。魯肅問起曹軍嘅情況，劉備詐懵話唔清楚，諸葛亮就出嚟話：「曹操有幾多斤兩我好清楚，只可惜我軍兵力不足，所以只能夠暫避鋒芒啫。」

　　魯肅一聽就興奮啦，馬上邀請諸葛亮去柴桑見孫權，共商大計。去到之後，孫權先將曹操嘅檄文畀魯肅睇，又話曹操兵多將廣，好多大臣都主張投降。魯肅勸佢話：「主公唔好聽佢哋亂噏，邊個都可以投降曹操，唯獨主公你唔可以。」

　　孫權問佢點解，魯肅解釋話：「我哋呢班做大臣嘅，投降曹操都一樣有官做，但係主公你如果投降，仲邊度可以自己話曬事啊？」

　　孫權深有同感，但仲係擔心曹操兵力太強，難以抵擋。魯肅就話自己帶咗諸葛亮返嚟，有問題可以問佢。

　　第二日，孫權召集張昭、顧雍等一班文武大臣，然後請諸葛亮過嚟相見。雙方見過禮，張昭首先主動出擊，問諸葛亮話：「聽聞先生自比管仲、樂毅，劉豫州話得到先生覺如魚得水。但係點解一下子就畀曹操得咗荊襄之地呢？」

　　諸葛亮知道張昭係孫權座下第一謀士，一定要先講贏

佢，然後先講得喺孫權。於是就答話：「我哋要取荊襄之地，易如反掌。只係我主公仁義，唔忍心奪取同宗嘅基業。劉琮聽信讒言，投降曹操，先令到曹操咁猖狂。而家我軍駐兵江夏，自有打算。」

張昭又追問話：「如果係咁，先生你同管仲、樂毅差得遠囉！管仲輔助齊桓公稱霸，樂毅幫燕國攻破齊國七十幾城，但係劉備得先生幫助，卻係一敗再敗，比之前都仲不如啵？」

諸葛亮聽咗笑一笑話：「鵬飛萬里，普通嘅雀仔邊度會明白佢？人得咗病，都要先調理身體，補充營養，然後再用猛藥醫治。我主公劉豫州之前喺汝南兵敗，投靠劉表，手下只得唔到千人，就好似人得咗重病一樣。後來去到新野，雖然城細兵少，但係一樣都打到夏侯惇同曹仁膽戰心驚。至於當陽之敗，主要係因為帶住十幾萬追隨嘅民眾，唔願意拋棄佢哋，稱得上大仁大義。況且勝負乃兵家常事，當年高祖皇帝畀項羽打敗幾多次啊，最後咪一戰成功？」

張昭畀佢講到冇聲出，旁邊嘅虞翻又企出嚟話：「而家曹公雄兵百萬，戰將千員，劉豫州唔通唔驚咩？」

諸葛亮大笑答話：「劉豫州以幾千仁義之師，當然敵唔過曹操百萬殘暴之師，所以退守到夏口等待時機。但係我聽聞江東兵精糧足，又有長江天險，都仲想投降，咁講起來，唔知邊個驚曹操多啲呢！」

見到虞翻講唔贏，旁邊嘅步騭又出聲了：「成個天下，曹公已經佔有三分之二，劉豫州不識天時，對抗到底，豈不是

以卵擊石？」

諸葛亮大聲反駁話：「你呢番話簡直無父無君！人生於天地之間，應該以忠孝為本，你身為大漢臣子，見到有不臣之人，應該一齊討伐至係。曹操世受國恩，卻心懷篡逆，簡直人神共憤，你點可以話係天數呢？你呢種無父無君之人，我都唔想同你講嘢！」

跟住陸績又出嚟死雞撐飯蓋：「曹操係相國曹參嘅後人，劉豫州雖然號稱中山靖王之後，但係無可稽考，只係個賣草蓆嘅普通人，點同曹操對抗啊？」

諸葛亮哈哈一笑話：「曹操既然係曹相國嘅後人，更應該匡扶漢室。點知佢專權霸道，欺凌君父，不單止係漢室嘅亂臣，仲係曹氏嘅賊子添！劉豫州係當今皇上承認嘅皇叔，點會無可稽考？當年高祖不過出身亭長，最後都可以一統天下，咁賣草蓆有咩唔見得人？」

就係咁，江東羣臣輪流上陣，結果一個二個都畀諸葛亮駁到體無完膚。魯肅見講到差唔多了，就叫停大家，帶諸葛亮去見孫權。

見面之後，孫權問諸葛亮曹軍嘅情況，諸葛亮特登誇大其詞，話曹操雄兵百萬，戰將過千，勸孫權快啲投降。孫權問佢劉備點解唔降，諸葛亮就激佢話：「當年齊國壯士田橫，都可以守義不辱，更何況劉豫州係漢室宗親，英才蓋世。如果打唔贏曹操，咁都只係天意，佢自己點能夠屈居人下呢？」

孫權聽咗好唔高興，拂袖而去。魯肅就過嚟責怪諸葛亮

亂講嘢啦，諸葛亮笑住話：「你唔使緊張，我自有妙計可以破曹軍。」魯肅入去同孫權一講，孫權馬上轉怒為喜，擺酒宴請諸葛亮，向佢請教破曹嘅計策。

諸葛亮話：「劉豫州雖然打咗敗仗，但關羽同劉琦都各有上萬兵馬，曹操兵馬雖然多，但長途奔襲，已經係強弩之末。再加上曹兵都係北方人，唔識水戰，荊州士民投降曹操都係迫不得已。將軍如果能夠同劉豫州戮力同心，必定可以大破曹軍！」

孫權聽咗十分高興，對諸葛亮話：「先生咁一講，我真係茅塞頓開。我已經下定決心啦，即日商議起兵，一齊討伐曹操！」

粵語知多啲

死雞撐飯蓋 —— 對於嗰啲明明錯咗，但係死都唔肯認，仲講埋好多嘢為自己辯護嘅行為，粵語裏面稱為「死雞撐飯蓋」。咁呢個詞係點嚟嘅呢？大家如果蒸過雞，就知道如果將光雞放喺飯煲裏面蒸，蒸熟之後，雞腳會蹬到直矖。如果隻雞比較大，就會撐起個煲蓋。原來，光雞嘅關節比較柔軟，所以可以屈起身放入個煲度，但係蒸熟之後，雞腳嘅筋因為加熱就會收縮繃直，甚至連煲蓋都撐開。明明都死咗，仲要撐，呢個詞用嚟形容死都唔肯認錯嘅人，實在十分合適。

歷史知多啲

田橫與五百壯士 —— 喺呢一回裏面，諸葛亮用齊國嘅田橫來鼓勵孫權，呢個田橫究竟係咩人呢？原來，田橫係秦末漢初時期嘅人物，佢係戰國七雄裏面齊國嘅貴族。秦朝滅亡之後，田橫輔助齊王田廣，擔任齊國嘅丞相。後來韓信滅齊，佢帶住五百人走咗去個海島上面。漢高祖劉邦派人去召佢入朝，田橫去到離洛陽三十里嘅地方，就自殺而死。而佢留喺海島上嘅部下聽講田橫死咗，全部都自殺而死。後人都稱讚田橫同五百壯士係義氣干雲嘅人。

第二十七回
羣英會巧戲蔣幹

　　話說喺諸葛亮勸告之下，孫權決定起兵對抗曹操。但係江東嘅好多大臣仲係反對。孫權諗起哥哥孫策死前曾經吩咐話外事問周瑜，於是就將周瑜搵過嚟，問佢有咩睇法。

　　周瑜同孫策講：「曹操話就話係丞相，但實際上係逆賊。將軍你喺江東兵精糧足，正應該為國除暴，點可以投降曹賊呢？而且曹操今次犯咗好多兵家大忌。第一，係北方有馬騰、韓遂為後患；第二係軍隊唔熟習水戰；第三係而家正值隆冬，馬匹缺乏草料；第四係北方嘅士卒嚟到南方水土不服，容易得病。所以曹軍雖然人多，但係必敗無疑！」

　　孫權聽咗，當堂精神一振，起身對大家話：「我同曹賊勢不兩立，邊個再敢話要投降嘅，就好似呢張枱咁！」講完，孫權搲出寶劍，一劍將個枱角斬咗落嚟。然後又下令封周瑜為大都督，魯肅為贊軍校尉，率領江東將士，聯手劉備共抗曹軍。大家見孫權咁大決心，就再都唔敢有意見。諸葛亮見大功告成，亦就返去向劉備回報喇。

　　曹操收到消息話孫權唔肯歸降，就指揮大軍向江東挺進。去到三江口，正遇上周瑜率領嘅吳軍。曹軍呢邊派蔡瑁嘅細佬蔡壎領軍出戰。點知蔡壎畀甘寧一箭射死，曹軍唔熟

水戰，被吳軍打到大敗。

曹操打咗場敗仗，就催促蔡瑁、張允，要佢哋儘快訓練水軍。蔡瑁同張允領命之後，馬上喺赤壁附近修建水寨，日夜操練。

周瑜喺江對面見到咁嘅情形，知道對方有水戰高手，就問曹軍嘅水軍都督係邊個，旁邊嘅人話佢知係蔡瑁、張允。周瑜知道呢兩個人熟悉水戰，要擊敗曹軍，一定要想辦法搞掂佢兩個先得。

而呢個時候曹操輸咗一仗，就召集眾將過嚟商議對策。佢座下有個幕僚叫做蔣幹，話自己同周瑜係舊日同窗，自告奮勇要去說服周瑜過嚟投降。曹操梗係高興啦，馬上擺酒送佢出發。

周瑜接到通報，話蔣幹過嚟探佢，哈哈大笑話：「說客來啦！」講完，就吩咐咗眾將領一番，然後先帶侍從去迎接蔣幹。

一見面，周瑜就問蔣幹：「你咁遠水路過嚟，一定係幫曹操做說客㗎啦！」

蔣幹梗係打死都唔認：「我同你好耐冇見，所以專程來同你敍舊，你話我做說客，咁我走就係啦！」

周瑜哈哈一笑，拉住蔣幹走入營寨。

坐低之後，周瑜擺開酒宴，然後當眾宣佈，話蔣幹係來敍舊嘅，唔准提兩軍打仗嘅事，又叫太史慈做監督，邊個講就斬邊個，搞到蔣幹喺宴席上咩都唔敢講。

酒過三巡，周瑜又拉住蔣幹喺軍營四圍咁參觀。只見吳軍兵士雄壯、糧草充足，蔣幹睇到十分震驚。

參觀完之後，周瑜又拉住蔣幹繼續飲酒，然後指住在座嘅將領話：「在座嘅都係江東嘅英傑，今日呢一場，可以稱為羣英會啊！」講完，仲親自舞劍高歌，十分盡興。

到咗夜晚，周瑜詐帝飲醉，拉住蔣幹一齊訓覺。蔣幹訓到半夜，聽到周瑜鼻鼾聲好似打雷咁，就起身四圍咁望，睇下可唔可以搵到啲吳軍嘅秘密。忽然間，佢見到枱面有一卷文書，其中一封寫住「蔡瑁、張允謹封」。

蔣幹嚇咗一跳，打開文書一睇，竟然係蔡瑁同張允寫畀周瑜嘅信，信裏面話要將曹軍困喺水寨裏面，然後搵機會殺咗曹操。

蔣幹將封信放入衫裏面，忽然聽到周瑜講夢話：「你信唔信，我幾日之內，就可以拿到曹賊嘅首級！」

蔣幹唔敢再睇，馬上上牀繼續訓。訓到四更天，有人嚟搵周瑜，周瑜出去講咗幾句。蔣幹隱約聽到「張、蔡兩位都督話一時之間未有機會」，後面就聽唔清楚了。周瑜見完人，入帳叫咗蔣幹幾聲，蔣幹梗係詐訓唔出聲啦，於是周瑜亦都繼續訓覺。

到咗清晨，蔣幹怕周瑜發現文書唔見咗，於是趁周瑜未起牀，就匆匆出咗吳軍營寨，趕返去曹營了。

蔣幹返到去見到曹操，將書信畀曹操睇，又將見到聽到嘅事向曹操稟報。曹操聽咗，發曬大火話：「呢兩個奸賊，竟

然咁大膽！」於是叫人傳蔡瑁、張允入嚟，對佢哋話：「我想馬上進兵攻打吳軍，你哋認為點啊？」

蔡瑁張允唔知頭唔知路，就照實答話：「軍隊仲未訓練純熟，唔可以輕舉妄動啵。」

曹操一聽就大鬧話：「等到軍隊練熟，我個人頭都獻咗畀周瑜喇！」然後喝令武士，將蔡瑁、張允推出去斬首。佢兩個一頭霧水，大叫冤枉，但係曹操就睬佢哋都傻。

過得一陣，武士將兩人嘅首級獻上嚟畀曹操，曹操先忽然醒悟過嚟：「哎呀，中咗周瑜嘅計啦！」不過佢唔肯認衰仔，於是對大家話：「呢兩個人怠慢軍法，所以畀我斬咗！」然後，又任命毛玠、于禁為水軍都督。

呢個消息傳到去吳軍嗰邊，周瑜十分高興，對大家話：「我最擔憂嘅就係呢兩個人，而家搞掂咗佢兩個，我就再都冇憂慮啦！」

粵語知多啲

　　唔知頭唔知路 —— 喺粵語裏面形容對狀況不了解，或者處於莫名其妙嘅狀態，有個講法叫做「唔知頭唔知路」。「頭」呢個字喺粵語裏面有方向嘅意思，例如話「係邊頭」、「嗰一頭」。所以所謂「唔知頭唔知路」，即係指人既搞唔清方向，亦都唔認得路，咁當然就係一頭霧水，莫名其妙啦。

歷史知多啲

　　蔣幹 —— 喺《三國演義》裏面，蔣幹係一個畀周瑜愚弄嘅小丑形象，咁喺真實嘅歷史裏面，又有冇發生過「周瑜戲蔣幹」嘅故事呢？根據《三國誌》記載，蔣幹係江淮地區嘅名士，一向以口才著稱，所以曹操先搵佢去招降周瑜。但見面之後，周瑜對蔣幹表示話自己感激孫策同孫權嘅知遇之恩，唔會改變志向。於是蔣幹就返去向曹操回報，話周瑜氣度恢宏，雅量高致，唔係可以用把口就講得喐嘅人。至於中計導致曹操殺死大將，就係《三國演義》嘅藝術創作喇。

周瑜戲蔣幹

逞計謀草船借箭

　　話說周瑜用反間計，搞到曹操殺咗蔡瑁同張允。魯肅再見到諸葛亮時，都未講嘢，諸葛亮就睇穿周瑜嘅計策，向佢道喜。周瑜本來因為反間計得逞而好開心嘅，知道諸葛亮嚟道喜之後就反而有啲憂心了。佢覺得諸葛亮實在太厲害，日後必定會成為江東嘅大敵，於是決心想個辦法殺咗諸葛亮，以絕後患。

　　於是第二日，周瑜就請諸葛亮過嚟，同一眾將領一齊商議破曹之計。周瑜問諸葛亮話：「喺水上同曹兵交戰，先生覺得最緊要係咩武器呢？」

　　諸葛亮答話：「喺江面上，當然係以弓箭為先。」

　　周瑜馬上話：「先生講得啱，不過我軍而家正缺箭用，想請先生監造十萬支箭，十日之內造好，唔知得唔得呢？」

　　諸葛亮就話：「十日太耐啦，曹兵馬上就到，三日啦！」

　　周瑜一聽就高興了，心諗你自己想死快啲，就唔怪得我喇。於是要諸葛亮立下軍令狀，如果三日之內造唔完十萬支箭，就要受重罰。諸葛亮淡淡定應承咗，仲當場簽好軍令狀，周瑜見諸葛亮中計，梗係猛咁偷笑啦。

　　魯肅擔心諸葛亮出事，就走嚟問佢：「三日之內，你點造

得出十萬支箭啊？」

諸葛亮話：「呢件事要你幫忙先得。你借二十條船畀我，每條船要三十個士兵，用青布遮好，紮千幾個草人，放喺船兩邊。等到第三日，就會有十萬支箭㗎啦，不過你千祈唔好話畀周瑜知啵！」

魯肅準備好船隻士兵同物品，就等諸葛亮調動。點知諸葛亮第一日冇動靜，第二日都冇動靜。到第三日一早，天都未光，諸葛亮忽然走嚟搵魯肅，話一齊去攞箭。魯肅嚇咗一跳，問佢：「臨時臨急，去邊度攞箭啊？」諸葛亮答話：「你唔好問，去到就知啦！」

於是，佢哋指揮住二十條船，一路向北岸曹軍水寨駛過去。呢一日好大霧，江面之上就更加霧氣瀰漫，面對面都見唔到人咁滯。到咗五更天，船開到曹操嘅水寨外面，諸葛亮叫所有船一字排開，然後吩咐士兵擂響戰鼓，自己就坐喺船艙同魯肅飲酒吹水。

曹軍嗰邊見到有敵船嚟到，馬上飛報畀曹操知，曹操就話：「咁大霧，佢哋忽然發兵過嚟，必定有埋伏，唔好輕舉妄動，叫水軍弓箭手亂箭射過去就係啦！」於是，曹軍大隊弓箭手搏命向江上嘅船射箭，結果啲箭全部射曬喺船上嘅草人身上。等射到咁上下，諸葛亮又叫所有船掉頭，擂鼓吶喊，等曹軍啲箭射喺船嘅另一面。就係咁一路等到日出霧散，二十條船兩邊都插滿曬箭，諸葛亮先叫船隊收兵，又叫士兵向曹軍大叫：「謝丞相賜箭！」激到曹操扎扎跳。

諸葛亮返到自己軍營，對魯肅話：「每條船上大概有五六千支箭，二十條船，有十幾萬支啦。」

魯肅不由得感歎話：「先生真係神人啊！你點知今日會有大霧呢？」

諸葛亮答話：「領軍打仗，如果唔通天文地理，唔識陰陽陣圖，就只係庸才而已。我早就算到今日會有大霧，所以先夠膽應承周都督三日之內造成十萬支箭。」

魯肅聽完萬分佩服，返去話畀周瑜聽，周瑜感歎話：「諸葛亮神機妙算，我比唔上佢啊！」

嗰邊廂曹操畀諸葛亮呃咗十萬支箭，條氣好唔順，荀攸就建議派蔡瑁嘅兩個細佬去江東詐降，搵機會殺咗諸葛亮。蔡瑁兩個細佬嚟到江東，周瑜一眼睇穿佢哋係嚟詐降嘅，不過就暫時唔拆穿佢哋住，留返嚟以後有用。

到咗夜晚，老將黃蓋忽然走嚟搵周瑜，建議佢用火攻打敗曹軍，周瑜話：「我早就想用呢招，不過缺一個詐降嘅人。」黃蓋就自告奮勇，願意用苦肉計，去曹軍嗰邊詐降，周瑜十分高興。

第二日，周瑜召集眾將，宣佈話要大家準備好三個月糧草，準備對抗曹軍。黃蓋就走出嚟話：「莫講話三個月，三十個月都唔掂啦。如果今個月打唔贏曹軍，就不如投降算啦！」

周瑜面色都變晒，發火話：「黃蓋你好大膽，喺度擾亂軍心，同我拉佢出去斬！」

大家紛紛嚟勸周瑜，話黃蓋係東吳元老，請周瑜從寬發

諸葛亮草船借箭

落。於是周瑜就下令打黃蓋一百軍棍，打到黃蓋皮開肉綻，鮮血直流。

黃蓋返到自己營寨，一邊養傷，一邊叫個部下闞澤去搵曹操，聯絡投降嘅事。

闞澤去到曹營見到曹操，就對曹操講話黃蓋要嚟投降。曹操一開頭都唔肯信，話黃蓋冇約定時間，分明係詐降，要殺咗闞澤。好在闞澤口才夠好，拋返曹操轉頭話：「你真係不學無術！背主通敵，如果約好時間又搵唔到機會，咁豈不是誤咗大事？」

呢個時候，曹操接到蔡瑁兩個細佬嘅信，向佢報告黃蓋畀周瑜打嘅事。曹操咁先肯信，同闞澤約定，等黃蓋過嚟投降。

周瑜知道曹操中計，十分高興，又搵到襄陽嘅名士「鳳雛先生」龐統幫忙，請佢去說服曹操將戰船連接起身，以便吳軍放火。

龐統去到曹營，曹操早就聽過「鳳雛」嘅名號，十分高興，親自帶龐統參觀水寨。龐統睇完之後，就教曹操話：「丞相部下嘅士兵都係北方人，係南方作戰，恐怕容易得病啵！」

曹操正喺度為呢個問題擔心，馬上請教龐統點算好？龐統就教佢話：「大江之上風浪不斷，北方士兵因為不熟水性，搭唔慣船，所以受唔到暈船顛簸嘅辛苦，身體自然就會變差。丞相可以用鐵環將戰船連接起身，然後鋪上木板，穩陣到人同馬都可以通行暢順，咁就唔使怕風浪啦。」曹操聽咗大叫好辦法，馬上下令照辦。

聽古仔

粵語知多啲

淡淡定，有錢剩 —— 呢一回講到周瑜想借住逼諸葛亮造箭，乘機殺死諸葛亮。但係諸葛亮就好淡定咁用「草船借箭」嘅方法化解咗危機。關於淡定，喺粵語裏面，有個講法叫做「淡淡定，有錢剩」。呢個俚語係話畀人知，做人遇到事情千祈唔好自亂陣腳，要淡定應對，咁先容易化險為夷，所謂「有錢剩」，其實係指解決問題嘅意思。

歷史知多啲

連環船 —— 喺呢一回裏面，講到龐統建議曹操將戰船用鐵鏈連起身，然後鋪上木板，以解決士兵暈船同埋站立唔穩嘅問題。而喺正史裏面，曹操嘅連環船唔係好似小說裏面所講咁打橫相連，而係「首尾相接」，亦就係形成一支縱向嘅船隊，方便組織陣型、攔截江面，甚至可以作為浮橋之用。不過無論打橫定係打戙，連環船都容易變成火攻嘅對象，係一種危險嘅戰術。

周瑜打黃蓋

第二十九回

孔明登壇借東風

　　話說曹操喺龐統建議之下，用鐵索將所有船隻連喺一齊，果然非常平穩，士兵再都唔會暈船，曹操十分高興。但係程昱見到咁樣，講出自己嘅擔憂：「將船連埋一齊，固然係平穩，但係如果對方用火攻，咁就好危險喇！」

　　曹操哈哈大笑話：「我早就計到啦，凡係用火攻，一定要借助風力。而家係隆冬時節，淨係吹西北風。我軍喺西北方，吳軍喺南岸，如果放火，只會燒返佢哋自己轉頭嚟啫！」

　　曹軍眾將聽咗，都好佩服曹操嘅神機妙算。

　　而周瑜本來勝券在握，心情大好。呢一日見到一陣大風，將曹軍嘅軍旗吹斷咗，更加高興啦。點知忽然間諗起件事，佢當堂口吐鮮血，暈倒喺地上。

　　大家都畀周瑜嚇親，七手八腳將佢扶返入營帳養病。魯肅見周瑜忽然病咗，十分擔心，走去同諸葛亮商量。諸葛亮笑笑話：「你放心，公瑾呢個病，我識得醫。」

　　魯肅一聽就高興啦，馬上拉住諸葛亮嚟到周瑜牀前。周瑜見諸葛亮嚟到，仲係訓喺牀上起唔到身，諸葛亮就話：「我有一個良方，一定可以醫好都督嘅。」講完，屏退左右，偷偷地寫咗十六個字畀周瑜：「欲破曹公，宜用火攻；萬事俱備，

只欠東風。」

周瑜一睇，當堂成個人精神曬，問諸葛亮有咩辦法。諸葛亮就話：「我當年曾經得高人傳授奇門遁甲之術，可以呼風喚雨。都督只要喺南屏山建一座七星壇，我喺台上作法，可以向老天爺借三日三夜東南大風，幫都督用兵。都督意下如何？」

周瑜好高興啊，答話：「莫講話三日三夜，只要有一晚大風都夠曬啦！」於是馬上爬起身，派士兵去南屏山築壇，然後又派士兵手執各色大旗，聽候諸葛亮指揮。

到咗十一月二十日吉時，諸葛亮沐浴齋戒，身披道袍，披散頭髮，打大赤腳，嚟到壇上作法。一日之間，只見諸葛亮上壇三次，落壇三次，但係等極都仲係未見有東南風。

呢個時候周瑜早就調動好兵馬，又叫黃蓋將二十條火船準備定當，就等諸葛亮嘅東南風。但係等來等去都等唔到，周瑜有啲心急，問魯肅：「諸葛亮會唔會係作大㗎，而家隆冬季節，點會有東南風呢？」

魯肅答：「佢講得出，應該唔會揸流攤啩。」

話音未落，忽然聽到外面風聲大作，周瑜行出營帳一睇，果然颳起咗東南風。見到呢個情形，周瑜又高興，又擔心：「諸葛亮呢個人實在鬼神莫測，都係應該早啲殺咗佢！」於是佢即刻派丁奉、徐盛去追殺諸葛亮，點知佢兩個去到南屏山，諸葛亮一早就坐船走咗了。

周瑜冇辦法，唯有先專心對付曹軍。佢派黃蓋先過去詐

降，去到之後以放火為號，然後又安排甘寧、太史慈、呂蒙、凌統、董襲、潘璋等將領各帶一路士兵，分頭攻打曹軍。最後再派人送信畀孫權，請佢派兵接應。

而諸葛亮返到夏口，亦開始調兵遣將。佢先係派趙雲去烏林小路埋伏，截擊曹軍；然後又派張飛去葫蘆谷口埋伏，阻斷曹軍去彝陵嘅道路；繼而再派糜竺、糜芳、劉封去江上襲擊曹軍，最後請劉琦坐鎮武昌。佈置完畢之後，就對劉備話：「主公可以屯兵樊口，睇今晚周郎大功告成啦！」

呢個時候關羽終於忍唔住，大聲對諸葛亮話：「關某跟隨兄長多年，作戰從來都不甘後人。今日遭遇大敵，軍師唔派關某出戰，究竟係乜嘢用意啊？」

諸葛亮笑住話：「雲長你有怪莫怪，本來有個緊要關口華容道，想請你去把守，但係當年曹操對你咁好，怕你去到放佢走，所以我唔敢派你去。」

關羽就話：「軍師你太多心啦，曹操當年對我係好，但係我斬顏良誅文醜，已經報答過佢了，今次我一定唔會放過佢嘅！」

諸葛亮見佢咁積極，就同關羽定落軍令狀，又教關羽喺華容道山上點火，引曹操過嚟。關羽領命之後，就帶上關平、周倉，去華容道埋伏喇。

關羽走咗之後，劉備同諸葛亮話：「我二弟份人義氣深重，恐怕真係會放過曹操啵。」

諸葛亮就話：「我夜觀星象，知道曹操命不該絕，所以留

個順水人情畀雲長啫。」

呢一晚，曹操忽然接到士兵來報，話黃蓋今晚要帶住運糧船過嚟投降，曹操十分高興，就企喺中軍準備迎接。只見對面一支船隊破浪而嚟，船上豎起一支大旗，上面寫住「先鋒黃蓋」四個大字。曹操正睇得開心，旁邊嘅程昱忽然話：「丞相，唔對路，呢支船隊唔係運糧船啊！運糧船船身應該好重，點會行得咁快？」

曹操呢個時候先醒悟過嚟，想叫人攔住黃蓋嘅船隊。但黃蓋嘅船順風順水，行得飛快，一眨眼已經駛到埋身，仲邊度攔得切？只見黃蓋大刀一揮，二十條火船一齊點火，喺東南風助力之下，火趁風威，風助火勢，一下子就衝入曹軍嘅水寨，將曹軍嘅戰船燒着曬。

曹軍嘅戰船用鐵鏈連埋一齊，呢個時候避無可避，走無可走，一條接一條咁着火，成個水寨畀燒到一片通紅，漫天滿眼都係火光。江面之上，韓當、蔣欽、周泰、陳武各自從東西兩邊殺到，周瑜亦同程普、丁奉等大將親自率領大隊船隻從中路進攻。曹軍呢個時候畀大火燒到一片混亂，邊度抵擋得住？吳軍借助大火發動猛攻，殺到曹軍丟盔棄甲，四散而逃，畀刀槍箭矢殺死嘅、燒死嘅、跌落水浸死嘅士兵不計其數。

曹操眼見大勢已去，就喺一眾將領保護之下殺出重圍，帶住殘兵敗卒，向烏林小路落荒而逃喇。

粵語知多啲

　　揸流攤 —— 所謂「揸流攤」，係指一個人做事靠唔住，或者唔肯盡力導致失敗。據講呢個詞源自於博彩形式之一嘅「番攤」。所謂「番攤」，就係隨手抓起一把棋子，然後四個為一組撥開，睇下最後剩低幾多個。而嗰啲作弊嘅人往往就會喺手裏面暗藏棋子，以控制最後剩低棋子嘅數量。對於呢種「出老千」嘅做法，就稱為「揸流攤」。後來，呢個詞逐漸被引申為做事靠唔住，唔盡力嘅情況。

歷史知多啲

　　火燒赤壁 ——「赤壁之戰」，係三國歷史裏面一場最著名嘅戰役。喺呢一場戰役裏面，周瑜指揮嘅吳軍以少勝多，火燒曹軍嘅連環船，擊敗佔據數量優勢嘅曹軍，阻止咗曹操一統天下嘅企圖，繼而為三國鼎立奠定咗局面。係《三國演義》描述「赤壁之戰」嘅內容中，諸葛亮表現活躍，但喺歷史記載裏面，周瑜先至係呢一場戰役嘅主角。蘇東坡喺佢嘅名篇《念奴嬌赤壁懷古》裏面就寫到：「遙想公瑾當年，小喬初嫁了，雄姿英發。羽扇綸巾，談笑間，檣櫓灰飛煙滅。」

諸葛亮借東風

第三十回
火燒赤壁捉放曹

　　話說周瑜一把大火，燒咗曹軍嘅連環船，曹操喺一眾將領保護之下衝出重圍，搏命向彝陵方向走去。一路行到五更，眼見火光漸遠，曹操先淡定返落嚟，問手下：「呢度係咩地方？」

　　左右答：「呢度係烏林嘅西面，宜都嘅北面。」

　　曹操放眼望去，只見周圍樹林茂密，山勢險要，忍唔住哈哈大笑。大家問佢笑乜，曹操就話：「我係笑周瑜同諸葛亮唔夠聰明，如果喺呢度埋伏一支兵馬，咁我哋咪大鑊？」

　　話口未完，兩邊忽然鼓聲震天，火光衝天而起，一路人馬衝出嚟攔住曹操去路，為首一員大將大喝道：「我趙子龍奉軍師將令，喺度守候多時啦！」嚇到曹操幾乎跌咗落馬。徐晃同張郃衝上前，一齊搏命頂住趙雲。而趙雲只顧搶奪帥旗，亦都無專登追住曹操嚟打，曹操咁先走得甩身。

　　走得一陣，忽然落起大雨，淋到曹軍狼狽不堪。曹操正係心慌，好在見到許褚同李典帶兵趕到，佢先冇咁驚，帶住部隊繼續向前行。一路行到葫蘆口，實在係人困馬乏了，於是曹操下令士兵就地煮飯，休息一陣。

　　曹操喺個樹林仔度坐咗一陣，忽然間又仰天大笑。大家

又問佢笑乜啦，曹操又話：「我笑周瑜同諸葛亮嘅智謀畢竟唔夠高明，如果喺呢個地方再埋伏一路人馬，以逸待勞，咁我哋就算走得甩，恐怕都要重傷咯。」

點知佢說話啱啱講完，就聽到啲士兵大呼小叫，放眼望去，只見山谷口一隊人馬攔住去路，為首嘅正係張飛！張飛橫矛立馬大喝話：「曹操你個奸賊，今次走得去邊？」曹軍將士見到張飛，個個都嚇到膽戰心驚。許褚、張遼、徐晃三個一齊過嚟攔住張飛廝殺，兩軍混戰打成一團，曹操就趁呢個亂七八糟嘅陣勢突圍而去。

又行得一陣，曹操行到一個岔路口，士兵向佢報告路況：「兩條路之中，大路比較平坦，不過遠五十幾里，小路係華容道，近五十幾里，但係道路比較崎嶇。」

曹操叫人去兩邊望下，士兵睇完返嚟回報話：「小路山邊有煙火升起，大路嗰邊就冇動靜。」曹操諗咗一下，決定行小路華容道。大家覺得好奇怪，就問佢：「小路有烽火，必定有伏兵，點解仲要行小路呢？」

曹操答話：「兵書有云：實則虛之，虛則實之。諸葛亮一定係叫人喺小路燒煙，等我哋唔敢行，然後佢就喺大路埋下伏兵等我哋去，我偏偏唔中佢計！」眾將聽咗，都大讚曹操神機妙算。

呢個時候，曹軍大半身上都帶傷，兵器不整，馬鞍盔甲因為濕曬亦都揼咗，行喺條崎嶇小路上面，實在苦不堪言。好不容易終於行過一段泥濘不堪嘅道路，曹操擰轉頭一睇，

只見身邊只剩低三百人馬了，仲要一個二個盔甲不整，真係狼狼不堪。又行得幾里，曹操忽然又仰天大笑。大家又再問佢笑乜，曹操話：「大家都話周瑜同諸葛亮幾咁足智多謀，我睇都不過如此。如果佢喺呢度再埋伏一路兵馬，我哋就只能束手就擒啦！」

點知佢說話都未講完，又聽到一聲炮響，兩邊衝出幾百人馬，為首一員大將，手提青龍刀，座下赤兔馬，正係關羽關雲長！

曹軍上下見到關羽，即時嚇到魂飛魄散，企曬喺度你眼望我眼，都唔知點算。曹操話：「冇辦法，唯有決一死戰啦！」但大家都話呢個時候人困馬乏，實在打唔過㗎啦。程昱就建議話：「關羽呢份人向來恩怨分明，義氣深重，唔鍾意恃強凌弱。丞相當年有恩於佢，只要親自去求佢，佢一定肯放過我哋嘅。」

曹操冇計，唯有策馬上去對關羽話：「將軍別來無恙啊嘛？」

關羽喺馬上欠身行禮答話：「關某奉軍師將令，喺度等候丞相多時啦。」

曹操話：「曹操今日兵敗勢危，窮途末路，還請將軍顧念昔日嘅情份，放我一馬。」

關羽擰擰頭話：「丞相當年確實厚待關某，但我斬顏良，誅文醜，解白馬之圍，已經報答過丞相。今日點能夠因私忘公呢？」

曹操又話：「咁將軍你過五關斬六將，呢條數又點計呢？大丈夫以信義為重，請將軍高抬貴手啊！」

關羽係個義重如山嘅人，諗起當年曹操點對待自己，又見曹軍一個二個惶恐不安嘅樣，實在唔忍心，於是叫自己手下嘅士兵散開。曹操一睇關羽肯放行，真係契弟走得摩咯，策馬就衝咗過去。其他嘅曹軍將士亦趁機衝過去。關羽正喺度猶豫，又見到張遼策馬而過，佢諗起故人之情，終於將曹軍全部放走曬。

曹操過咗華容道，得到曹仁接應，終於脫離險境。佢留低曹仁守荊州，夏侯惇守襄陽，張遼守合淝，自己帶住部下就走返去許昌喇。

而關羽放過咗曹操，返到軍營向諸葛亮請罪。諸葛亮話：「既然雲長立過軍令狀，咁就要按軍法處置啦。」講完，就要叫武士推關羽出去斬。

劉備乘機做好人勸住諸葛亮：「我同雲長結拜嘅時候，話過要同年同月同日死嘅，請軍師暫且放過雲長，以後將功贖罪啦。」

諸葛亮於是就順水推舟，唔再追究關羽喇。

聽古仔

粵語知多啲

契弟走得摩 —— 喺粵語裏面，「契弟」係個鬧人嘅貶義詞。據講呢個詞出自舊廣州光雅里專門提供殯葬服務嘅一條街，呢啲行當嘅老闆會搵啲窮苦人家嘅細路幫人哭喪。因為唔係喪葬之家嘅親戚，所以佢哋被稱為「契弟」，喺社會上畀人睇唔起。而「契弟走得摩」，係指情況危急嘅時候，走得慢嘅就係「契弟」，醒目嘅人梗係快快手手走人喇。

歷史知多啲

軍令狀 —— 我哋聽古仔嘅時候，經常會聽到「軍令狀」呢個詞。所謂「軍令狀」，係指喺軍隊嘅軍事行動裏面預先寫落保證書，表示如果唔能夠完成任務，就甘願受軍法處置，嚴重嘅會有性命之憂。不過喺真實嘅歷史裏面，好少會發生類似小說戲曲裏面主動要求立「軍令狀」嘅情形，一般都係主將制定好需要執行嘅任務同處罰措施，亦就係「軍令」，然後交畀下屬執行。

第三十一回

取南郡二戲周瑜

話說周瑜火燒赤壁,將曹操打到大敗而回,滿心歡喜向孫權彙報,然後犒賞三軍,準備出兵去攻取南郡。佢聽講劉備駐軍喺油江口,知道劉備亦都想要南郡,於是走去搵劉備,藉口話來答謝,其實係要阻止劉備出兵。諸葛亮聽講周瑜嚟到,就教定劉備要點樣應付。

見面之後,周瑜開門見山就問:「豫州你駐軍油江,係咪想要謀取南郡?」

劉備答話:「我係聽聞都督想取南郡,專程嚟幫忙。如果都督唔要,咁我咪要咯。」

周瑜笑住話:「我哋東吳早就想吞併漢江,南郡都已經相當於喺我哋嘅掌握之中了,點會唔要?」

劉備就話:「而家曹仁守住南郡,都督恐怕未必咁容易攞得落嚟㗎啵。」

周瑜一聽就激氣喇,話:「如果我搞唔掂,咁南郡就任得你攞去吧!」

回營之後,周瑜馬上派蔣欽為先鋒,徐盛、丁奉為副將,率領先鋒部隊去攻打南郡。佢原本以為曹軍啱啱打咗個大敗仗,南郡係垂手可得。點知曹仁英勇非常,一番奮戰之下竟

然打敗咗吳軍。周瑜見唔係咁容易取勝，就派甘寧先去攻打彝陵。

曹仁接到消息，馬上派曹純帶兵去救彝陵。駐守彝陵嘅守將曹洪出城同甘寧打得一陣，就詐敗而去，等到甘寧入咗彝陵，曹純嘅援兵趕到，就同曹洪一齊包圍彝陵，將甘寧圍困係城內。

周瑜知道之後好緊張，即刻帶兵去救甘寧，一場大戰之下終於打敗咗曹軍，繼而又連夜趕返去攻打南郡。曹仁呢個時候見形勢危急，就拆開曹操留低嘅錦囊，然後依計行事。

曹軍先係打開城門出城迎戰吳軍，打得一陣，就紛紛敗退，兜開城門走曬去。周瑜見城裏面冇曬人，於是大安旨意帶兵入城。點知忽然聽到一聲鑼響，城樓上箭如雨下，周瑜被一箭射中左脇，大叫一聲跌落馬下。曹軍紛紛衝出嚟要捉周瑜，好在得徐盛、丁奉搏命衝殺，咁先救返周瑜。曹軍乘機殺返轉頭，打到吳軍大敗。

周瑜見正面作戰難以取勝，於是喺陣前詐帝嘔血，然後對外宣稱話自己箭傷發作死咗。曹仁知道之後，決定全軍盡出去偷襲吳軍。點知吳軍早有準備，幾路伏兵一齊殺出嚟，打到曹仁大敗，南郡都唔敢返了，帶住敗兵向襄陽走咗去。

周瑜心諗：「今次搞掂啦掛？」於是施施然帶兵準備入城。點知去到南郡城下，只見城頭插滿旗幟，一員大將大叫話：「都督，唔好意思，我常山趙子龍奉軍師之命，已經佔咗南郡啦！」

周瑜當堂被激到扎扎跳，想要攻城，又畀城頭亂箭射返轉頭。跟住佢又接到消息，話諸葛亮用曹軍嘅兵符，不費吹灰之力，就派張飛佔咗荊州、派關羽佔咗襄陽。聽到劉備取得咁多勝利，周瑜嬲到即時箭傷發作，暈倒喺地。

　　醒返之後，周瑜馬上話要起兵去攻打南郡，魯肅就勸住佢話：「而家主公仲未攻佔合淝，曹軍虎視眈眈，如果我哋同劉備火拼，曹軍乘虛而入咁點算？」

　　周瑜冇計，唯有請魯肅去搵劉備講數。魯肅去到荊州見到諸葛亮，就對佢話：「曹操之前以百萬大軍南下，其實主要係嚟攻打劉皇叔。我哋東吳幫皇叔殺退曹軍，耗費咗咁多錢糧兵馬，荊州九郡，應該歸東吳至係啊。」

　　諸葛亮答話：「開講有話，物歸原主啊嘛。荊州九郡原本係劉表嘅基業，而家劉表雖然過咗身，但係公子劉琦仲喺度。我哋主公作為叔父輔助姪仔，取荊州唔係好合情理咩？」

　　魯肅就話：「如果係劉琦公子作主，咁都仲有道理，但公子唔係喺江夏咩？」

　　點知諸葛亮當堂就將劉琦請咗出嚟，搞到魯肅口啞啞冇聲出，唯有話：「公子如果唔喺度，咁就要將城池還返畀東吳啦！」

　　諸葛亮滿口應承，將魯肅送走咗。魯肅返到軍營，同周瑜話：「我睇劉琦酒色過度，病入膏肓，最多得半年命，到時我再去取荊州，劉備就冇話好講啦。」周瑜冇辦法，只好先帶兵去幫孫權攻打合淝了。

劉備得咗荊州襄陽之後，以劉琦為荊州刺史，就出兵去攻打南邊嘅四個郡。劉備先係自己親自率領大軍攻佔咗零陵，然後又派趙雲攻佔咗桂陽，張飛攻佔咗武陵。關羽知道之後，就自告奮勇，話要去攻取長沙，立翻一功。劉備好高興，馬上叫張飛代替關羽守荊州，請關羽帶三千兵馬去攻打長沙。出發之前，諸葛亮提醒關羽：「長沙太守韓玄雖然冇乜料到，但係佢麾下有一員大將，姓黃名忠，字漢升，雖然年近六旬但係有萬夫不當之勇，雲長去到一定要小心。」

點知關羽聽咗就唔忿氣了：「軍師你何必長他人志氣滅自己威風？一個老兵何足掛齒，我唔使三千兵馬，只要帶本部五百校刀手，就可以將長沙攞到手！」講完，帶住本部五百人馬就出發去長沙。

諸葛亮見佢咁輕敵，就叫劉備領軍去接應，以防萬一。

粵語知多啲

　　大安旨意 —— 喺粵語裏面，形容一個人放鬆警惕，毫無戒心，有個講法叫做「大安旨意」。所謂「旨意」，指嘅係皇帝嘅聖旨，而「大安旨意」就係指啲人見皇帝已經頒佈咗聖旨，就以為事情塵埃落定，唔會再出問題，過分安心。殊不知即使係皇帝嘅旨意，其實都未必靠得住，世事隨時會有出人意料嘅變化，一定要時刻提高警惕先得。

歷史知多啲

　　荊州 —— 喺三國時期，荊州係三國爭奪嘅焦點地區，咁呢個荊州係而家嘅邊度呢？三國時候嘅荊州，下轄九個郡：南陽、南郡、江夏、零陵、桂陽、武陵、長沙、襄陽同章陵，大致上係今日湖北、湖南同埋河南嘅一小部分。赤壁之戰後，曹、孫、劉三家都佔據咗荊州嘅部分地區。

第三十二回
戰長沙黃忠歸順

話說關羽領兵去攻打長沙，長沙太守韓玄派楊齡領軍出嚟應戰，結果一見面唔到三個回合，楊齡就畀關羽一刀斬於馬下。韓玄嚇到面都青埋，馬上派老將黃忠出戰。

黃忠嚟到陣前，同關羽大戰上百個回合，竟然不分勝負。韓玄怕黃忠年紀大，於是鳴金收兵。關羽心諗：「呢個老將黃忠果然名不虛傳，等我聽日用拖刀計嚟贏佢。」

第二日，關羽同黃忠又再展開一場大戰，睇到兩邊將士都齊聲喝采。打到五六十個回合，關羽撥轉馬頭就走，黃忠喺後面追住上嚟。關羽正準備轉身一刀斬咗黃忠，忽然聽到身後「趴嗒」一聲，轉頭一睇，原來係黃忠嘅戰馬馬失前蹄，跪咗落地。關羽回馬舉刀，大喝話：「我而家殺你，勝之不武，暫且饒你一命，返去換匹馬嚟，我哋聽日再打過！」

黃忠執返條命，飛馬跑返入城。韓玄見到，就對黃忠話：「你嘅箭法百發百中，點解唔用箭射佢？」

黃忠答話：「好，聽日再戰，我詐敗走到吊橋邊射佢！」但係講完之後，黃忠諗起關羽今日放過自己咁仁義，自己又點忍心射死佢呢？一時之間十分為難。

到咗第二日，雙方繼續上陣，打得三十幾個回合，黃忠

詐敗，關羽一路追住上嚟。黃忠諗起尋日關羽不殺之恩，就只係拉弓虛射，關羽聽到弓弦聲響，就側身避開啦，點知見唔到有箭射過嚟。佢以為黃忠冇料到，更加放心追趕。黃忠走到吊橋邊，回過身來彎弓搭箭，一箭射過去。只聽到弓弦響起，一箭正射中關羽頭上頭盔嘅紅纓。關羽大吃一驚，咁先知黃忠百步穿楊，今次只係射自己頭盔，係要報自己前一日嘅不殺之恩，於是就馬上退兵喇。

而黃忠返到入長沙城，韓玄就話佢唔肯射死關羽，分明係勾結敵人，要殺咗黃忠。結果一個叫做魏延嘅大將忽然衝出嚟，殺死軍士救起黃忠，然後呼籲大家一齊殺咗韓玄。韓玄平時濫殺無辜，大家都唔服佢，而家魏延出嚟帶頭，大家都一齊跟住上了。魏延嚟到城頭，一刀殺咗韓玄，然後就打開城門，放關羽入城。

劉備接到消息話關羽攻破咗長沙，梗係高興啦，馬上帶兵嚟接應。入城之後，劉備親自去黃忠府上拜訪，勸黃忠投降。黃忠請求將韓玄好好安葬，咁先肯歸降。而對於另一位降將魏延，諸葛亮話佢腦後有反骨，日後必定造反，想要殺咗佢。不過劉備怕投降嘅將士人心不穩，所以就勸住諸葛亮，留低魏延喺軍中效力。

得咗長沙之後，劉備又接到消息，話孫權攻打合淝失敗，而公子劉琦又病死咗。諸葛亮估計孫權一定會派人嚟攞荊州，於是做好曬準備，等住孫權嘅人過嚟。

果然，孫權又派魯肅過嚟討還荊州。劉備設宴款待魯

肅，諸葛亮飲得幾杯，就話：「我哋主公係漢室宗親，當今聖上嘅皇叔，而家一塊地頭都冇，反而你東吳佔住六郡八十一州，咁都仲貪心想佔據荊州。當日曹操嚟攻打東吳，如果唔係我借東風，周郎點打得贏曹操？江南一破，你哋咪一鑊熟？而家打贏咗，又要嚟搵我攞荊州，邊有咁嘅道理啊？」

魯肅講佢唔過，唯有話：「我當日對主公講過，劉琦公子唔喺度，皇叔就要歸還荊州。你而家唔肯還，我返去點同主公交代呢？」

諸葛亮馬上答佢：「咁就容易啦，我哋主公立下文書，暫時借住荊州先，一旦佔領咗其他地方，就還返荊州畀東吳。」

魯肅問佢要佔咩地方，諸葛亮就話：「而家西川嘅劉璋懦弱無能，我主公佔咗西川，就將荊州還畀東吳啦。」

於是，雙方立下字據文書，畀魯肅帶返去東吳。

魯肅返去之後，先將文書畀周瑜睇。周瑜一睇就好激氣咁話：「你中咗諸葛亮嘅計啦！佢話佔咗西川就歸還荊州，如果佢十年都攻佔唔到西川，咁唔通就十年唔使還？到時主公怪罪落嚟，你點算啊？」

魯肅一時之間都好緊張，問周瑜有咩好辦法。周瑜就話：「我聽講劉備夫人新喪。咁啦，不如我請主公搵人做媒，將主公嘅妹妹許配畀劉備。等劉備過嚟迎親，我哋就捉住佢，用嚟交換荊州。」

於是魯肅就將周瑜嘅計策向孫權報告，孫權聽咗好高興，馬上派呂範做媒人去向劉備提親。劉備聽到呂範話孫權

有個妹想嫁畀自己，就去問諸葛亮嘅意見。諸葛亮答話：「主公即管放心應承啦，我自有辦法。」

於是，劉備帶住趙雲同五百護衛，前去東吳迎親。臨行之前，諸葛亮畀咗三個錦囊過趙雲，叫佢依計行事。

一路之上，劉備好擔心孫權想害自己。於是趙雲就打開第一個錦囊，然後安排好五百軍士各自入城執行購物嘅任務，又教劉備去到南徐之後，要先搵大喬小喬嘅父親喬國老，通報自己要娶孫權個妹妹為妻嘅事。大喬小喬係何許人也呢？原來，呢兩姐妹係東吳出名嘅美人，才貌出眾，大喬嫁咗畀孫策，小喬則係周瑜嘅夫人。

喬國老見完劉備，知道咗佢要娶孫權嘅妹妹，就馬上走去向孫權嘅娘親吳國太賀喜。吳國太一聽就激動了：「竟然有啲咁嘅事？！」佢即刻派人去調查，果然打聽到劉備帶住侍衛嚟到東吳，確實係要嚟娶孫權嘅妹妹，仲已經派人喺東吳城內買咗好多禮物準備迎親。

吳國太返到皇宮之後，一見到孫權就喊到搥胸頓足，嚇到孫權馬上追問：「娘親因咩事煩惱呢？」

吳國太就話：「你要搵劉玄德做妹夫，點解要瞞住我？係咪當我呢個娘親冇到？」

孫權唯有解釋話：「呢個係周瑜嘅計策，想用劉備換返荊州。」

點知吳國太一聽就更加嬲喇，大鬧周瑜：「佢身為大都督，要用我個女嚟換荊州咁冇用！如果劉備畀你哋殺咗，咁

我個女咪變成寡婦？你哋豈不是誤咗我個女一世？！」

　　孫權比吳國太講到啞口無言，冇曬辦法。最後喬國老同吳國太商量好，第二日喺甘露寺見一見劉備先，睇下呢個女婿招唔招得過。

粵語知多啲

　　一鑊熟 ── 喺粵語裏面，形容好多人一齊衰曬，叫做「一鑊熟」。所謂「一鑊熟」，原本係指將所有食材一齊放落個鑊度，一次過煮熟曬，例如著名嘅「佛跳牆」就係呢個做法。因為唔理各種食材嘅特性，簡單粗暴咁一齊煮熟，所以後來大家就用「一鑊熟」嚟形容大家一齊衰，又或者同歸於盡嘅情形喇。

歷史知多啲

　　百步穿楊 ── 喺呢一回裏面，講到老將黃忠箭法高超，百步穿楊。「百步穿楊」呢個詞，專門用嚟形容人箭術高明，典故出自春秋時期嘅神箭手養由基。根據史書記載，呢位養由基係楚國人，「去柳葉者百步而射之，百發百中」，所以大家就用「百步穿楊」嚟形容一個人箭法高超，呢個詞後來仲被引申為本領高強嘅意思。

第三十三回

賠了夫人又折兵

吳國太同喬國老約劉備去甘露寺相見。呂範就建議埋伏定三百刀斧手，只要吳國太唔鍾意劉備，就一擁而上捉住佢。

第二日，劉備用細密嘅鎧甲打底，外面披上企理嘅錦袍，帶住趙雲同五百士兵一齊嚟到甘露寺，入去方丈室拜見國太國老同孫權。吳國太見劉備儀表非凡，十分喜歡，喬國老亦都讚歎話：「玄德有龍鳳之姿，天日之表，國太能夠得到個咁嘅好女婿，真係可喜可賀啊！」

不過趙雲就見到後邊有刀斧手埋伏，馬上話界劉備知，劉備對吳國太喊住話：「國太如果要殺我，即管啷手就係啦，唔使暗中埋伏刀斧手嘅。」

吳國太一聽，又大鬧咗孫權一餐，孫權唯有扮唔知，賴曬落呂範度。

就係咁，孫權弄假成真，將個妹嫁咗界劉備。孫劉聯姻嘅消息傳出，當地嘅百姓都十分歡喜，個個拍手稱賀。劉備順利娶得孫夫人，兩個人婚後十分恩愛。

周瑜接到消息，大吃一驚，知道自己計策失敗，於是向孫權建議，可以用醇酒美人、宮室珍玩嚟軟化劉備，將佢留喺江東。如果今次將劉備放走，咁就相當於放龍入海，將來

佢必定唔會係「池中物」。孫權都好贊同，於是依計行事。劉備自幼家境貧寒，而家忽然得到咁好待遇，竟然真係唔捨得走。

趙雲見到咁嘅情況，就拆開諸葛亮第二個錦囊，果然又有一條好計。趙雲睇完之後就走去搵劉備，嚇佢話曹操發動五十萬大軍嚟攻打荊州，叫佢快啲返去主持大局。劉備大吃一驚，就同孫夫人商量。孫夫人決定嫁雞隨雞，跟劉備返去。於是劉備以去江邊祭祖為名，喺趙雲同五百軍士護送之下，離開咗南徐。

孫權知道之後，馬上派幾員大將帶兵去追趕。劉備一路走到江邊，眼見後面塵土飛揚，追兵馬上就要殺到，一時之間唔知點算。忽然，佢見到江岸邊已經有船隻喺度等佢，上船之後，先知原來諸葛亮早就喺船上等候喇。

開船後行得冇幾遠，就見江上無數戰船追到過嚟，帥旗之下，正係周瑜。佢親自領軍嚟追趕劉備一行人。眼睇住就快被追上，諸葛亮就叫劉備一行人棄船登岸，繼續趕路。周瑜帶住部隊亦都跟咗上岸，窮追不捨。點知行得冇幾遠，只聽到一聲鼓響，山邊殺出一路人馬，為首一員大將，正係關羽。周瑜知道關羽厲害，當機立斷，掉頭就走。走得冇幾遠，左右又有黃忠同魏延領軍殺出，將吳軍殺到大敗。

周瑜冇計，唯有上船走人了。岸上嘅劉備軍士兵齊聲大叫：「周郎妙計安天下，賠了夫人又折兵！」激到周瑜舊傷復發，當堂暈低。

孫權接到周瑜追趕劉備失敗嘅消息，就叫魯肅再去搵劉備索還荊州。諸葛亮知道魯肅要嚟，又教咗劉備一條計仔。

魯肅嚟到見到劉備，一開口話要攞返荊州，劉備就喊到眼淚鼻涕一齊流。魯肅問佢喊咩，諸葛亮喺旁邊答話：「我哋主公當初應承你，話只要取得西川就歸還荊州。但係益州劉璋同主公都係漢室嘅兄弟，去搶佢嘅地盤，恐怕會遭人唾罵。但係唔去搶，又冇地方立足，進退兩難，所以先喊㗎咋。」

魯肅於是返去向孫權彙報情況，周瑜一聽就話：「你又中計啦！劉備連劉表嘅地盤都想搶，更何況劉璋？我有一條計策，可以取得荊州嘅。你去同劉備講，既然佢自己唔好意思喐手，我東吳可以去幫佢取西川，就當係孫夫人嘅嫁妝。不過到時路過嘅時候，要佢提供錢糧。」

魯肅就問：「西川咁遠，要攻取唔係咁容易喎。」

周瑜大笑話：「呢條係假途滅虢之計，我大軍路過，劉備必定要出嚟勞軍，到時我趁機殺咗佢，就可以將荊州搶過嚟！」

於是魯肅又去搵劉備，話周瑜願意幫佢攻取西川，只要大軍路過嘅時候提供錢糧勞軍就得啦。諸葛亮聽咗，滿口應承。

於是，周瑜帶住五萬大軍，浩浩蕩蕩就向荊州而來。行到夏口，劉備派糜竺過嚟迎接，話自己喺荊州城門之外等緊周瑜。周瑜以為今次得米啦，於是催促戰船繼續前行。點知佢哋嚟到荊州城附近，發現竟然水靜河飛，鬼影都冇隻。

周瑜終於起疑心，親自帶三千精兵，去到荊州城下，叫城上開門。

只聽到城上一聲梆子響，城頭之上忽然刀槍林立，趙雲企出嚟對周瑜話：「都督，我哋軍師已經知道你嘅假途滅虢之計啦！主公叫我同你講：我同劉璋都係漢室宗親，點忍心背信棄義去攻打西川？如果東吳去攻取益州，我寧願披髮入山，都唔願意失信於天下！」

周瑜聽咗，知道計謀敗露，正要退兵，只見探子匆匆過嚟報告話：「附近一共有四路人馬，關羽從江陵殺過嚟，張飛從姊歸殺過嚟，黃忠從公安殺過嚟，魏延從彝陵殺過嚟，都唔知有幾多兵馬，一個二個都大叫話要活捉周瑜啊！」

周瑜聽到，激到頭頂飆煙，大叫一聲，箭傷又再復發，喺馬上跌咗落地。左右嘅軍士見到，馬上將佢扶返上船休息。周瑜氣憤之下，決定係都要攻取西川，威畀諸葛亮睇。

點知大軍行得冇幾遠，就忽然接到諸葛亮寫嚟嘅信。周瑜拆開一睇，只見上面寫住：「聽聞都督要攻取西川，亮以為不可。益州劉璋雖然暗弱，但益州民強地險，足以自守，而都督勞師遠征，實在難以取勝。一旦曹操興兵南下，江南就危險啦！」

周瑜讀完諸葛亮嘅信，知道佢講得確實有道理，於是寫咗封信畀孫權，又叫眾將好好為東吳效力，然後仰天長歎：「既生瑜，何生亮！既生瑜，何生亮！」講完，就氣絕身亡。呢個時候嘅周瑜，年僅三十六歲，真可謂英年早逝了。

粵語知多啲

　　水靜河飛 —— 形容十分安靜、四處無人嘅情形，粵語裏面有個詞叫做「水靜河飛」。關於咩叫做「水靜河飛」，有唔同嘅講法。第一個講法係話呢個詞原本應該係「水盡鵝飛」，意思係池塘嘅水冇嘵，所以鵝亦都飛走嘵；而另一個講法則認為呢個詞原本係「水靜鵝飛」，意思係水面上嘅鵝都飛走嘵，所以十分平靜。無論邊個講法，總之呢個詞最後都以訛傳訛，變成「水靜河飛」。

歷史知多啲

　　假途滅虢 —— 喺呢一回裏面，周瑜想借口去幫劉備攻打西川，趁機佔領荊州。呢條計策被稱為「假途滅虢」之計。「假途滅虢」係出自春秋時期嘅典故，當時晉國想攻佔虢國同虞國，但係呢兩個國家已經結為同盟，唔容易攻破。於是大夫荀息就出咗條計策，用重金收買虞公，然後向虞國借路去攻打虢國。虞公利慾熏心，借路畀晉國。結果晉國攻滅虢國之後，順路就滅埋虞國了。

第三十四回
報父仇馬超伐曹

周瑜畀諸葛亮用計激死，死前寫信畀孫權，推薦魯肅接替自己嘅職位。孫權接到周瑜嘅死訊，傷痛咗一番，就拜魯肅為都督，並為周瑜發喪。

諸葛亮接到消息，親自去到柴桑祭奠周瑜，喺周瑜靈前念誦祭文，痛哭咗一番。江東嘅將領本來想殺咗諸葛亮為周瑜報仇嘅，但呢個時候見佢喊到咁傷心，都紛紛話：「原來傳聞話都督同諸葛亮不和，都係謠言嚟嘅。」

諸葛亮拜祭完周瑜，又遇到龐統，於是邀請佢一齊輔助劉備，然後就告辭返荊州。龐統喺東吳得唔到重用，覺得諸葛亮嘅提議都幾好，就去投奔劉備了。劉備十分高興，話：「當年水鏡先生話世間有伏龍、鳳雛，得一人可安天下。而家兩個都嚟輔助我劉備，漢室興旺有望啦！」於是拜龐統為副軍師中郎將。

而喺許昌嗰邊，曹操聽聞周瑜死咗，心嘟嘟想再去攻打江東，但係又擔心西涼嘅馬騰過嚟偷襲。荀攸就建議佢召馬騰去討伐孫權，呃馬騰入京，先殺咗佢，咁就冇後顧之憂啦。曹操大讚好計，馬上依計行事。

馬騰接到詔書，就同長子馬超商量，叫馬超同韓遂鎮守

西涼，自己帶住五千兵馬去許昌。曹操派門下侍郎黃奎去迎接馬騰，黃奎早就不滿曹操專權，於是同馬騰約好，想趁曹操出城點兵嘅機會殺咗曹操。點知黃奎酒後亂講嘢，唔小心泄漏咗消息。第二日馬騰嚟到許昌，曹軍幾路兵馬一齊殺出，將馬騰同兩個仔馬休、馬鐵都殺曬。

搞掂馬騰之後，曹操點起三十萬大軍，準備再次去攻打東吳。孫權接到消息十分緊張，馬上派魯肅去搵劉備求援。魯肅拜見劉備後，諸葛亮就話：「我自有辦法，不費一兵一卒，叫曹操唔敢嚟窺視江南。」魯肅聽咗好高興，返去向孫權覆命。劉備就問諸葛亮有咩好辦法啦，諸葛亮答話：「曹操生平最顧慮嘅就係西涼兵馬。而家佢殺咗馬騰，馬騰個仔馬超必定憎到佢死。主公只要寫封信畀馬超，約佢出兵一齊攻打曹操，咁曹操仲邊得閒下江南啊？」劉備亦贊同，佢馬上就寫信去西涼畀馬超。

馬超喺西涼接到父親被殺嘅消息，早就想搵曹操報仇，呢個時候又接到劉備寫嚟約佢攻打曹操嘅信，當然願意同劉備聯手了。佢搵埋馬騰嘅結拜兄弟韓遂，就一齊起兵去攻打長安。

曹操聽講馬超韓遂起兵，馬上派曹洪、徐晃領軍去協助鎮守潼關。曹洪同徐晃去到之後，喺潼關堅守不出。馬超見一時之間好難攻破，於是諗咗條誘敵之計。呢一日，曹洪喺關上見到西涼軍嘅士兵除曬盔甲喺關前嘅草地休息，啲馬匹放到四圍都係，以為係大好機會，就領兵出去襲擊敵軍。徐

晃正想追佢返嚟，就聽到周圍殺聲四起，馬超、馬岱、龐德幾路人馬已經一齊殺出嚟。結果當然係打到曹軍大敗，馬超佢哋一舉攻佔咗潼關。

曹操帶領主力大軍嚟到，見失咗潼關，唯有喺原地修建營寨，同西涼軍對陣。第二日，兩軍出戰，只見馬超白袍銀鎧，手執長槍，立馬陣前，十分威武。佢一見曹操，就破口大罵：「操賊！你欺君罔上，殺我父兄，我同你不共戴天！」

講完，馬超策馬挺槍，直取曹操。曹軍呢邊于禁出嚟迎戰，打咗八九個回合就抵擋唔住。張郃出嚟再戰，仲係打唔過馬超，打得二十個回合就敗下陣來。接住李通出戰，幾個回合後，馬超奮起神威，又一槍將佢刺於馬下。西涼軍見馬超咁神勇，士氣大振，一齊衝殺過嚟，打到曹軍大敗。馬超即時決定乘勝追擊，同龐德、馬岱直衝中軍要活捉曹操。

亂軍之中，只聽到西涼軍嘅士兵大叫話：「着紅袍嗰個就係曹操啦！」曹操嚇咗一跳，即刻除咗件紅袍；西涼軍又大叫：「長鬚嗰個就係曹操啦！」又嚇到曹操一刀將自己嘅鬍鬚都割斷埋；點知西涼軍再大叫：「短鬚嗰個就係曹操啦！」曹操冇曬辦法，唯有扯一面旗角包住條頸，落荒而逃。

曹軍敗咗一陣，曹操再都唔敢出戰，每日堅守營寨，任由西涼軍點樣辱罵挑戰，佢就打死都唔肯出嚟。另外，曹操又派徐晃同朱靈帶一路人馬去攻打河西，截斷西涼軍嘅歸路。

西涼軍喺馬超率領之下，一連幾仗打到曹軍氣都咳曬，本來係士氣高昂嘅，但係韓遂接到消息話曹軍另一路人馬佔

領咗河西，佢就好緊張了，想同曹操講和。曹操趁機約韓遂過去見面，又寫咗封塗塗抹抹嘅信畀韓遂，搞到馬超懷疑韓遂同曹操有咩密謀。

韓遂同幾個部將商量，大家都話馬超份人好自大，而家既然起咗疑心，遲早會反面，不如乾脆先發制人，捉住馬超投降曹操算啦。於是韓遂就派人同曹操約好，準備一齊對付馬超。

點知馬超聽到風聲，衝入韓遂嘅營帳，正好撞正韓遂同幾個部下喺度秘密商議要對付自己。馬超發起惡上嚟，搣出寶劍就要殺韓遂。但韓遂好彩避得開，馬超一劍只斬咗佢嘅一條手臂。馬超殺唔死韓遂，就又殺咗佢兩名部下。西涼軍嘅將士聽講首領起衝突，亦都互相廝殺起身，一時之間成個軍營亂到好似倒瀉籮蟹咁。曹操趁機派兵過嚟攻打，打到西涼軍大敗，馬超唯有帶埋龐德、馬岱落荒而逃，走咗去隴西臨洮了。

粵語知多啲

倒瀉籮蟹 —— 喺粵語裏面，形容亂七八糟、手忙腳亂，有個生動嘅講法叫「倒瀉籮蟹」。而家去市場買蟹，商家會將蟹綁好再賣。但係以前喺市場，啲商販通常會用個竹籮裝住好多隻蟹，方便買家觀察啲蟹係咪新鮮生猛。因為個蟹籮上面有個可以活動嘅蓋，一旦個籮被打翻，啲蟹就會走曬出嚟，走到四圍都係。要一隻隻捉佢哋返去，賣蟹嘅人自然就手忙腳亂，搞到亂七八糟。喺呢個詞裏面，「瀉」係讀成「寫」嘅音，事關以前呢兩個係通假字。

歷史知多啲

西涼 —— 喺呢一回嘅故事裏面，馬超率領西涼軍去討伐曹操。而喺前面我哋都曾經講到，董卓嘅軍隊亦係來自西涼。咁呢個西涼究竟喺邊度呢？原來，三國時嘅西涼，係指涼州，亦就係而家以武威市為中心嘅甘肅西部地區。因為盛產戰馬，所以涼州地區嘅騎兵驍勇善戰，喺三國時期扮演住好重要嘅角色。直到唐朝嘅時候，呢度都係邊關地區，經常發生戰鬥。亦都係因為咁，唐詩裏面有好多關於涼州嘅軍旅詩，例如王之渙嘅《涼州詞》：「黃河遠上白雲間，一片孤城萬仞山。羌笛何須怨楊柳，春風不度玉門關。」仲有王翰亦都有一首著名嘅《涼州詞》：「葡萄美酒夜光杯，欲飲琵琶馬上催。醉臥沙場君莫笑，古來征戰幾人回。」

第三十五回
趙雲截江奪阿斗

　　話說曹操打退咗馬超嘅西涼軍，返到許都之後，漢獻帝親自出城迎接佢，並且賜佢「贊拜不名，入朝不趨，劍履上殿」嘅待遇，同漢朝初年嘅丞相蕭何一樣。

　　呢個消息傳出，曹操嘅威名更盛，驚動咗遠在漢中（即係今日嘅陝西漢中，喺陝西同四川接近嘅地方）嘅漢寧太守張魯。呢個張魯，雄踞漢中已經三十幾年了，幾乎可以講得上係漢中嘅土皇帝。朝廷因為漢中地方偏遠，唔方便征討管轄，於是就乾脆封張魯為漢寧太守，每年只需要佢進貢就得。而家佢聽到曹操嘅種種事跡，好擔心有朝一日曹操會嚟攻打漢中，於是就想先攻取益州，稱王以對抗曹操。

　　益州牧劉璋聽講呢個消息，十分緊張，馬上召集部下過嚟商議。益州別駕張松就建議話：「而家曹操所向披靡，主公可以送份厚禮去畀曹操，勸佢去攻打漢中，咁張魯仲邊得閒嚟謀我哋西川呢？」劉璋聽完認為有道理，就馬上派張松做使者，去許都拜見曹操。

　　張松帶埋西川嘅地理圖冊去許都，本嚟打算獻畀曹操。點知去到之後，曹操對張松十分傲慢，不但等咗三日先接見張松，仲一見面就質問恐嚇張松，搞到張松條氣好唔順，包

頂頸句句都頂返曹操轉頭。最後雙方不歡而散，曹操將張松趕出咗許都。

張松見講唔掂曹操，又諗起劉備向來以仁義著稱，於是就轉頭去荊州拜訪劉備。劉備見到張松來訪，十分歡喜，對張松非常客氣殷勤。張松見劉備禮賢下士，更加覺得劉備係個明主，於是就邀請劉備入西川取代劉璋。

劉備推辭話：「唔得唔得！我同劉璋係同宗，如果走去佔佢地盤，恐怕會畀天下人唾罵啊！」

張松就話：「大丈夫處世，應該努力建立基業。你而家唔攞，以後就畀人哋攞去㗎啦！」繼而又將西川嘅地理圖冊獻畀劉備，並且話自己同兩個老友法正、孟達可以做內應協助劉備。

劉備一聽梗係高興啦，猛咁多謝張松，應承話事成之日必有豐厚嘅回報。

張松返到益州見到劉璋，就對劉璋話曹操有心嚟攻打西川，不如請劉備過嚟幫忙，一齊對抗曹操。劉璋聽咗覺得係個好辦法，雖然主簿黃權大力反對，但佢最終都係決定派法正去邀請劉備入川。

劉備接到劉璋嘅書信，仲係有啲猶豫不決。龐統就勸佢話：「當斷不斷，反受其亂，主公何必猶豫呢？」

諸葛亮亦都勸佢：「荊州四面受敵，難以作為根基。益州富饒，人口眾多，又有張松、法正做內應，真係天賜良機，主公唔使猶豫啦。至於劉璋，最多事成之後，好好報答返佢

就係啦。」

劉備聽咗，終於決定出兵，於是留諸葛亮、關羽、張飛同趙雲鎮守荊州，自己帶住龐統、黃忠同魏延領軍入川。

劉璋知道劉備嚟到，十分歡喜，親自出城迎接，又設宴款待劉備一行。龐統勸劉備，可以趁宴會嘅時候刺殺劉璋。但係劉備話：「劉璋同我係同宗，佢咁誠心對待我，我又初來乍到，未有威信，如果殺咗劉璋，恐怕難以服眾。」龐統再三相勸，劉備仲係唔肯應承。

過得幾日，有消息話張魯發兵過嚟攻打葭萌關，劉備就自告奮勇，帶上本部人馬過去葭萌關抵禦張魯。去到之後，劉備喺當地整肅軍紀，廣施恩威，好得當地人愛戴。

東吳嗰邊聽講劉備去咗西川，又想諗辦法收返荊州。張昭建議話：「主公只需要寫封信畀孫夫人，話吳國太病重，叫佢帶埋阿斗過嚟探望。到時阿斗喺我哋手裏面，仲怕劉備唔用荊州來換？」

孫權聽咗，馬上派周善帶幾百人去荊州，秘密搵到孫夫人，同佢講話吳國太病重，請佢帶埋阿斗返去見最後一面。

孫夫人一聽話娘親病重，梗係緊張啦，馬上帶住阿斗跟周善上船返東吳。周善正要開船，只聽到岸上有人大叫：「唔好開船住！」原來正係趙雲巡邏返嚟，聽講孫夫人要走，馬上過嚟攔截。

周善手執長矛大喝話：「你係邊個，膽敢阻攔主母？！」

趙雲一路追趕，忽然見到江邊有條漁船，於是棄馬登

船,向孫夫人坐嘅船猛追過去。周善叫士兵放箭,結果全部都畀趙雲用槍撥曬落水。趙雲追到大船邊,拔出青釭寶劍,縱身一躍,就跳上大船,嚇到吳兵紛紛後退。趙雲入到船艙,見孫夫人抱住阿斗,就問:「主母要去邊度?點解唔同軍師打聲招呼先?」

孫夫人答話:「我娘親病危,要返去探望,邊度嚟得切打招呼?」

趙雲又問:「主母去探病,點解要帶埋小主人呢?」

孫夫人發火了:「阿斗係我個仔,留喺荊州冇人照顧,你一個武將,點敢管我家事?」

趙雲擰頭話:「我主公一生人,就得呢一點骨肉,小將當日喺當陽長坂坡百萬軍中救返佢出嚟,點可以畀夫人抱走?」講完,趙雲推開孫夫人嘅侍婢,將阿斗搶咗過嚟。

孫夫人大聲叫人過嚟搶奪阿斗,但趙雲一手抱住阿斗,一手揮舞寶劍,邊個埋到佢身?不過呢個時候風高浪急,趙雲一個人,又冇船隻,亦都冇辦法帶阿斗上岸。

正係緊張之際,只見前面港口衝出十幾條船,當頭一員大將正係張飛。只聽張飛大叫話:「阿嫂你留低姪仔先好走!」

話音未落,張飛已經跳上船頭,一劍斬咗周善嘅人頭,嚇到孫夫人面都青埋,對張飛話:「我娘親病重,一定要返去,叔叔你唔放我走,我就投江自盡!」

趙雲拉住張飛話:「逼死夫人,唔係為臣下之道,我哋都

係護住阿斗返去就係啦。」

於是，張飛同趙雲抱住阿斗返去，將孫夫人放返去東吳喇。

粵語知多啲

　　包頂頸 —— 對於嗰啲咩事都鍾意唱對台戲，為反而反嘅人，粵語稱之為「包頂頸」或者「包拗頸」。無論「頂頸」定係「拗頸」，都係指反對、爭吵嘅意思。可能因為一個人激動發脾氣嘅時候，頸會變粗，所以粵語裏面好多關於發脾氣嘅詞都同個「頸」字有關，例如「牛頸」、「硬頸」、「炮仗頸」、「頂頸」、「拗頸」等等。

歷史知多啲

　　益州 —— 益州係三國時期蜀漢賴以立足嘅地區，當時嘅益州，係包括咗而家四川、重慶、貴州、雲南嘅大部分地區，甚至今日嘅緬甸北部亦都屬於當時益州嘅管轄範圍。喺東漢末年，益州原本係劉璋嘅地盤，後來劉備佔領咗益州同陝西嘅漢中地區，自稱漢中王，以此為根基，與曹魏、東吳鼎足而三。四川地區因為地勢險要，自古以來比較容易形成地方割據政權，有「天下未亂蜀先亂，天下已治蜀未治」嘅講法。

第三十六回
落鳳坡龐統歸西

話說趙雲同張飛殺咗周善，從孫夫人手中搶返阿斗。孫夫人返到東吳之後見到孫權，篤到趙雲背脊都花曬。孫權聽咗好嬲，馬上就話要發兵去攻打荊州。點知忽然間接到消息，話曹操準備發兵嚟攻打東吳，嚇到佢馬上唔敢亂嚟，仲聽從長史張紘死前嘅建議，將都城遷咗去秣陵。

果然，冇耐之後曹操真係發兵過嚟攻打東吳。不過孫權手下兵強將勇，曹操搵唔到咩着數，唯有退兵。孫權聽聞呢個時候劉備仲喺葭萌關，就想趁機去攻打荊州。於是，佢寫咗封信畀劉璋，話劉備準備同東吳一齊攻打西川；然後又寫信畀張魯，叫佢發兵去攻打葭萌關。咁一來，劉備腹背受敵，肯定就顧唔上荊州喇。

而劉備接到消息話孫夫人返咗東吳，就擔心曹操同孫權會攻打荊州。龐統勸佢可以趁機以此為藉口，搵劉璋借兵借糧，如果劉璋唔肯借，就可以趁機發佢爛渣。

劉璋接到劉備要兵要糧嘅書信，果然開始起疑心。佢撥咗幾千老弱殘兵，一萬斛米畀劉備。劉備接到之後當堂發火，大鬧個使者話：「我幫你主公抵擋張魯，勞心勞力，而家佢咁孤寒，點叫人幫佢賣命啊？」

跟住，劉備就藉口話要返去荊州，約劉璋嘅部將楊懷、高沛過嚟送行，然後趁機殺咗佢兩個，發兵佔領涪水關，準備下一步就去攻打成都。

　　劉璋知道之後，梗係腳都震曬啦，馬上派劉璝、泠苞、張任、鄧賢四位將領領軍過去迎戰。佢哋四個路過錦屏山，聽聞山中有個高人叫紫虛上人，就走去問下吉凶。紫虛上人推辭一番之後，寫咗八句話畀佢哋：「左龍右鳳，飛入西川。雛鳳墜地，臥龍升天。一得一失，天數當然。見機而作，勿喪九泉。」

　　劉璝佢哋睇到一頭霧水，唯有繼續前進。去到雒縣之後，劉璝、張任在內守城，泠苞、鄧賢就帶兵喺城外紮寨。

　　劉備嘅部隊嚟到雒城，黃忠同魏延都搶住出戰。龐統叫佢兩個各自攻打一個營寨，邊個先得手，邊個就係頭功。魏延一心要搶個頭功，於是提前半夜出兵，想打對手一個措手不及。點知對面早有準備，泠苞、鄧賢兩路兵馬前後夾擊，打到魏延陣腳大亂。好在呢個時候黃忠及時趕到，一箭射死咗鄧賢，又打退埋泠苞，救咗魏延一命。之後劉備率領大軍趕到，大敗川軍，繼而準備攻打雒城。

　　就喺呢個時候，劉備忽然收到諸葛亮寫來嘅信，信裏面講：「我夜觀星象，顯示呢一戰主將身上凶多吉少，請主公千萬要小心。」

　　劉備睇完封信，就話想去荊州同諸葛亮商量。龐統心諗：「一定係諸葛亮怕我一個人輔助主公成功取得西川，所以

寫信來阻撓。」於是，佢對劉備話：「我都夜觀過星象，顯示主公會得到西川，請主公不必疑心，發兵攻城就係啦！」

劉備見佢咁有信心，就決定出兵攻城。出兵之前，龐統問法正：「去雒城有幾多條路？」

法正答話：「山北有條大路，可以通往雒城東門；山南有條小路，可以通往雒城西門。」

於是龐統就對劉備話：「主公可以用黃忠做先鋒，行大路攻打東門；我就以魏延為先鋒，行小路攻打西門。」

劉備就話：「我弓馬嫻熟，行慣小路，不如我行小路啦。而且我夜晚發夢，見到有個神仙用鐵棍打我右臂，到而家都仲痛，係咪唔係幾利是呢？」

龐統就安慰佢話：「出兵打仗，必定有死傷，有咩出奇？主公你睇咗孔明封信，日有所思夜有所夢而已，唔需要擔心嘅！」

於是，劉備就下令兵分兩路出擊。臨行之前，龐統匹馬忽然馬失前蹄，將龐統撻咗落馬。劉備見到，就將自己嘅白馬畀咗龐統騎，然後就各自出發了。

雒城裏面幾位將領聽講劉備領軍來攻城，就坐埋商量對策。張任自告奮勇話：「喺城東南面有條小路，最為緊要。我帶一隊人馬去把守。」於是佢帶住三千兵馬，喺小路埋伏。眼見魏延率領嘅前鋒部隊行過，張任叫士兵再等等，唔好出動住。等龐統帶兵嚟到，佢啲士兵話：「騎白馬呢個一定係劉備！」張任一聽覺得時機到了，馬上佈置好士兵準備出擊。

嗰邊廂龐統帶住部隊一路前行，眼見兩邊山勢險要，樹木繁雜，越睇越覺得唔對路，就問啲部下：「呢個係咩地方？」部下有啲新投降嘅川兵，指住條路答話：「呢度叫做落鳳坡。」

　　龐統心頭打咗個突，心諗：「我道號叫鳳雛，呢度就叫做落鳳坡，認真大吉利是！」正想下令後退，點知山坡前面一聲炮響，啲箭好似飛蝗咁全部對住騎白馬嘅人射過嚟。可憐龐統因為騎咗劉備匹白馬，就咁死喺亂箭之下，年僅三十六歲。

　　龐統一死，劉備軍進退兩難，同川軍廝殺一番之後，唯有退返去涪水關，寫信畀諸葛亮求助。

　　諸葛亮接到龐統陣亡嘅消息，十分痛心，唯有請關羽留守荊州，自己火速入川去協助劉備。

　　臨行之前，諸葛亮對關羽話：「要守住荊州，一定要記住八個字：北拒曹操，東和孫權。」關羽拱手答話：「軍師嘅說話，關某一定銘記於心。」

　　諸葛亮咁先放心，同張飛、趙雲一齊領兵入川喇。

粵語知多啲

篤背脊 —— 喺背後講人壞話、是非，又或者向上司告密，喺粵語裏面都可以稱為「篤背脊」。呢個詞將喺人背後搞小動作、講人壞話、對人造成傷害又唔畀人知嘅情形，比喻為用手指篤人背脊，可謂十分生動。例如：「呢個人最鍾意篤人背脊㗎，你要小心啲啊！」而對於畀人講壞話講得好厲害嘅情形，就會形容為「被篤到背脊都花晒」。

歷史知多啲

軍師 —— 喺粵語裏面，往往將軍隊裏面嘅參謀、謀士統稱為「軍師」，咁呢個軍師係個咩職位呢？其實，「軍師」唔係一個專門嘅獨立職位。喺三國魏晉時期，設有「軍師祭酒」、「軍師中郎將」、「軍師將軍」等職務，基本上都喺軍隊裏面擔任參謀嘅角色，例如諸葛亮同龐統都曾經擔任「軍師中郎將」。所以後來，大家就習慣將參謀、謀士稱為「軍師」。

第三十七回

入成都劉備定蜀

話說諸葛亮同張飛兵分兩路入川，臨行前，諸葛亮吩咐張飛話：「西川多豪傑，你去到當地千祈要約束軍隊，唔好騷擾百姓，有失民心。」張飛滿口應承，入川之後果然秋毫無犯。

好快，張飛就去到巴郡，聽講巴郡太守嚴顏年紀雖老，但係武藝高強，堅決唔肯投降。於是張飛叫人去傳話畀嚴顏話：「你如果早日投降，我就饒你滿城百姓嘅性命。如果唔肯歸降，城破之日，必定雞犬不留！」

嚴顏接到張飛傳話，嬲到兩眼噴火，當場將傳話軍士嘅耳仔鼻哥都割咗落嚟先放佢返去。張飛見嚴顏咁唔畀面，梗係火滾啦，馬上披掛上馬，帶兵去攻打巴郡。但係巴郡城池緊閉，淨係猛咁射箭落嚟，張飛一時之間都冇咩辦法。

張飛一連幾日挑戰，嚴顏都係打死唔肯出嚟。張飛見正面進攻唔係辦法，又打探到山後有條小路，於是馬上傳令全軍，話要半夜行小路去攻打巴郡。

嚴顏接到消息，好高興咁話：「我就知道張飛忍唔住㗎啦，你行小路過嚟，我就去截擊你嘅糧草輜重，睇你點算！」於是，嚴顏安排好人馬喺小路埋伏，只等張飛帶兵過嚟。

到咗三更時分，只見張飛親自領軍從小路通過。嚴顏等

張飛走得差唔多，忽然帶兵殺出嚟，要搶後軍嘅糧草輜重。點知呢個時候嚴顏身後一聲鑼響，一彪軍馬殺到，領頭嘅竟然就係張飛！原來啱先行過嘅張飛係假嘅，真人留喺後軍，就等住嚴顏出嚟。

嚴顏措手不及之下，只打得幾個回合，就畀張飛一手捉住佢嘅甲帶，生擒活捉咗過嚟。川軍見主將被擒，大部分都舉手投降喇。

張飛入城之後，出榜安民，秋毫無犯，城裏面嘅百姓都稱讚佢仁德。嚴顏被押到張飛面前，張飛喝佢話：「我大軍嚟到，你點解唔投降？」

嚴顏大鬧話：「你哋無情無義，過嚟侵犯我嘅州郡，我點會投降？要殺就殺！」

張飛喝令左右過嚟嚴顏推出去斬首，嚴顏大喝：「你個匹夫，要斬頭咪斬咯，鬼殺咁嘈做乜？」

張飛見嚴顏聲音雄壯，面不改色，十分佩服，於是喝退左右，親自為嚴顏鬆綁，請佢上座，對嚴顏行禮話：「我向來知道老將軍係豪傑之士，頭先言語冒犯，請將軍恕罪！」

嚴顏見張飛咁客氣，終於願意投降。於是張飛向嚴顏請教點樣攻打西川，嚴顏話：「從呢度到雒城，守關嘅將領都係我部下，我所到之處，佢哋必定歸降嘅。」

果然，自此之後，張飛帶住嚴顏一路上一帆風順，一場仗都唔使打就去到雒城喇。劉備見到嚴顏十分歡喜，親自將自己嘅黃金鎖子甲賜畀嚴顏。無耐之後，諸葛亮亦都領軍趕

到，考察咗一番地形之後，就安排魏延、黃忠、張飛、趙雲喺城外嘅金雁橋附近埋伏，然後親自去城下向張任挑戰。

張任見到係大名鼎鼎嘅諸葛亮，諗住輸人都唔好輸陣，就帶兵出嚟應戰。佢見諸葛亮嘅部下軍容不整，以為諸葛亮名過於實，於是指揮兵馬直接衝殺過嚟。諸葛亮且戰且退，一路過咗金雁橋，幾路伏兵一齊殺出。呢個時候張任知道中計了，想走返轉頭，點知條橋已經畀趙雲帶兵拆咗。張任走投無路，最後畀張飛生擒活捉。佢打死都唔肯投降，劉備都冇辦法，唯有斬咗張任，將佢好好安葬，以表彰佢嘅忠心。

張任一死，雒城就再都守唔住咯，好快就畀劉備軍攻破。入城之後，劉備叫法正寫信去勸劉璋投降。劉璋見劉備勢大，於是派人去聯絡張魯，請佢去攻打劉備，並且表示事成之後願意割讓二十個郡畀張魯。張魯呢個時候正好有馬超過嚟投奔，於是就派馬超帶兵去攻打葭萌關。

劉備聽講馬超帶兵嚟攻打，亦都十分緊張，親自同張飛一齊過去迎戰。兩軍對陣，張飛率先出馬，先係打退咗馬岱，然後又同馬超對陣，兩個人各顯神威打到難分難解，打咗一百幾個回合都不分勝負，睇到兩軍嘅將士眼都大曬。呢個時候天都黑曬喇，但係佢兩個殺得性起，乾脆吩咐士兵點起火把繼續打，真係殺到天昏地暗日月無光，但始終都分唔出勝負，最後唯有各自收兵回營。

劉備見馬超咁勇猛，心裏面十分愛惜，就請諸葛亮諗辦法收服馬超。於是諸葛亮派人去賄賂張魯嘅部下楊松，叫佢

諗個計策離間張魯同馬超。

　　呢個楊松得咗劉備送來嘅禮物，就去張魯面前話馬超想背叛佢哋嘅同盟，嚇到張魯派兵攔住關口，唔畀馬超返嚟。馬超無端端食咗隻死貓，搞到進退不得。然後劉備又派李恢做說客去見馬超，勸佢投降劉備，以報曹操殺父之仇。馬超一聽可以為父報仇，馬上表示願意歸降，跟住李恢過嚟拜見劉備。

　　劉備得咗馬超，梗係開心啦，以上賓之禮接待佢。馬超十分感動，於是親自帶兵去到成都城下，勸劉璋投降。劉璋本來以為馬超係救兵，點知連馬超都投降咗劉備，走投無路之下，唯有開城投降係啦。

　　劉備入城之後，一邊出榜安民，一邊叫人好好對待劉璋嘅舊部。然後，劉備自封為益州牧，對歸降嘅西川文官武將都大加封賞，又開倉賑濟百姓，令到西川軍民都十分歡喜。

粵語知多啲

　　食死貓 —— 喺粵語裏面，「食死貓」係畀人冤枉、幫人孭鑊嘅意思。相傳呢個詞嘅出處確實同隻死貓有關。據講早年廣東某條村嘅村民喺井水邊發現咗一隻死貓，佢一時貪心攞返屋企煮來食。結果貓主人知道之後，就話佢偷自己隻貓來食，最後事情鬧到祠堂，長輩搞唔清來龍去脈，淨係知道呢位村民確實食咗隻貓，於是斷定佢偷貓，將佢趕出村莊，十年唔准返嚟。因為呢件事，後來大家就用「食死貓」嚟形容畀人冤枉嘅情形喇。

歷史知多啲

　　州牧 —— 喺呢一回裏面，劉備佔據益州之後，自封為「益州牧」，咁呢個「州牧」係咩官職，同我哋之前見過嘅太守有咩唔同呢？原來喺秦漢時期，地方實行郡縣制，一個郡嘅最高行政長官就係太守。另外，朝廷又設立「刺史」定期去地方監察，全國分為十三個地區，每位刺史負責一個。後來朝廷又將呢十三個監察區改為「州」，「刺史」改為「州牧」。不過喺三國時期，因為朝廷威信唔高，封賞混亂，所以有時都會出現「刺史」、「州牧」並行嘅情況。

張飛戰馬超

第三十八回

鴻門宴單刀赴會

話說劉備得咗西川，孫權收到消息，就想搵劉備攞返荊州。張昭出咗條計策，叫孫權扣留諸葛亮嘅哥哥諸葛瑾一家，然後派諸葛瑾去搵諸葛亮，勸劉備交還荊州。孫權依計行事，將諸葛瑾一家安置喺府裏邊，然後派諸葛瑾去西川。

諸葛瑾去到成都，諸葛亮知道佢要來討還荊州，於是教定劉備點樣應付，然後自己就去見諸葛瑾。見面之後，諸葛瑾放聲痛哭，話孫權扣留自己家小，要自己來索還荊州。諸葛亮聽咗，就拍曬心口話一定幫哥哥搞掂。

第二日，諸葛瑾過去拜見劉備，送上孫權嘅書信，劉備一睇就發嬲話：「孫權嫁咗個妹畀我，然後又趁我唔喺荊州時搶翻返去，我都未起兵去攻打江南呢，佢仲好意思搵我攞荊州？」

諸葛亮就扮曬嘢，跪喺地下大喊話：「孫權捉咗我兄長一家，請主公睇在我嘅面上，將荊州還畀東吳，保全我兄弟之情啊！」

劉備見諸葛亮求情，就話：「既然係咁，睇在軍師面上，我將長沙、零陵同桂陽三郡還畀東吳啦。」然後又寫咗封信畀關羽，叫諸葛瑾帶住去荊州，搵關羽交割三郡。

諸葛瑾心諗雖然還得一半，總好過冇啊，於是攞咗書信，就去荊州搵關羽。點知關羽一睇到封信就面都黑晒話：「我同兄長桃園結義，發誓共扶漢室。荊州係大漢嘅土地，點可以畀人？將在外，君命有所不受，我唔還！」

諸葛瑾再三哀求，但係關羽點都唔肯鬆口，諸葛瑾冇辦法，唯有再去西川搵諸葛亮。諸葛亮又走去搵劉備求情，劉備就話：「我呢個義弟性情激烈，好難搞嘅。咁啦，你先返去，等我得咗東川、漢中，就調雲長過去鎮守，咁到時再將荊州交割畀東吳啦。」

諸葛瑾唯有返去向孫權覆命。孫權見諸葛瑾無功而返，梗係嬲啦，就去搵魯肅發爛渣。魯肅話：「我有一個計策。主公可以屯兵係陸口，然後邀請關羽嚟談判。佢如果肯嚟，我就好言相勸，如果佢唔肯聽，就埋伏刀斧手殺咗佢。如果佢唔肯來，咁我哋就發兵搶翻荊州！」

孫權聽咗，覺得都係個辦法，就叫魯肅去約關羽。魯肅去到陸口，叫呂蒙、甘寧做好準備，然後就喺陸口寨外面嘅臨江亭準備宴席，叫人去邀請關羽過嚟聚會。

關羽接到魯肅嘅書信，回覆使者話：「好，我聽日就過去赴宴。」

使者走咗之後，關羽嘅義子關平問：「魯肅今次嘅邀請，擺明係鴻門宴，父親你點可以應承佢呢？」

關羽笑一笑話：「我梗係知啦，一定係諸葛瑾返去同孫權講我唔肯交還三郡，所以孫權就叫魯肅屯兵陸口，叫我過去

然後索還三郡。我如果唔去，佢哋會以為我怕咗佢哋。我聽日一個人坐條小船，淨係帶十幾個親隨，單刀赴會，睇佢耐我咩何？」

到咗第二日，魯肅喺岸邊見到江上一條船迎面而來，船上只有幾個艄公水手，一面大旗迎風招展，上面寫住大大一個「關」字。船到岸邊，只見關羽青巾綠袍，坐喺船上，旁邊周倉捧住佢嗰把青龍偃月刀，另外有幾個大漢各自帶住腰刀從旁護衛。

魯肅見關羽咁嘅陣仗，不免有啲心大心細，但仲係將關羽接入亭裏面，擺開酒席，請關羽飲宴。

酒過三巡，魯肅就對關羽話：「當年劉皇叔曾經向我哋主公借荊州暫住，應承取得西川之後就歸還，當時仲係我做擔保。而家劉皇叔已經取得西川，之前應承歸還三郡畀我哋東吳，但係君侯你唔肯還，道理上講唔過去啵。」

關羽擰頭話：「當日烏林之戰，我兄長親自上陣，冒住生命危險擊破曹軍，點都應該有所回報吧，你哋既然將荊州畀咗佢，點可以又攞返轉頭呢？」

魯肅話：「咁又唔係啵！君侯當年同皇叔喺長坂兵敗，我哋主公念及皇叔無處容身，咁先借荊州畀佢。而家皇叔得咗益州，仲霸住荊州，背信棄義，恐怕會畀天下人恥笑啊！」

關羽仲係擰頭話：「呢啲係我兄長嘅事，唔係我可以決定嘅。」

魯肅話：「君侯同皇叔桃園結義，無分彼此，點可以推

託呢？」

　　關羽仲未答話，台階下面周倉就大大聲講：「天下嘅土地，有德者居之，又唔係東吳獨有嘅！」

　　關羽聽到，當堂面色都變埋，拍案而起，將周倉捧住嘅嗰把大刀搶咗過嚟，對周倉大喝話：「呢啲國家大事，邊到你亂講，你快啲走！」

　　周倉一聽馬上醒水，走到岸口一揮紅旗，船上嘅關平就將條船飛快咁駛埋嚟。關羽右手提刀，左手拉住魯肅，詐帝飲醉酒，大聲話：「今日我係來飲酒嘅，子敬你唔好再提荊州嘅事啦，下次我請你嚟荊州再傾過啦！」講完就拉住魯肅一路行到江邊。

　　魯肅畀佢嚇到腳都軟埋，呂蒙同甘寧想帶兵衝出嚟，但係見關羽手提大刀，又拉住魯肅，驚傷到魯肅，就唔敢輕舉妄動。關羽拉住魯肅一路行到船邊，咁先放手上船，然後企上船頭同魯肅道別。魯肅一時之間都唔知點反應好，唯有目送關羽坐船乘風而去。

　　關羽走咗之後，魯肅同呂蒙商量，想叫孫權發兵去攻打荊州。孫權正要起兵，就忽然接到消息，話曹操率領三十萬大軍嚟攻打東吳，佢大吃一驚，馬上叫魯肅唔好打荊州住，嘈嘈聲調兵去合淝一齊對抗曹操。

粵語知多啲

拍心口 —— 喺粵語裏面,形容人滿口應承、信誓旦旦,叫做「拍心口」。呢個動作係表明自己好有信心,一定可以將事情辦成嘅意思。粵語裏面關於「心口」嘅詞仲有一個「揼心口」,有追悔莫及,同敲詐勒索兩種意思。揼自己心口,係指追悔莫及;揼人哋心口,就係指敲詐勒索喇。

歷史知多啲

劉備借荊州 —— 喺三國嘅歷史裏面,關於荊州嘅爭奪一直都係各方嘅重心。喺赤壁之戰後,東吳出於聯手對抗曹操嘅考慮,將荊州嘅一部分地區借畀劉備,而劉備亦都將荊州作為自己爭奪天下嘅重要據點。後來劉備入川之後,東吳幾次想劉備歸還呢部分地區,但係劉備始終唔肯,仲派關羽鎮守荊州。後來,大家就用「劉備借荊州」嚟形容借咗唔肯還嘅情況,由此仲引申出一個歇後語:「劉備借荊州 —— 有借冇回頭」。

第三十九回
定軍山老將發威

　　話說曹操本來想出兵去攻打江南，但係夏侯惇、曹仁等人都勸佢話應該先去攻打漢中嘅張魯，只要取得漢中，就可以乘機攻打西川嘅劉備。於是曹操發動大軍西征，一路順風順水，打到張魯冇曬辦法，唯有向曹操投降。

　　劉備聽講曹操得咗漢中，怕佢會繼續嚟攻打西川，就搵諸葛亮過嚟商量對策。諸葛亮話：「曹操一直顧忌孫權，我哋只要將江夏、長沙、桂陽三郡還返畀東吳，然後說服孫權去攻打合淝，曹軍就一定退兵㗎啦！」

　　於是，劉備派伊籍去拜見孫權，話願意交還三郡，請孫權出兵合淝，等自己攻取咗漢中，就將荊州還返曬畀東吳。孫權心諗呢個正係攻打曹軍嘅好機會，仲可以順便收返三個郡，何樂而不為呢？於是應承咗伊籍，然後一邊叫魯肅去收取三郡，一邊發動十萬大軍去攻打合淝。

　　鎮守合淝嘅張遼接到吳軍來犯嘅消息，安排樂進去迎戰，自己同李典帶兵埋伏，等住吳軍過嚟。

　　吳軍先鋒呂蒙同甘寧嚟到合淝附近，正遇上樂進。樂進同甘寧打得幾個回合，就詐敗走人，甘寧同呂蒙喺後面窮追不捨，孫權亦都催促軍隊前進。點知行到逍遙津，忽然聽到

連珠炮響，左邊殺出張遼，右邊殺出李典，打到孫權手忙腳亂。佢正想回馬渡河，卻發現條橋已經畀人拆咗。好在孫權匹馬確實神駿，快馬加鞭之下，凌空一躍就跳過逍遙津，執返條命仔。

接住，曹操從漢中帶領大軍來救合淝，孫權眼見曹軍勢大，唯有派人去搵曹操求和。曹操知道一時之間打唔落江南，於是就應承咗孫權，雙方各自收兵。返到許都之後，曹操怕漢中有失，就派曹洪帶領五萬兵馬，去幫夏侯淵、張郃一齊鎮守漢中。

曹洪去到之後，張郃自告奮勇，領兵去攻打張飛鎮守嘅巴西。張飛聽講張郃嚟攻打，就叫部下雷銅帶兵埋伏喺山後，自己就領軍應戰張郃。張郃同張飛迎頭遇上，兩個人打咗二十幾個回合，忽然間張郃聽到自己後軍鬼殺咁嘈，原來係雷銅從山後殺到。前後夾擊之下，張郃軍大敗，唯有退守到山寨，打死都唔肯再出嚟作戰。

張飛見張郃點鬧都唔肯出嚟，乾脆就喺山前紮落營寨，每日飲酒飲到醉醺醺，然後坐喺山前大鬧張郃。

劉備聽講張飛日日飲酒，馬上搵諸葛亮過嚟商量，諸葛亮笑住話：「軍隊裏面可能冇咩好酒，主公可以從成都運五十甕送去畀張將軍。」

劉備覺得好奇怪，就問：「翼德向來容易因飲酒誤事，軍師點解仲要送酒畀佢呢？」

諸葛亮答：「翼德雖然向來剛強，但係睇佢之前收服嚴

顏，就知佢並非莽夫。今次喺山前飲酒，一定係打敗張部嘅計策。」

劉備聽咗好高興，就叫魏延送酒去畀張飛。張飛叫人將啲酒擺喺帳前，叫士兵開懷暢飲，又叫士卒相撲玩樂，十分高興。張部喺山上睇到眼火爆，當晚就帶兵落山劫營。

點知佢衝到入張飛營寨，只見裏面坐住個稻草人，跟住聽到連珠炮響，張飛飛馬衝出嚟，打到張部手忙腳亂。另一邊魏延同雷銅早就帶兵去搶咗張部嘅山寨，張部見勢頭唔對，唯有落荒而逃，退守瓦口關。

接住落嚟，劉備又派黃忠同嚴顏領軍去支援葭萌關，連敗張部、夏侯尚同韓浩，搶咗曹軍囤積軍糧嘅天蕩山。劉備接到消息話前線連戰連捷，十分高興，馬上親自領軍出擊，想要一舉佔領漢中。

去到葭萌關，劉備將黃忠搵過嚟對佢話：「大家都話將軍年老，唯獨軍師知道將軍嘅本事。而家最緊要嘅定軍山由夏侯淵把守，唔知道將軍仲敢唔敢去攻取定軍山呢？」

黃忠大聲應承，馬上就要出兵，諸葛亮叫住佢，特登激佢話：「夏侯淵之前喺長安力抗馬超，好難對付，我覺得都係要請關將軍返嚟先打得贏佢。」

黃忠一聽果然好嬲，大聲話：「當年廉頗八十歲都仲可以食十斤肉一斗米，諸侯因為怕佢而唔敢攻趙。我七十都未到，點算得老？軍師既然話我老，咁我就只帶本部三千人馬，將夏侯淵嘅首級攞返嚟畀你睇！」

諸葛亮於是叫法正去協助黃忠，然後又派趙雲、劉封領軍去接應佢，咁先放心。

黃忠領軍去到定軍山，同夏候淵對陣，雙方你來我往打咗幾仗，互有勝負。呢一日，黃忠去到定軍山下面，同法正商量破敵之策。法正指住對面一座山話：「呢座山喺定軍山以西，居高臨下，可以睇曬定軍山嘅虛實。將軍只要搶到呢座山，定軍山就盡在掌中啦。」

黃忠見山勢雖然險要，但係山上只有好少兵馬，於是漏夜發兵直撲山頂。山上嘅曹軍只有幾百人，邊度擋得住？一下子就畀黃忠將山頭佔領咗。

夏候淵本來諗住以逸待勞，穩守為主，但呢個時候見對面山頭畀黃忠佔咗，咁自己就會好被動。於是佢嬲起上嚟就帶兵圍住對面山頭，喺山下大鬧黃忠。黃忠任由夏候淵百般辱罵，點都唔肯出戰。一直等到午時之後，法正見曹軍已經好疲憊，唔少人都落馬休息，就捉住呢個機會猛揮紅旗叫黃忠出戰。黃忠早就等到唔耐煩喇，見到紅旗揮舞就即刻一聲令下，蜀軍鼓角齊鳴，殺聲震天，黃忠一馬當先衝落山，簡直好似天崩地裂一樣。夏候淵措手不及，畀黃忠一下子就殺到眼前。黃忠大喝一聲，好似打雷咁，夏候淵都未嚟得切迎戰，就畀黃忠大刀一揮，斬成兩段。

黃忠斬咗夏候淵，趁勢就去攻打定軍山。張郃領軍出嚟應戰，點知畀趙雲前後夾擊，山寨又畀劉封、孟達佔領埋，唯有退到漢水，叫人飛馬去向曹操彙報。

粵語知多啲

嬲 —— 粵語裏面經常會用到個「嬲」字，表示發怒、發脾氣嘅意思。呢個字從字型就可以睇出，二男中間夾一女，自然容易引發衝突。呢個字喺古漢語裏面就有使用，例如嵇康嘅《與山濤書》裏面就有「足下若嬲之不置」嘅句子，而王安石嘅詩裏面亦都有「嬲汝以一句，西歸瘦如臘」。

歷史知多啲

廉頗老矣，尚能飯否 —— 喺呢一回裏面，老將黃忠將自己同廉頗相比，咁廉頗係咩人呢？廉頗係戰國時期趙國嘅名將，同李牧、白起、王翦一齊被譽為「戰國四將」，為趙國立過好多戰功。不過佢年老嘅時候，因為畀奸臣郭開迫害，走咗去外國避難。後來新國君登位，想請佢返去趙國，於是派使者去探望廉頗。廉頗喺使者面前食咗幾大碗飯，又上馬騎行，表示自己身體仲好好。但係使者畀郭開收買，返去之後喺國君面前講佢壞話，導致廉頗一直得唔到任用。後來嘅人就用「廉頗老矣，尚能飯否」，嚟形容一個人年紀大咗，唔知道仲使唔使得。

定軍山得勝

第四十回

恃聰明楊修殞命

　　話說黃忠喺定軍山斬咗夏候淵，大敗曹軍，劉備十分高興，加封佢為征西大將軍，設宴為佢慶功。呢個時候探子忽然來報，話曹操帶住二十萬大軍，要嚟為夏候淵報仇。黃忠又自告奮勇要去燒曹軍嘅糧草，諸葛亮知道呢一仗唔易打，於是叫趙雲同佢一齊去。

　　黃忠打贏咗定軍山一仗，信心爆棚，漏夜就帶兵去襲擊曹軍。點知曹軍早有準備，張郃同徐晃前後夾擊，圍住黃忠嚟打，形勢十分危急。呢個時候，只見趙雲領軍從後殺到，趙雲自己一馬當先，一條長槍舞到好似梨花瑞雪一樣，左衝右突如入無人之境，嚇到張郃、徐晃都唔敢應戰。佢救出黃忠，就退返本寨。曹操見趙雲咁勇猛，就親自帶領將士追住過嚟。趙雲嘅部將張翼見後面追兵殺到，想關閉寨門固守，但係趙雲就喝住佢話：「唔使關門！我當日喺長坂坡單槍匹馬，曹軍百萬大軍都當佢冇到，而家使乜驚佢哋！」於是叫弓弩手喺寨外埋伏，然後自己單槍匹馬企喺營門之外。

　　曹操追到過嚟，本嚟打算指揮部隊進攻，但係見趙雲企喺度哪都唔哪，又懷疑蜀軍有埋伏了。正當佢想叫軍隊後退嘅時候，趙雲長槍一揮，弓弩手萬箭齊發，射到曹軍傷亡慘

重。曹操唔知道蜀軍有幾多人馬，驚起上嚟掉頭就走，結果曹軍自相踐踏，大敗而回。

劉備接到趙雲大勝嘅消息，忍唔住讚歎話：「子龍真係一身是膽啊！」

接住落嚟，兩軍喺漢水對峙，曹軍抵擋唔住蜀軍進攻，節節敗退一路退到斜谷界口，一時之間進退兩難。

曹操心裏面其實都想退兵，但又驚畀人恥笑，正喺度猶豫不決。呢一日廚師煮咗碗雞湯畀佢，佢睇住碗裏面有隻雞肋，若有所思。正好呢個時候夏侯惇入嚟問佢軍營夜間嘅口號，曹操隨口就答話：「雞肋！雞肋！」

曹軍嘅行軍主簿楊修見軍中用「雞肋」做口號，就叫士兵收拾行裝，準備返歸。夏侯惇問佢點解，楊修答話：「雞肋呢樣嘢，食之無味，棄之可惜。而家主公打又打唔贏蜀軍，退兵又怕畀人笑，咪好似雞肋咁咯。我估主公好快就會退兵㗎啦，所以叫大家做好準備先。」

呢一晚，曹操瞓唔着，就乾脆行出嚟軍營巡查。佢見到啲士兵都執好晒包袱，嚇咗一跳，問夏侯惇咩回事，夏侯惇就話係楊修講嘅。曹操一聽就發火，大鬧楊修：「楊修！你竟然敢擾亂軍心，左右，幫我推佢出去斬！」

原來呢個楊修一向聰明，經常估中曹操嘅心意。但佢有個好大嘅缺點，就係恃才傲物，所以曹操既欣賞佢嘅才華，但同時亦都對佢有不滿。有一次曹操喺個花園新整嘅大門上寫咗嘅「活」字，大家都唔知點解，楊修就話：「門裏面有個

活，咪係嘅闊字咯，丞相嫌個門太闊啊！」

又有一次，曹操想試下兩個仔曹丕、曹植嘅才幹，就派佢兩個出城辦事，但係暗中叫看守城門嘅人唔放行。結果曹丕走返轉頭，而楊修就教曹植：「你奉大王之命，邊個敢擋你？」結果曹植去到城門，一劍斬咗個看門人，施施然出城。曹操本來覺得曹植能幹，但係後來有人話佢知其實係楊修教曹植嘅，搞到曹操好唔高興，自此之後就唔係咁鍾意曹植喇。

後來楊修又幫曹植做定貓紙，曹操凡親問起軍國大事，曹植都對答如流。曹操本來好高興，點知後來曹丕將張貓紙偷來畀曹操睇，曹操先知道原來個仔一直係靠呢種方法先可以答得咁好，激到把幾火，當時就想殺咗楊修。

所以呢次曹操借口話楊修擾亂軍心殺佢，其實係蓄謀已久㗎喇。

殺咗楊修之後，曹軍幾次攻打蜀軍都無功而返，仲畀諸葛亮指揮軍隊打返轉頭，唯有急急忙忙退兵返去許都喇。

曹軍一退，其餘嘅州郡都望風而降，劉備好順利就佔據咗漢中，於是出榜安民，大賞三軍。一班文臣武將都勸劉備應該乘機稱帝，但係劉備話漢獻帝仲在位，點都唔肯。最後經過一番爭論，劉備自封為漢中王，以劉禪為世子，法正為尚書令，諸葛亮為軍師，又封關羽、張飛、趙雲、馬超同黃忠為五虎大將，繼而又向朝廷上表。

曹操接到消息話劉備自封為漢中王，梗係激氣啦，想再次出兵去打劉備。但係屬下司馬懿就勸住佢話：「主公唔好心

急，劉備佔住荊州唔肯還畀東吳，孫權嫁完個妹畀劉備又搶返，其實佢兩個係面和心不和嘅。主公只要派人去說服孫權攻打荊州，劉備一定去救。到時主公再出兵去攻打漢中西川，咁呢兩個地方就自然手到拿來啦！」

曹操聽完覺得呢個辦法好，於是就派滿寵做使者，去東吳出使。

滿寵去到東吳，對孫權話曹操想請孫權去攻打荊州，而曹操自己就去攻打漢中，令劉備首尾難顧，得勝之後兩家就可以瓜分劉備嘅土地。

孫權聽完，搵埋班謀士一齊商量。諸葛瑾建議話：「我聽聞關羽有個女仲未出嫁，我去幫主公世子做媒，迎娶關羽個女。如果關羽同意，咁我哋就同佢一齊商議對付曹操，如果佢唔肯，我哋就幫曹操打荊州。」

孫權覺得呢個建議唔錯，於是一面送走滿寵，一面派諸葛瑾去荊州求婚。點知關羽一聽就發嬲話：「我嘅虎女，點可以嫁犬子㗎？唔係睇在軍師面上，我當堂就斬咗你！」講完，就將諸葛瑾趕走咗。

孫權聽咗諸葛瑾回報，大發雷霆，寫信畀曹操叫佢派曹仁出兵攻打荊州，只要關羽出兵，自己就抄佢後路。曹操接信之後十分高興，馬上下令叫曹仁出兵，去攻打荊州了。

粵語知多啲

貓紙 —— 喺呢一回裏面講到楊修幫曹植做「貓紙」，所謂貓紙，就係考試用嚟作弊嘅答案。喺粵語裏面，將作弊稱為「出貓」。呢種講法據說係源自於貓乸生貓仔嘅時候，為咗保護貓仔，會偷偷摸摸收收埋埋，搵個隱蔽嘅地方生仔，唔想畀人發現。呢個狀況同考試作弊嘅情形頗為相似，所以大家就將作弊稱為「出貓」，而作弊用嘅答案紙就叫做「貓紙」喇。

歷史知多啲

楊修 —— 楊修係東漢末年著名嘅文學家，出身著名嘅弘農楊氏，係東漢名臣楊震嘅玄孫，才學過人。喺《三國演義》裏面講到佢因為估中曹操嘅心意，而遭到曹操猜忌。而喺史書記載中，曹操係以「前後漏泄言教，交關諸侯」嘅罪名處死楊修。楊修之死，最重要嘅原因仲係因為佢參與到曹丕、曹植嘅儲位之爭裏面，並且企咗喺失勢嘅曹植一邊。被處死嘅時候，楊修自己都感歎話：「我固自以死之晚也。」意思即係我到而家先至要死，真係算死得遲了。

第四十一回

水淹七軍擒于禁

　　話說劉備接到消息，話曹操同孫權聯手，準備攻打荊州，就馬上搵諸葛亮過嚟商量。諸葛亮話：「我早就估到曹操會出呢招，主公只要派人送官誥畀雲長，叫佢搶先出兵攻打樊城，敵人自然瓦解㗎啦。」於是，劉備就派前部司馬費詩帶住誥命去荊州搵關羽。

　　關羽見到費詩，就問佢：「漢中王封咩爵位畀我啊？」

　　費詩答話：「五虎大將之首。」

　　關羽又問：「咁係邊五虎將呢？」

　　費詩答話：「關、張、趙、馬、黃五位。」

　　關羽一聽就嬲了：「豈有此理，黃忠只係個老卒，我點可以同佢並列㗎？」

　　費詩就勸佢話：「當年蕭何、曹參同漢高祖一齊舉事，最為親近。而韓信只係從楚投奔而來嘅將領。但係韓信被封為王，地位喺蕭、曹兩位之上，佢兩位都從來冇怨言。漢中王同將軍係結義兄弟，名為君臣，其實係一體同心嘅，將軍又何必計較官號高下呢？」

　　關羽聽咗，咁先醒悟，接受咗五虎大將嘅印綬，然後奉命出征樊城。點知前鋒軍啱啱出城，營寨就起火。原來係前

鋒傅士仁、糜芳掛住飲酒，搞到營寨失火。關羽發火要殺佢兩個，費詩勸佢話未戰先斬大將唔吉利，於是關羽就打咗佢兩個四十軍棍，然後罰糜芳去守南郡，傅士仁守公安，改以廖化為先鋒，向襄陽進發。

曹仁聽講關羽帶兵嚟攻打，自然要領軍出城應戰。關羽叫關平、廖化出戰，打咗一陣就詐敗而逃，曹軍一路追殺過嚟，結果畀關羽攔腰截住，一輪追殺，大敗曹仁，仲順勢奪埋襄陽，直逼樊城。曹仁兵敗退守到樊城，唯有向曹操求救。

曹操接到報告，馬上派于禁同龐德率領七支軍隊過去支援曹仁。龐德仲叫士兵抬住一口棺材，話要同關羽決一死戰。

關羽聽講龐德咁囂張，十分氣憤，提刀上馬就出寨迎戰。兩個人各自揮舞大刀，喺陣前廝殺咗上百回合，仲係未分勝負，佢兩個越打越精神，睇到兩邊嘅士兵如癡如醉，齊聲喝采。眼見天色漸暗，兩邊先至鳴金收兵。

到咗第二日，龐德再次出戰，同關羽打到五十幾個回合，突然撥轉馬頭就走。關羽喺後面一路追一路鬧：「龐賊，你想用拖刀計，我先唔怕你！」

點知龐德偷偷抽出弓箭，擰轉身一箭射過嚟，關羽閃避不及，正中左臂。關平見關羽受傷，馬上衝出嚟救援，而曹軍嗰邊于禁怕龐德立咗頭功，亦都鳴金收兵，激到龐德扎扎跳。

關羽因為受傷，畀部下拉住唔再出戰，龐德想趁機攻打蜀軍營寨，但係于禁唔想佢立功，於是將部隊駐紮喺山口，自己統領大軍截斷大路，叫龐德喺山谷後面駐守。

關羽休息得一排，箭傷漸漸好轉。佢聽講于禁將部隊駐紮喺樊城以北嘅山谷口，就上馬出寨去視察敵情。喺高處望落去，只見樊城城上士兵亂七八糟，而于禁嘅部隊駐紮喺城北十里嘅山谷，又見到襄江水流好急，睇咗一陣，就問嚮導官話：「樊城北十里嘅山谷口叫咩名？」

嚮導官答：「叫罾口川。」

關羽一聽就大笑話：「于禁今次死梗啦，魚入罾口，邊度走得甩？」

回營之後，關羽叫人準備好船筏，又叫人去襄江堵塞水口，準備等水位上漲，就實行水淹曹軍。

接住落嚟連日落大雨，曹軍嘅將領成何勸于禁要防備江水，但係于禁唔肯聽，成何唯有去搵龐德。龐德覺得有道理，正準備第二日將軍隊移到高地，點知當晚風雨大作，龐德喺軍營裏面只聽到萬馬奔騰之聲，驚天動地而來。佢馬上走出帳外一睇，只見大水從四面八方係咁湧過嚟，曹軍嘅七路兵馬當堂亂曬大龍，畀大水浸死嘅不計其數。

到咗天光時分，關羽帶住大隊人馬坐住大船，搖旗吶喊而嚟。于禁見大軍都畀水浸曬，身邊只係剩低幾十個人，唯有向關羽投降。龐德打死都唔肯投降，坐小船繼續同關羽作戰，結果翻船落水，畀蜀軍捉住咗，最後被關羽所殺。

關羽水淹七軍，震驚天下，於是佢趁住水勢加緊攻打樊城。曹仁眼見大水淹城，本來都想棄城而去，但係滿寵就勸住佢：「大水來得快去得快，唔使太擔心。而且關羽已經派兵

截斷我哋去路，我哋如果棄城而去，黃河以南就盡入敵手㗎啦，請將軍固守待援啊！」

曹仁聽咗，就下定決心死守，果然過得十日左右，大水就漸漸退去喇。

關羽見曹仁據城堅守，就親自指揮部隊日夜攻城。點知因為行得太近，畀曹仁指揮弓箭手一齊放箭，射中右臂，受傷而回。

關羽返到營寨仔細一睇，只見成隻右臂已經腫曬，原來箭頭有毒。大家都勸關羽先退兵，但係關羽點都唔肯，大家冇辦法，唯有周圍尋訪名醫。呢一日，有個自稱華佗嘅人嚟到軍營，自告奮勇話要幫關羽治療，關平聽過佢嘅名氣，馬上請佢入營。

呢個時候關羽正喺度捉棋，華佗睇過關羽嘅傷勢，就話：「箭毒已經入骨，我要用剪刀割開皮肉，然後用刀刮去骨上嘅箭毒。唔知君侯會唔會驚呢？」

關羽哈哈一笑話：「咁有乜好驚？」於是設宴款待華佗，然後請華佗動刀。

華佗割開關羽嘅傷口，用刀為關羽刮毒，睇到旁邊啲人眼都大埋，起曬雞皮，但關羽仲係繼續飲酒捉棋，談笑風生。過得一陣，華佗做完手術，將傷口重新縫好，關羽大笑住企起身話：「先生真係神醫，我隻手臂伸展自如，一啲都唔痛啦！」

華佗讚歎話：「我行醫一生，從來都未見過好似君侯咁嘅人。君侯真係天神下凡啊！」

粵語知多啲

扎扎跳 —— 喺粵語裏面，「扎」字有「突然跳起」嘅意思，如果形容一個人活躍好動，就叫做「跳跳扎」，例如話：「你個仔成日跳跳扎，真係好生猛啊！」但係如果將呢個詞調轉嚟，變成「扎扎跳」，意思就唔一樣喇，係用嚟形容一個人畀人激到好嬲嘅狀態，例如「畀人激到扎扎跳」，同普通話「跳腳」嘅意思差唔多。

歷史知多啲

華佗 —— 華佗係中國歷史上最著名嘅醫生之一，被譽為「神醫」，民間一直流傳住好多關於佢醫術神奇嘅傳說。而根據嚴肅嘅史書記載，華佗除咗一般嘅醫病救人之外，仲有兩個創舉。第一個，係首創使用「麻沸散」作為麻醉藥，施行外科手術，所以畀後世尊為「外科鼻祖」；第二個，係創作咗一套叫「五禽戲」嘅健身操，模仿五種動物嘅動作，有強身健體嘅作用。所以佢被認為係中國古代醫療體育嘅創始人之一。

關羽水淹七軍

第四十二回

關公大意失荊州

話說關羽水淹七軍，擒于禁斬龐德，聲威大震。消息傳到許都，曹操驚起上嚟，竟然考慮要遷都避開關羽嘅鋒芒。不過司馬懿就勸住佢話：「而家孫劉兩家失和，關羽打勝仗，孫權一定唔高興。主公可以派人去勸孫權一齊對付關羽。」

曹操聽咗司馬懿嘅意見，一面派人送信去畀孫權，一面派徐晃帶兵去支援樊城。

孫權接到曹操嘅信，就派呂蒙趁機去攻取荊州。呂蒙去到陸口前線，發現荊州沿江修築咗好多烽火台，又兵馬齊備，一時之間難以攻破。唯有對外宣稱有病，再慢慢想辦法。

孫權知道之後好擔心，但係陸遜就對佢話：「呂蒙一定係詐病嘅。」

孫權話：「既然係咁，我派你去睇睇咩情況啦！」

陸遜去到陸口，果然見到呂蒙精神爽利，完全冇得病嘅樣，就對呂蒙話：「我有個藥方，可以醫好將軍嘅病。」

呂蒙一聽就好似執到救命稻草一樣，馬上向陸遜請教。陸遜笑住話：「將軍因為荊州兵馬齊備，又有烽火台互通消息，老鼠拉龜冇地方落手，所以先話病㗎啫。關羽自恃英雄，淨係會對將軍有所顧忌。將軍只要藉口有病，將陸口嘅職位

讓畀其他人，然後派人去恭維關羽，佢必定會將荊州嘅兵馬調去攻打樊城。到時我哋要取荊州就容易啦。」

呂蒙一聽，大讚話：「真係好辦法！」於是馬上寫信向孫權請辭。

孫權知道之後，就以陸遜為右都督，代替呂蒙鎮守陸口。陸遜上任之後，馬上派人帶信函同禮物去荊州見關羽，話希望兩家和好，共抗曹操。

正所謂雞肶打人牙骹軟，關羽收到禮物睇完信之後好高興，又見陸遜冇咩名氣，果然將荊州大部分兵馬調去攻打樊城。

孫權見關羽中計，就拜呂蒙為大將軍，出兵去攻打荊州。呂蒙叫啲士兵換上普通人嘅衣物，扮成商人喺船上搖櫓，精銳士兵就匿喺船裏面，將船停泊喺江邊。到咗夜晚，幾十條船嘅精兵一齊發動，將烽火台嘅荊州守軍全部捉曬起身。

跟住，呂蒙又用荊州嘅俘虜呃開城門，吳軍一湧而入，好順利就佔領咗荊州。

入城之後，呂蒙吩咐城內官吏原職留任，又下令：「如有濫殺一人，妄取民間一件物品嘅，軍法處置！」然後又將關羽嘅家屬好好安置，唔准閒人騷擾。

聽講荊州失守，鎮守公安嘅傅士仁、鎮守南郡嘅糜芳見到勢頭唔對，加上對之前關羽處罰佢哋心懷怨恨，於是乾脆投降咗吳軍。

而係樊城嗰邊，關羽聽講徐晃帶兵過嚟支援，就親自提

刀上馬出嚟應戰。兩個人打咗八十幾個回合，關羽因為右臂之前受過箭傷，漸漸唔係好夠力。關平怕佢有閃失，就鳴金收兵。城內嘅曹仁聽聞徐晃嘅救兵到，帶兵出城來夾擊，打到荊州兵大亂。關羽唯有帶住部隊退過襄江，向襄陽撤退。

點知行到半路，就接到消息話荊州失守，傅士仁同糜芳投敵，激到關羽傷口爆裂，當堂暈低。一眾將領七手八腳救返醒關羽，管糧都督趙累就建議話：「而家形勢緊急，我哋可以一面派人去成都求救，一面從陸路去攻取荊州。」

於是，關羽派馬良、伊籍等人去成都求救，而自己就帶兵去攻打荊州。一路之上，荊州方面不斷傳來消息，話呂蒙對出征將士嘅家屬十分優待，搞到關羽麾下嘅荊州將士都無心作戰，紛紛走返荊州。

咁樣一嚟，關羽就真係激鬼氣啦。佢催促人馬直殺荊州，行到半路就遇到吳軍將領蔣欽帶兵攔住去路。打得冇兩下，蔣欽就落荒而逃，關羽一路追上去，點知兩邊山谷衝出韓當、周泰，蔣欽又殺返轉頭，關羽見敵眾我寡，唯有且戰且退。結果行得冇幾遠，就見到吳軍打出「荊州土人」嘅白旗，叫當地人快快投降。繼而吳軍丁奉、徐盛又帶兵殺出，五路人馬一齊圍住關羽廝殺。一場大戰之下，關羽嘅士兵越打越少，紛紛走曬去對面。關羽冇辦法，唯有突圍而出，帶兵走去附近嘅麥城暫避。

入城之後，關羽派廖化去上庸，搵孟達同劉封班救兵。點知孟達見關羽呢邊形勢不妙，竟然唔肯出兵。廖化冇計，

只好走返去成都搵劉備。

關羽喺麥城等極都等唔到有人嚟支援，手下嘅士兵剩低幾百人，糧草又唔夠，情形真係十分淒涼。孫權派諸葛瑾入城，勸關羽投降，但關羽就話：「我原本只係解良一介武夫，得主公待我如手足，我又點可以背信棄義，投降敵國？我今日就算兵敗身死，都能夠名留青史。」

孫權見關羽唔肯投降，就問呂蒙有咩好辦法。呂蒙答話：「關羽兵少，唔敢行大路突圍。麥城北面有條小路，我哋喺嗰度埋伏好兵馬，咁就一定捉到佢啦！」

呢一晚，關羽果然帶兵出城，從北面山路突圍而去。行得二十幾里，只見一路吳軍殺出攔住去路，為首嘅係吳軍大將朱然。關羽奮力提刀衝過去廝殺，朱然撥轉馬頭就走，而四面八方嘅伏兵就紛紛殺出。關羽一路追殺，身後嘅士兵越來越少。打到差唔多天光，道路兩邊樹木越來越密，關羽忽然聽到一聲大喝，從路兩邊衝出大批伏兵，長鉤套索一齊伸出，將關羽匹馬絆倒。關羽翻身墮馬，畀吳軍嘅馬忠生擒。

被擒之後，孫權本來想勸關羽投降，但係主簿左咸就同佢講當年曹操對關羽咁好，都留唔住關羽，倒不如早日殺咗佢，免留後患。

孫權覺得有道理，於是就下令將關羽同關平一齊殺咗。呢一年係建安二十四年，關羽終年五十八歲。

粵語知多啲

雞肶打人牙骹軟 —— 通常一個人攞咗人着數、得咗人好處，就唔係咁好意思與人為難。呢種心態喺粵語裏面被稱為「雞肶打人牙骹軟」。喺呢句俚語裏面，「雞肶」唔係指真嘅雞肶，而係指好處、禮物、着數，意思就係送咗着數畀人，人哋攞到之後，牙關就冇咬得咁緊，有事就會好商量喇。喺呢一回裏面，陸遜就係用呢一招，令到關羽放鬆警惕。

歷史知多啲

麥城 —— 喺呢一回裏面，關羽攻打荊州失敗之後，敗退到麥城，所以後來大家就用「敗走麥城」嚟形容做事失敗。麥城係古代楚國嘅重要城池，而家屬於湖北省宜昌市。當年伍子胥攻楚，為咗攻破呢座城池，仲專門喺左右修築驢、磨兩座城，所以有「東驢西磨，麥城自破」嘅諺語。後來關羽喺麥城失敗殉職，更令此地為人所熟知。

第四十三回

戰夷陵火燒連營

　　話說孫權殺咗關羽，得咗荊襄之地，十分高興，設宴同一眾將領慶功。宴會之上，大家都紛紛稱讚呂蒙立咗大功。點知呂蒙忽然將酒杯掟落地，捉住孫權大鬧話：「碧眼小兒，你認唔認得我？我乃係漢壽亭侯關雲長，畀你奸計所害，生不能食你嘅肉，我就算死都要追呂蒙嘅魂魄！」講完，只見呂蒙已經跌喺地下，七竅流血而死。

　　孫權驚起上嚟，又怕劉備嚟打自己，就派使者將關羽嘅首級用木盒裝好，送到洛陽畀曹操。

　　曹操見關羽死咗，正要鬆返啖氣，主簿司馬懿就提醒佢話：「呢個係東吳嘅計策，想等劉備搵主公報仇啊！主公應該以大臣之禮好好安葬關羽，咁劉備就知道唔關我哋事㗎啦！」

　　曹操於是依計行事，以王侯之禮安葬關羽，追贈關羽為荊王。

　　而劉備之前喺成都，一路收到關羽嘅捷報，本來都好放心。點知忽然有一日，覺得心驚膽跳，坐立不安，半夜發夢見到關羽喊住對佢話：「請兄長起兵，為小弟雪恨啊！」劉備一下扎醒，驚起上嚟，馬上去搵諸葛亮商議。點知即時就收到消息，話關羽畀孫權殺害，荊州失守。劉備聽到噩耗，當

堂大叫一聲，暈倒喺地。

醒返之後，劉備就想馬上發兵去討伐東吳，為關羽報仇，但係諸葛亮攔住佢話：「而家吳魏兩邊虎視眈眈，主公都係先為雲長發喪，等吳魏不和，我哋再乘機出兵為上。」劉備咁先冷靜翻落嚟。

而曹操喺洛陽安葬咗關羽之後，成日發夢見到關羽，搞到頭痛發作，屬下搵到華佗返嚟幫佢醫治，華佗對曹操話：「呢個病病根喺腦裏面，食藥冇用，要用利斧斬開腦袋，取出病根，咁先醫得好。」

結果曹操一聽就大發雷霆，話華佗想謀殺佢，將華佗捉咗起身殺咗。最後，曹操越病越重，自知大限將至，就召集心腹，立長子曹丕為世子，繼承佢魏王嘅爵位。

曹丕繼任之後，對細佬曹植十分猜忌，有心想殺咗曹植。於是，佢就將曹植搵過嚟話：「你冇嚟為父王奔喪，實在無禮。既然你向來號稱有文才，我就嚟考一考你：限你七步之內，以兄弟為題，吟詩一首，但唔准有兄弟兩個字啵！如果吟得出，我就赦免你嘅罪行。」

曹植果然有才，只見佢唔緊唔慢行咗七步，就開口朗聲吟誦：「煮豆燃豆萁，豆在釜中泣。本是同根生，相煎何太急！」

曹丕聽完，一時間非常感慨，忍唔住淚流滿面。佢娘親卞氏亦出嚟勸佢唔好殺自己兄弟，最後，曹丕將曹植貶為安鄉侯，安置喺外地。

右耐之後，曹丕手下一班文武大臣都紛紛勸曹丕稱帝，又走去勸漢獻帝讓位畀曹丕。最後漢獻帝見大勢已去，自己搵唔到更好嘅助力同維持統治嘅辦法了，唯有被迫禪位，曹丕正式稱帝，建國號為大魏，尊曹操為太祖武皇帝。

曹丕稱帝嘅消息傳到成都，劉備以為漢獻帝畀曹丕害死咗，於是亦都即位稱帝，繼承漢朝嘅國號，史上稱為蜀漢。

稱帝之後，劉備又話要出兵攻打東吳，但係趙雲就勸佢：「而家曹丕篡位，天怒人怨，我哋應該討伐曹丕至係啊！」但係劉備死牛一邊頸點都唔肯聽，留低諸葛亮駐守成都，自己帶領全國兵馬，浩浩蕩蕩向東吳進發。

點知啱啱准備出兵，張飛就因為酒後鞭打手下嘅將領范疆、張達，畀兩個將領趁佢飲醉酒殺咗。劉備接到消息，又喊到暈低喺地，傷心欲絕。但大軍已經出發，無得返轉頭了，所以佢仲係以關羽個仔關興、張飛個仔張苞為先鋒，繼續向荊州進發。

孫權接到消息話蜀漢大軍壓境，梗係緊張啦，於是一面派人去向曹丕稱臣，請魏國出兵攻打漢中，另一面派出幾路人馬去抵擋蜀軍。但係劉備呢一次出盡全力，邊有咁容易抵擋？吳軍派出去嘅幾路人馬都落敗而回，甘寧、潘璋等幾員大將都陸續戰死，糜竺、傅士仁又殺咗馬忠去投降劉備，結果兩個都畀劉備殺埋。

孫權見到唔對路，就將殺死張飛過嚟投降嘅范疆、張達，連同張飛嘅首級送返去畀劉備，想同劉備講和。劉備二

話不說就殺咗佢兩個，咁一來，直接殺死關羽、張飛嘅仇人算係死曬了。但係劉備仲係唔肯收兵，係都要一舉滅咗東吳。

孫權見劉備唔肯講和，就拜陸遜為大都督，統領吳軍去抵擋蜀軍。陸遜去到前線，下令眾將緊守關防，唔准出戰。大家都覺得佢膽怯，紛紛請戰，但係陸遜搵出孫權賜嘅寶劍，大聲話：「我受主公重託，不得輕舉妄動。你哋只准穩守陣地，違令者斬！」個班將領冇辦法，唯有各自堅守陣地。

劉備帶住大隊人馬係猇亭佈陣，連營七百里，白天旌旗蔽日，夜晚火光沖天，十分威武。但係呢個時候天氣越來越熱，劉備見吳軍唔肯出戰，於是就下令將營寨遷移到山林茂密嘅溪水邊避暑。

陸遜接到消息，話蜀軍轉移去山邊，開心到飛起，對眾將話：「而家正係取勝嘅好時機！」於是，等蜀軍安好營寨，陸遜就派朱然從水路進攻，韓當從陸路進攻，吩咐佢哋見到蜀軍嘅營寨就放火。

兩路吳軍嚟到蜀軍營前，趁住東南風就放火燒營。蜀軍嘅營寨全部喺山林茂密之處，霎時之間就燒到火光衝天，七百里連營好快就燒着曬，無一倖免，士兵死傷無數。吳軍趁機發動大軍衝殺過嚟，蜀軍呢個時候已經亂曬大龍，根本抵擋唔住。劉備知道今次撞板啦，唯有搏命突圍，好在得趙雲帶兵過嚟救援，咁先執返條命，一路向白帝城走去。

粵語知多啲

　　死牛一邊頸 —— 喺粵語裏面形容人固執，有個俚語叫做「死牛一邊頸」。原來牛嘅頸部十分粗壯有力，即使係活牛，你要將佢個頭從一邊擰到另一邊，如果佢唔情願嘅話都非常困難，而牛死咗之後肌肉僵硬，條頸就更加難以扭動。所以粵語就用「死牛一邊頸」，形容一個人固執己見，好似死牛條頸咁，點都轉唔過嚟。

歷史知多啲

　　禪讓 —— 呢一回講到漢獻帝將帝位禪讓畀曹丕。禪讓呢個制度，係中國上古時期嘅領導人更替制度，由上一任嘅領導人將帝位傳畀指定嘅下一任領導人。傳說之中，堯帝、舜帝同大禹嘅帝位，都係通過「禪讓」來交接嘅。不過到咗大禹個仔夏啟建立夏朝之後，「家天下」嘅宗法制度就取代咗「公天下」嘅禪讓制度，帝位都係傳畀自己嘅子孫或者兄弟。而後世嘅「禪讓」，例如曹丕逼漢獻帝禪讓，無非都係謀朝篡位嘅代名詞而已。

第四十四回

劉備託孤白帝城

　　話說蜀軍畀陸遜火燒連營，劉備落荒而逃走咗去白帝城，陸遜領軍喺後面猛追。一路追到夔關附近，忽然見到前面殺氣衝天，陸遜嚇咗一跳，馬上派人去睇睇咩情況。探子睇完返嚟回報，話前面並無兵馬，只有幾十堆亂石。陸遜唔係好信，於是帶住幾十個親兵親自去查探。去到之後，果然冇人，只係見到一個石陣，陸遜入去兜咗兩圈就想出返嚟。點知忽然狂風大作，飛沙走石，眼前怪石嶙峋，耳邊水聲洶湧，陸遜走嚟走去都走唔出個石陣。

　　陸遜知道弊傢伙啦，自言自語話：「今次中咗諸葛亮嘅計啦！」正係徬徨無計時，忽然間見到有個老人家企喺馬前。陸遜就上去求個老人帶佢出陣，個老人哋住支拐杖，慢慢行咗一陣，就將陸遜送出陣外了。

　　陸遜猛咁多謝個老人家，又問佢係咩人，老人家答話：「老夫係諸葛亮嘅岳父黃承彥，呢個係我女婿佈下嘅八陣圖，可以比得上十萬精兵。本來佢同我講，如果有東吳大將入陣，就唔好放佢出嚟，不過老夫唔忍心，所以就帶將軍出陣。」

　　陸遜好感慨，話：「諸葛亮真不愧係臥龍，我比唔上佢啊！」之後就下令班師退兵了。

嗰邊廂劉備去到白帝城，諗起呢一戰損兵折將，追悔莫及，結果得咗個病，而且病得越來越重。佢知道自己時日無多了，於是叫人將丞相諸葛亮、尚書令李嚴等人從成都叫咗過嚟，對諸葛亮話：「朕冇聽丞相嘅勸告，實在係自取其敗。今日就將太子劉禪託付畀丞相。丞相才能勝過曹丕十倍，必定能夠安邦定國。太子如果可堪輔助，就請丞相盡力輔助，如果佢唔爭氣，丞相就自己做成都之主啦！」

諸葛亮聽咗，嚇到冷汗直流，馬上跪低喊住話：「臣一定竭盡全力，輔助太子，死而後已，報答聖上知遇之恩！」

劉備託孤完畢，又吩咐一眾大臣要盡力支持諸葛亮，講完就駕崩了，終年六十三歲。

魏國嗰邊接到消息話劉備駕崩，劉禪繼位，覺得今次係個好機會，於是發動五路大軍去攻打蜀國。第一路以曹真為首，攻打陽平關；第二路以孟達為首，攻打漢中；第三路係孫權嘅東吳軍，沿長江入川；第四路以蠻王孟獲為首，攻打益州；第五路以番王軻比能為首，攻打西平關。

劉禪接到消息之後好緊張，想搵諸葛亮商量對策。點知諸葛亮話自己病咗，好幾日都唔出嚟辦公，搞到劉禪手揗腳震，不知如何是好。最後，劉禪終於忍唔住，親自走去丞相府搵諸葛亮。

入到去之後，只見諸葛亮坐喺個水池邊睇魚，劉禪喺旁邊等咗一排，先至問話：「丞相幾好啊嘛？」

諸葛亮見劉禪嚟到，馬上起身行禮，劉禪扶起佢就問：

「而家曹丕發動五路大軍過嚟攻打我哋，相父點解喺府裏面唔肯出嚟呢？」

諸葛亮笑住對劉禪話：「羌王軻比能、蠻王孟獲、反將孟達、魏將曹真，呢四路兵馬臣已經打退曬啦，只係剩低孫權呢一路，臣已經有退敵嘅辦法，但係需要有個能言善辯嘅人去出使，一時之間未諗到叫邊個好，所以喺先望住啲魚出神啫。」

劉禪一聽，真係又驚又喜，話：「相父果然有鬼神不測之機，唔知嗰四路敵軍，係點樣打退嘅呢？」

諸葛亮答話：「其實都好簡單。羌人向來都敬服馬超，臣安排佢去守陽平關，羌人就不足為患；蠻王孟獲為人疑心好重，臣安排魏延帶兵左出右入，右入左出，佢見到一定起疑心，唔敢進兵；孟達當年同李嚴係生死之交，臣叫李嚴寫信畀孟達，佢必定會詐病唔出兵；至於曹真，見我哋唔出兵，時間一長就會退兵。至於孫權呢一路，如果見到其他四路都打唔贏，佢一定唔肯啷手。不過而家需要搵個口才好嘅人去東吳出使，說服孫權至得。」

劉禪見諸葛亮早就胸有成竹，咁先放落心來，告辭返去皇宮。諸葛亮送佢出門，見到羣臣裏面只有鄧芝神情輕鬆，於是請佢留低傾計。一傾之下發現呢個鄧芝好有見識，於是就派佢去東吳出使。

鄧芝去到東吳，孫權想畀個下馬威過佢，於是係殿前放咗個裝滿油嘅鼎，用炭火燒到滾曬，又安排大隊武士手執刀

槍，然後先叫鄧芝入嚟見面。一見面，孫權就問鄧芝：「你梗係嚟幫諸葛亮做說客，要我哋東吳背魏向蜀㗎啦，你唔通唔怕死咩？」

鄧芝哈哈一笑答話：「大家都話東吳多賢士，諗唔到會怕我一個儒生。我為吳國嘅利害而來，大王設兵陳鼎，器量格局未免太細啦吧？」

孫權聽佢講得有道理，於是就喝退武士，請鄧芝坐低。鄧芝問孫權話：「大王究竟係想同蜀國和好，定係同魏國和好呢？」

孫權答話：「我正想同蜀國講和，但係怕你哋新主年幼，唔能夠善始善終。」

鄧芝就話：「大王你係當世英豪，我哋諸葛丞相亦都係一時俊傑。蜀同吳聯手，進可以吞併天下，退可以鼎足而立。大王如果對魏國稱臣，到時如果滅咗蜀國，魏軍順流而下，試問江南又點保得住呢？大王如果覺得我講得唔啱，我就死喺大王面前！」

講完，鄧芝一下企起身，就衝向個油鼎，嚇到孫權馬上叫住佢，對佢話：「先生講得有理，就請先生代我同蜀主聯絡，兩家和好，聯手抗魏。」

就係咁，曹丕攻打蜀國嘅五路大軍，畀諸葛亮一一化解曬。

聽古仔

粵語知多啲

弊傢伙 —— 遇到麻煩事，情況不妙嘅時候，粵語有個口語化嘅表達，叫做「弊傢伙」，意思同書面語「糟糕」相似，亦可以簡單咁講成「弊喇！」、「弊！」。喺呢個詞裏面，「傢伙」係用嚟指代「事情」，與書面語嘅「好傢伙」係類似嘅用法。

歷史知多啲

八陣圖 —— 呢一回裏面講到，陸遜走咗入諸葛亮佈置嘅石頭陣裏面，幾乎行唔返出嚟。呢個石頭陣，就係傳說中嘅「八陣圖」。根據歷史記載，「八陣」係古代軍隊嘅八種陣法，而到咗三國時期，諸葛亮就將佢發揚光大。《諸葛亮傳》裏面講到：「推演兵法，作八陣圖，咸得其要云。」後來唐代詩聖杜甫專門寫咗一首《八陣圖》來讚頌諸葛亮：「功蓋三分國，名成八陣圖。江流石不轉，遺恨失吞吳。」

第四十五回

諸葛亮七擒孟獲

　　話說諸葛亮安坐府中，就可以智退五路敵軍，仲同東吳結成聯盟，共抗曹魏。曹丕知道之後，嬲起上嚟就發兵去攻打東吳，結果大敗而回。而蜀國呢邊就突然收到消息，話蠻王孟獲聯合建寧太守雍闓出兵騷擾益州，諸葛亮覺得都係要先穩定後方，於是向蜀主劉禪請示，要親自領軍南征。

　　劉禪擔心咁話：「丞相如果去南征，萬一吳國魏國嚟攻打我哋咁點算？」

　　諸葛亮答：「東吳新近同我哋講和，魏國又啱啱打咗個敗仗，所以佢哋都不足為患。臣再叫張苞、關興留守，咁就萬無一失㗎啦。等掃平咗蠻兵，我哋就可以北伐中原，實現先帝嘅遺志。」

　　於是，諸葛亮以蔣琬為參軍，費禕為長史，趙雲、魏延為大將，發動大軍向益州進發。

　　蠻王孟獲知道諸葛亮來討伐自己，就叫手下嘅三洞元帥過嚟，叫佢哋兵分三路出擊。但三洞元帥遇上趙雲、魏延領兵出戰，實力相差太遠了，邊度係佢哋嘅對手呢？三兩下手勢就畀趙雲一槍揕死咗一個，另外兩個喺敗退途中亦都畀諸葛亮安排嘅伏兵生擒。

孟獲聽講三洞元帥失手，嬲起上嚟就親自帶領兵馬出戰，一出嚟就遇到蜀將王平。兩軍擺開陣勢，孟獲對手下人講：「人人都話諸葛亮擅長用兵，而家睇蜀軍嘅陣勢雜亂無章，睇來佢都係名過於實。你哋邊個去幫我打頭陣？」

佢手下嘅牙將忙牙長應聲而出，揮刀直取王平。王平打得冇幾個回合，撥馬就走，孟獲馬上指揮大軍追殺過嚟。結果追得二十幾里，忽然後面殺聲四起，蜀軍張嶷、張翼喺後面帶兵殺出嚟截住歸路，前面王平、關索又殺返轉頭，咁樣一來，孟獲嘅前後都係蜀軍。佢見勢頭唔對，就帶住幾十個部下想運小路走佬，結果魏延早已經埋伏喺度，見佢果然行呢條路，就帶兵衝出嚟將佢生擒活捉。

魏延將孟獲帶到諸葛亮帳前，諸葛亮下令將俘虜嘅蠻兵全部釋放，然後問孟獲服唔服氣。

孟獲答話：「山路狹窄，我中咗你暗算，點會心服？」

諸葛亮就話：「既然係咁，我放你返去，好唔好？」

孟獲梗係高興啦，答話：「我返去重整兵馬，同你再決雌雄。你如果再捉得住我，我就服啦。」

於是諸葛亮下令為孟獲鬆綁，將佢放咗。

孟獲返到去之後，重新召集咗十幾萬蠻兵，宣佈話：「諸葛亮詭計多端，我哋唔好同佢交戰，只要守住瀘水，而家天氣咁熱，時間一長，蜀軍一定堅持唔落去嘅！」

諸葛亮接到消息之後，就派馬岱帶三千兵馬去到瀘水下游渡河，斷絕蠻軍嘅糧道。孟獲大安旨意，喺營寨掛住飲酒

作樂，忽然接到報告話糧道被斷，馬上派洞主董荼那帶兵去應戰。呢個董荼那無心戀戰，同馬岱打得幾下就退返轉頭。孟獲怪責佢唔肯出力，打咗佢一百大棍。董荼那嬲起上來，干脆就趁孟獲飲醉酒，將佢捉住向諸葛亮投誠。

諸葛亮捉住咗孟獲，問佢：「你之前話再畀我捉住就肯降服，而家點啊？」

孟獲唔忿氣，答話：「今次係我手下人自己籠裏雞作反，又唔係你打贏我，我唔服！」

諸葛亮就話：「好，我再放你返去。」臨走仲帶孟獲參觀自己嘅兵營。

孟獲返到自己營寨，就搵自己細佬孟優過嚟商量：「諸葛亮嘅虛實我已經知道曬，你先帶一批禮物去詐降，我夜晚就去劫營，裏應外合，一定可以打贏佢！」

於是孟優帶住一大批象牙、犀角、寶珠去見諸葛亮，諸葛亮叫人設宴招待孟優，然後喺酒裏面落藥，飲到孟優同班部下全部暈低曬。等到夜晚孟獲過嚟劫營，幾路蜀軍早有準備，一齊衝出嚟又將孟獲捉住。

諸葛亮笑住對孟獲話：「你叫你細佬過嚟詐降，點瞞得過我？今次你服未？」

孟獲話：「今次係我細佬誤事，我仲係唔服。」諸葛亮於是又放佢走。

孟獲返去之後，叫人帶禮物去搵八番九十三甸，借到一支牌刀獠丁軍，準備同諸葛亮再打過。諸葛亮見蠻軍氣勢正

盛，就叫眾將堅守營寨，等到蠻軍士氣低落，就指揮部隊放棄營寨，分頭埋伏。孟獲見到蜀軍營寨空虛，仲留低唔少糧草，以為蜀軍趕住撤退，馬上指揮兵馬窮追不捨。結果追到西洱河邊，幾路蜀軍一齊衝出嚟，打到蠻軍四散而逃，又將孟獲捉住了。

諸葛亮再問孟獲服唔服，孟獲答話：「你次次都玩陰謀詭計，我梗係唔服啦！」諸葛亮於是又一次將孟獲放返去。

今次孟獲返到去之後，匿入個禿龍洞裏面唔肯出嚟。呢一日，佢忽然接到消息話另外一位洞主楊鋒帶住三萬兵過嚟助戰。孟獲十分高興，大排筵席飲到醉醺醺，結果畀楊鋒捉住，獻咗畀諸葛亮。

諸葛亮好似之前咁，問孟獲服唔服，孟獲仲係唔忿氣：「今次捉我又唔係你本事，我點會服？你如果可以去到我祖居銀坑山，喺嗰度捉得住我，我就服啦！」諸葛亮於是又將孟獲放咗返去。

孟獲連夜返到銀坑洞，叫人請到西南八納洞嘅洞主木鹿大王過嚟幫手。木鹿大王帶住本部蠻兵出陣。只見佢口中念念有詞，忽然之間飛沙走石，虎豹豺狼、毒蛇猛獸都衝曬出嚟，打到蜀軍節節敗退。

諸葛亮知道之後，就擺咗個車陣，車裏面裝滿紅油黑油，畫成猛獸模樣。等木鹿大王嘅猛獸一到，車陣裏面嘅戰車紛紛噴火飆煙，嚇到啲猛獸走曬返轉頭，諸葛亮趁機指揮大軍進攻，打到蠻軍大敗，佔咗銀坑洞。

獲勝之後，諸葛亮忽然接到報告，話孟獲嘅舅仔捉咗孟獲夫婦過嚟投降。諸葛亮下令放佢哋入嚟，班人一嚟到，諸葛亮就下令將佢哋全部捉曬起身。一搜身，發現佢哋個個都身懷利器，原來佢哋來詐降，係想刺殺諸葛亮。

孟獲第六次畀諸葛亮捉住，但依然唔服氣，話今次係自己送上門，唔算數。諸葛亮繼續放佢返去。

孟獲呢次去搵嘅，係東南烏戈國，佢借咗三萬藤甲兵。呢啲藤甲兵刀槍不入，十分厲害，蜀軍打嚟打去打唔贏，仲打輸過好幾場仗。於是諸葛亮吩咐魏延帶兵出戰，要連輸十五陣，連棄七個營寨，將藤甲兵引到當地嘅盤蛇谷。當啲藤甲兵入到去之後，只見遍地乾柴火藥、前後都畀黑油車擋住去路。蜀軍一點火，霎時之間火勢就蔓延開去，滿山大火將三萬藤甲兵全部燒死。

然後，諸葛亮又派人假扮成烏戈國嘅士兵去請孟獲出嚟，將孟獲一舉成擒。捉住孟獲之後，諸葛亮按照慣例，又話要再放佢返去。今次，孟獲終於心服口服，對諸葛亮話：「七擒七縱，自古未有，我服啦！我哋發誓，自此之後再都唔造反啦，子子孫孫都會感念丞相嘅大恩！」

諸葛亮收服咗孟獲，十分高興，設宴招待，畀佢繼續做洞主，統領當地各族。孟獲同當地人都好歡喜，個個感恩戴德，各自返去自己領地。

粵語知多啲

籠裏雞作反 —— 粵語裏面形容內部出問題、內訌、自己人反對自己人，叫做「籠裏雞作反」。廣東人鍾意食雞，好多俚語都喜歡用雞嚟形容一啲日常見到嘅狀況。因為一般運輸雞隻，都係用竹籠嚟裝，所以裝喺籠裏面嘅雞就係「籠裏雞」喇。而因為籠裏面空間有限，雞隻塞喺裏面好容易發生衝突，所以粵語裏面就用「籠裏雞作反」嚟形容內訌、內部起衝突嘅情形喇。

歷史知多啲

七擒孟獲 ——「七擒孟獲」，係《三國演義》裏面諸葛亮嘅著名事跡，一直為人所津津樂道。但其實無論係孟獲呢個人，定係「七擒孟獲」嘅故事，喺嚴肅嘅史書裏面都冇記載。不過諸葛亮擔任蜀漢丞相期間，確實有平定南中地區叛亂嘅事跡。呢個「南中」地區，大致上係而家雲南、貴州同埋四川嘅東部部分地區，而故事裏面孟獲叛亂嘅地方，大致上係而家雲南曲靖一帶同緬甸嘅東部地區。諸葛亮喺平定叛亂嘅同時，仲將耕種技術傳播到當地，對於提升當地生產力有好大幫助，所以後來呢個地區一直臣服於蜀漢政權，唔再作亂喇。

馬謖自負失街亭

話說諸葛亮七擒孟獲，平定咗南方，班師回朝。右幾耐之後，魏帝曹丕駕崩，曹睿繼位。於是諸葛亮決定趁呢個機會，北伐中原。佢向蜀主劉禪上咗個《出師表》，然後以趙雲為先鋒，率領三十萬大軍，浩浩蕩蕩出祁山，準備攻打長安。

魏主曹睿接到諸葛亮北伐嘅消息，十分緊張，馬上召集羣臣商議對策。當年死喺定軍山嘅夏候淵個仔、駙馬夏侯楙自告奮勇要領軍出擊，於是曹睿封佢為大都督，調集關西兵馬，去迎戰蜀軍。

夏侯楙去到長安，派西涼大將韓德為先鋒，帶住西羌嘅兵馬出戰。韓德同自己四個仔上陣，一出嚟就遇上趙雲。結果佢四個仔輪番上場，畀趙雲槍挑箭射，三個當堂冇命，一個畀趙雲生擒活捉。趙雲趁勢帶兵衝殺，打到西涼軍大敗。

夏侯楙見韓德兵敗，就親自領軍出戰，韓德搶先出陣，唔到三個回合，就畀趙雲一槍拮死，魏軍再敗一陣。夏侯楙見趙雲咁好打，就預先埋伏好伏兵，等到第二日趙雲再來，將趙雲引入咗個包圍圈。好在張苞同關興一齊帶兵殺到，為趙雲解圍，仲打到魏軍潰不成軍添！

夏侯楙見勢頭唔對，就避入南安郡，緊閉城門，死守不出。

諸葛亮嚟到南安城下，見城池堅固，一下子難以攻破，於是派人扮成夏侯楙嘅使者去天水郡同安定郡搬救兵，打算趁兩郡出兵，就乘虛而入。

　　佢呢條計策喺安定郡用得好順利，呃到安定太守崔諒帶兵出城，順利佔領咗安定城，仲生擒咗崔諒。諸葛亮叫崔諒勸夏侯楙投降，崔諒表面應承，實際上卻係想將計就計，引諸葛亮入城。點知諸葛亮早就識穿佢嘅嘢，喺入城嘅時候，由張苞一槍拮死崔諒，王平帶兵殺入城內，將夏侯楙捉住咗。

　　但係諸葛亮派出去嘅另一個假使者去到天水郡，想用同樣嘅計策，就畀天水郡功曹姜維識破咗。姜維詐帝帶兵出城，然後殺返個回馬槍，將埋伏嘅蜀軍打退咗。

　　諸葛亮見姜維竟然識破自己嘅計策，反而好欣賞佢，決心要將佢收歸己用。於是，諸葛亮特登將夏侯楙放返去天水郡，然後又派兵去攻打冀城。因為姜維娘親住喺冀城，所以佢心急如焚咁帶兵去救援。另一頭，諸葛亮派人假扮成姜維個樣，帶兵去天水郡攻城，搞到夏侯楙以為姜維叛變。等姜維帶兵返轉頭嘅時候，諸葛亮又安排定幾路伏兵，打到佢損兵折將。姜維好不容易一支公去到天水城下，結果畀夏侯楙大鬧佢叛國。佢無路可走，唯有向諸葛亮投降了。

　　諸葛亮得咗姜維，十分歡喜，叫姜維通知城裏面嘅好友發動兵變，將城池搶咗過嚟。雖然畀夏侯楙走甩咗，但係諸葛亮一啲都唔在意，對身邊嘅人話：「我放走夏侯楙，好似放走一隻鴨；得咗姜維，好似得咗隻鳳凰一樣。」

魏主曹睿接到夏侯楙兵敗，三城失陷嘅消息，梗係緊張啦，又派曹真為大都督，郭淮為副都督，領軍去抵擋蜀軍。

曹真去到前線，諸葛亮約佢第二日決戰。曹真預計諸葛亮會漏夜過嚟劫營，準備將計就計，派兵去偷襲蜀軍嘅營寨。但諸葛亮即係諸葛亮，佢早有準備，只係詐帝出兵劫營，其實早就安排好部隊喺自己營寨附近埋伏，等魏兵一到，幾路兵馬就一齊殺出，將曹真打到大敗。

曹真見打唔過諸葛亮，就去西羌班救兵。點知西羌嘅援兵仲係打唔過蜀軍，連主將都畀蜀軍俘虜埋。

曹真實在搞唔掂了，唯有寫信返朝廷，請曹睿再發救兵。於是曹睿起用司馬懿為平西都督，佢自己更係御駕親征，去長安一齊去對抗蜀軍。司馬懿去到長安，以張郃為先鋒，一面派兵去支援曹真，一面出兵去攻打街亭，想截斷蜀軍嘅糧道。

諸葛亮知道司馬懿出馬，亦都好緊張，馬上派人領軍去鎮守街亭。參軍馬謖自告奮勇要去，諸葛亮就話：「街亭一戰事關重大，你冇咁大個頭，唔好戴咁大頂帽啵。」馬謖拍晒心口話自己一定得，於是諸葛亮要佢立下軍令狀，又派大將王平同佢一齊去，然後再派高翔領軍駐守街亭東北嘅柳城，魏延去街亭後方支援，咁先放心畀馬謖領軍出發。

馬謖同王平去到街亭，見到地勢險要，馬謖就開始掉以輕心，覺得魏軍唔會行呢條路。王平建議佢喺幾條道路嘅路口紮營，方便抵擋敵軍，但係馬謖就話旁邊一座山地勢險要，

要喺山上紮營。

王平勸佢：「喺路口駐兵，只要築起工事，敵軍再多都冇辦法偷偷過去。如果喺山上紮營，魏兵如果忽然殺到圍住四面，豈不是危險？況且山上冇水源，一旦畀魏軍佔領取水嘅道路，士兵就不戰自亂㗎啦！」

馬謖就話：「你唔識兵法。孫子話置之死地而後生，如果魏兵斷絕我水道，我軍必定死戰，到時以一當百，仲怕打佢唔贏？」

王平見勸馬謖唔住，唯有帶一隊兵馬喺山下紮落營寨，準備支援馬謖。

無耐之後，司馬懿帶住魏軍嚟到，見蜀軍喺山上紮營，哈哈大笑話：「今次真係老天爺都幫我哋忙啦！」佢派張郃去擋住王平，然後大隊人馬先斷絕蜀軍取水嘅道路，繼而四面八方將蜀軍圍喺山上。

馬謖喺山上見到魏軍圍山，就下令叫蜀軍居高臨下衝落山攻擊魏軍。但蜀軍嘅將士見到魏軍勢大，嚇到腳都軟埋，個個都唔肯喐。馬謖嬲起上嚟，殺咗兩個部將，先至逼到班士兵衝落山。只不過魏軍守備森嚴，蜀軍衝擊幾次都冇效果，被逼退返上山死守不出。

到咗夜晚，蜀軍冇水飲，軍心大亂，好多士兵走落山投降。司馬懿跟手就叫人放火燒山，馬謖見勢頭唔對，唯有拼死帶兵突圍而出，聯合埋王平、高翔、魏延一齊，退返去陽平關了。

聽古仔

粵語知多啲

冇咁大個頭，唔好戴咁大頂帽 —— 正所謂「能力越大，責任越大」，一個人嘅能力如果同佢嘅責任或者榮譽唔匹配，就好容易出問題。喺粵語裏面，就有一句俚語 ——「冇咁大個頭，唔好戴咁大頂帽」，用嚟警示對方如果冇足夠嘅能力，就唔好死撐。頂帽太大，個頭唔夠大，就係比喻責任或者榮譽太大，而自身嘅能力唔夠，分分鐘出問題。好似呢一回裏面馬謖能力不足，卻係都要走去守街亭，就導致蜀軍嘅失敗喇。

歷史知多啲

孫子兵法 —— 喺呢一回裏面，馬謖引用《孫子兵法》裏面嘅講法來駁斥王平。《孫子兵法》呢部書，係中國歷史上最著名嘅兵書，亦係世界上最早嘅軍事著作之一，被譽為「兵學聖典」，作者係春秋時期吳國嘅軍事家孫武。呢部兵書不但喺中國備受推崇，而且仲被翻譯成多國文字，受到多個國家嘅重視，好多著名嘅軍事家同企業家，都曾經從《孫子兵法》裏面得到營養同啟迪。

第四十七回

空城計智退司馬

　　話說司馬懿率領魏軍佔咗街亭,馬上繼續出兵去攻打蜀軍儲備糧草嘅西城縣。

　　諸葛亮接到街亭失守嘅消息,仰天長歎話:「大事不妙,呢個都係我嘅過錯啊!」講完,佢就吩咐關興、張苞分頭領兵去附近山上埋伏,然後自己帶五千士兵去西城縣搬運糧草。同時,司馬懿亦都帶住十幾萬大軍,直奔西城而來。呢個時候諸葛亮身邊得一班文官,一個武將都冇,五千士兵一半去咗運糧。大家聽到司馬懿嚟緊西城呢個消息,一個二個嚇到面青口唇白,不知如何是好。

　　好在諸葛亮仲係好鎮定,傳令落去話:「大家偃旗息鼓,唔准大聲喧嘩。打開四面城門,每個城門安排二十個軍士扮成百姓咁樣,灑掃街道。魏兵嚟到,唔准擅自行動,我自有辦法。」然後,諸葛亮又披上鶴氅,戴上綸巾,帶咗兩個童子,捧住一張琴,去到城樓上面憑欄而坐,焚香彈琴,一副悠然自得嘅樣子。

　　司馬懿帶兵嚟到城下,見到城門大開,百姓鎮定自若,又見到諸葛亮咁嘅樣,疑心大起,馬上下令退兵。佢個仔司馬昭問佢:「諸葛亮可能冇兵馬,所以先喺度扮嘢,父親點解

要退兵呢？」

司馬懿答話：「諸葛亮一世人都好謹慎，唔會冒險。今次大開城門，一定係有埋伏，我如果進兵就中佢計啦！」

魏軍返轉頭行咗冇耐，忽然聽到山坡後面殺聲震天，鼓聲動地，一路兵馬從山後殺出，軍旗上面寫住「右護衛使虎冀將軍張苞」，司馬懿以為真係中計，急忙催促部隊快啲走。走得冇幾遠，又遇到另外一路蜀軍，旗幟上寫住「左護衛使龍驤將軍關興」。見到兩路蜀軍出現，再加上聽到其山谷後面仲有蜀軍喺度大聲吶喊，都唔知有幾多人，魏軍就更加慌亂了。最後連輜重糧草都唔要，雞咁腳就走人啦。司馬懿冇辦法，唯有帶兵退返去街亭。

諸葛亮嚇退咗司馬懿，帶住三郡嘅百姓，施施然咁返去漢中。返到之後，諸葛亮追問街亭失守嘅事，王平對佢講：「我再三勸馬參軍，要喺大路上紮營。但佢係都唔肯聽，我都冇辦法啊！」

諸葛亮聽咗，就傳馬謖入嚟。馬謖知道自己呢次大鑊了，就綁住自己跪喺諸葛亮帳前。諸葛亮鬧佢話：「你自幼熟讀兵書，點解唔聽王平嘅勸告？街亭係我軍關鍵所在，你當日立下軍令狀，我今日唔明正軍法，如何服眾？你嘅屋企人我會幫你照顧，你放心去啦！」講完，就叫手下將馬謖推出去斬。

殺咗馬謖之後，諸葛亮放聲痛哭，參軍蔣琬問佢喊乜，諸葛亮答話：「當年喺白帝城，先帝曾經話馬謖言過其實，不

可重用。我冇聽先帝說話，識人不明，先至有今日嘅事啊！」

斬咗馬謖之後，諸葛亮又向蜀主劉禪上表，請求自降三級，以正視聽。於是劉禪貶諸葛亮為右將軍，繼續總督兵馬，擔任丞相嘅職責。

另一邊，魏國打退咗蜀軍嘅攻勢，又想去謀東吳嘅地盤。揚州司馬大都督曹休帶領大軍南下，結果中咗東吳鄱陽太守周魴嘅詐降之計，畀陸遜喺石亭打到大敗而回。

諸葛亮接到消息，覺得機不可失，於是又再發動大軍，以魏延為先鋒，向陳倉進發。魏國嗰邊接到消息，就以曹真為主帥，王雙為先鋒，領兵去抵擋蜀軍。

諸葛亮正喺度指揮軍隊攻打陳倉，見魏國救兵到，就叫姜維寫信畀曹真，詐帝話要投降，約曹真出戰，自己裏應外合，一齊打敗蜀軍。

曹真接到信之後好開心，正想帶兵出發，但係部下費耀就提醒佢呢個可能係諸葛亮嘅計謀，於是曹真叫費耀帶兵先出戰。結果費耀出兵之後，蜀軍唔肯同佢交戰，一路後退，搞到費耀嘅士兵又餓又劫。就喺呢個時候，蜀軍幾路兵馬一齊殺出，費耀當然就打唔過了，佢想突圍而出，結果畀姜維攔住去路，最後自殺而死。

曹真損兵折將，憂鬱成疾，逼不得已返翻去洛陽養病。東吳嗰邊聽講魏軍連戰連敗，估計佢哋無能力再來搞搞震了。於是孫權趁機稱帝登基，又聯絡蜀國一齊進攻魏國。諸葛亮接到消息之後十分歡喜，亦趁魏國鎮守陳倉嘅郝昭病

重，發動大軍連奪陳倉同散關，再出祁山，準備進取中原。

魏主曹睿聽講孫權稱帝，諸葛亮又出祁山，大驚失色，搵司馬懿過嚟問點算好。司馬懿話：「東吳同蜀國有仇，唔會真係一齊起兵嚟攻打我哋嘅，我哋只要專心對付蜀國就得㗎啦。」

曹睿覺得司馬懿分析得好有道理，就拜司馬懿為大都督，派佢領兵去抵擋蜀軍。司馬懿領軍去到長安，以張郃為先鋒，帶十萬大軍去到祁山同蜀軍對峙，另外又派郭淮、孫禮帶兵去救助武都同陰平兩郡。

明知道嚟嘅係司馬懿，諸葛亮就梗係早有準備了。佢派王平、姜維、關興、張苞四路人馬截住郭淮同孫禮，打到魏軍大敗而回，佔咗武都同陰平兩郡。

司馬懿見兩郡失守，估計諸葛亮要趕去安撫百姓，於是派張郃同戴陵漏夜去劫寨。結果又畀諸葛亮算到，幾路伏兵衝出嚟圍住張郃戴陵，張郃左衝右突，好不容易先突圍而去。司馬懿衰咗兩次，見主動出擊打唔贏，於是就改變策略，緊守營寨，點都唔肯再出嚟作戰。

粵語知多啲

扮嘢 —— 喺粵語裏面，形容一個人做假、裝腔作勢、虛張聲勢，都可以稱之為「扮嘢」。例如呢一回裏面諸葛亮嘅空城計，喺城頭焚香彈琴，就屬於「扮嘢」喇。而喺口語裏面，如果鬧人「扮曬嘢」，一般都係批評或揶揄啲人裝腔作勢嘅意思。

歷史知多啲

空城計 —— 諸葛亮嘅「空城計」因為《三國演義》而人盡皆知，但係喺正史裏面，呢件事其實並冇記載。而歷史上，早係春秋時期就有人用過「空城計」喇！當時楚國派大軍去攻打鄭國，鄭國自知實力不如對方，於是乾脆大開城門，連哨兵都唔派一個。楚軍嚟到之後見到咁嘅情形，唔敢馬上入城，於是先喺城外駐紮。到咗夜晚，佢哋忽然收到消息話齊國、宋國、魯國，三個國家嘅大軍過嚟支援鄭國，嚇到馬上連夜撤退。為咗防止鄭國追擊，楚軍連營帳都無拆。第二日鄭國派人出去打探消息，先知道對方嘅營寨亦都係一座「空城」。

諸葛亮空城計智退司馬懿

第四十八回

木門道張郃絕命

　　話說諸葛亮帶兵喺祁山同司馬懿對峙，眼見司馬懿死守不出，於是傳令叫全軍拔寨後退三十里。

　　魏軍接到消息，張郃就話：「蜀軍一定係冇糧草所以先退兵，我哋快啲去追擊啦！」但係司馬懿認為：「呢個恐怕係諸葛亮嘅詭計。」仲係唔肯出兵。

　　諸葛亮於是又後退三十里，隔得幾日，再退多三十里。張郃知道之後就心急啦，係都要帶兵去追趕。司馬懿冇辦法，唯有派張郃、戴陵領軍出擊，佢自己親自帶兵喺後面接應。

　　張郃好快就追上蜀軍，蜀軍呢邊馬忠等幾員大將出嚟擋住，且戰且退，一路退咗二十幾里。到張郃入咗包圍圈之後，蜀軍呢邊關興、王平、張翼亦都帶兵衝出嚟，圍住張郃、戴陵狂攻猛打。呢個時候，司馬懿帶領嘅後軍亦都趕到，一齊加入戰團，同蜀軍打到難分難解。

　　關鍵時候，諸葛亮派姜維、廖化去偷襲魏軍嘅營寨，司馬懿接到消息話自己營寨被劫，吃咗一驚，對身邊啲將領話：「我都話諸葛亮有詭計㗎啦，你哋係都唔信，今次瀨嘢啦！」於是匆匆忙忙轉頭返去救營寨。蜀軍趁機發動攻勢，打到魏軍丟盔棄甲，伶仃大敗。

諸葛亮本來正準備乘勝出擊，點知忽然接到消息，話張苞因為之前受傷，喺成都不治身亡。佢一個激動，口吐鮮血暈倒喺地，自此臥牀不起，只好下令退兵，返成都養病。

隔得一排，諸葛亮嘅病漸漸好翻，魏國又以曹真為大司馬、司馬懿為大將軍，率領四十萬大軍嚟攻打漢中了。諸葛亮先派王平、張嶷去守住陳倉古道，然後自己帶兵出征，去迎戰魏軍。

去到前線，魏軍因為連日陰雨，已經退出陳倉。諸葛亮趁機進兵出祁山，趁曹真唔為意，派兵突襲佢嘅營寨，打到曹真走都走唔切，好在得司馬懿過嚟支援，先執返條命。曹真打咗個大敗仗，心情鬱悶到病咗。諸葛亮知道之後，派人送咗封信畀曹真，信裏面寫到：「你身為大將，唔識天文地理，唔知忠信仁義，喺陳倉淋雨，喺祁山大敗，仲有咩面目返去見關中父老啊？」

曹真睇完封信，激到一肚氣，當晚就喺軍營之中病死咗。魏主曹睿接到曹真病死嘅消息，就催司馬懿快啲出戰，結果又畀諸葛亮打到大敗。無奈之下，魏軍唯有退到渭水南岸，堅守不出。

諸葛亮正準備乘勝出擊，點知蜀主劉禪聽咗身邊宦官嘅讒言，話諸葛亮想自己稱帝，於是將諸葛亮召返成都。諸葛亮冇辦法，唯有退兵返去，再作打算。

返到成都之後，諸葛亮搞清楚來龍去脈，於是同劉禪講清楚道理，將亂傳謠言嘅宦官殺咗，然後又帶兵出祁山，再

次北伐中原。

今次，魏國繼續以司馬懿為主帥，張郃為先鋒，領軍過去迎戰。

諸葛亮去到祁山之後，唔急住同魏軍交鋒，而係派兵去隴上收割麥田，以保障軍糧。但係司馬懿亦都早有準備，親自帶兵去到隴西，要阻攔蜀軍收割。

諸葛亮知道之後，搵咗三台四輪車，佢自己坐一台，搵兩個人扮成自己個樣坐另外兩台。然後諸葛亮披頭散髮，手執七星寶劍，喺車上扮曬作法咁樣，走到魏軍前面整蠱作怪。司馬懿一派兵出嚟追趕，諸葛亮就馬上走人。等魏軍走返轉頭，佢又即刻叫另一個扮成諸葛亮嘅人坐車走去魏軍前面作法。如是者三個人輪番上陣，搞到魏軍覺得佢神出鬼沒，以為佢有咩法術，打死都唔敢再出嚟。於是蜀軍趁機將隴上嘅小麥全部割曬，然後先施施然返去附近嘅鹵城。

蜀軍收足糧草，本來形勢大好，點知李嚴忽然傳來消息，話東吳已經同魏國講和，準備出兵嚟攻打蜀國。諸葛亮唔敢搏，決定先退兵再算。

魏軍接到蜀軍退兵嘅消息後，張郃就自告奮勇要趁機帶兵去追殺蜀軍。佢追咗三十幾里嘅時候，路邊忽然殺出一隊人馬，為首嘅正係大將魏延。張郃衝上去同魏延交鋒，打唔到十個回合，魏延就詐敗走人。張郃繼續追多咗三十幾里，只見關興又衝出嚟攔住去路。張郃拍馬挺槍直取關興，打咗幾個回合，關興又係轉頭就走。張郃追到一個密林，四圍睇

過都冇伏兵，於是就放心繼續追趕，一路打到蜀軍丟盔棄甲。張郃以為今次得米啦，越追越遠，點知追到一條叫做木門道嘅山路時，忽然聽到一聲炮響，山上火光沖天，大量石頭滾木碌落山，前前後後攔住魏軍嘅去路。然後一聲梆子響，兩邊山頭萬箭齊發，將張郃同成隊魏軍全部射死喺木門道裏面。

司馬懿知道之後十分傷心，仰天長歎話：「張郃嘅死，係我嘅過錯啊！」

諸葛亮返到漢中，蜀主劉禪派尚書費褘過嚟問佢點解要班師回朝，諸葛亮就話：「係李嚴發告急文書話東吳要嚟進攻，我先至退兵㗎！」

費褘好奇怪咁話：「咦？係李嚴同皇上話軍糧準備好曬，唔知丞相點解要班師，所以皇上先派我嚟問丞相㗎㗎。」

諸葛亮事後一調查，先知原來係李嚴無辦法準備足夠嘅軍糧，怕諸葛亮怪罪，所以先從中作怪。於是佢向蜀主劉禪上奏，將李嚴貶為庶人。

返到成都之後，諸葛亮整軍練武，準備咗足足三年。終於，佢覺得萬事俱備了，就以姜維、魏延為先鋒，兵分五路出祁山，再次北伐中原。

粵語知多啲

整蠱作怪 —— 喺粵語裏面，對於嗰啲扮鬼扮馬、裝神弄鬼，或者故意搞小動作搏人注意嘅行為，都可以稱為「整蠱作怪」。「整蠱」，原本係苗疆地區嘅古老巫術，後來喺粵語裏面引申為「作弄人」嘅意思；而「作怪」喺粵語裏面係妖精鬼怪出嚟做壞事嘅講法，兩個詞連埋一齊，就成咗「裝神弄鬼」嘅意思喇。

歷史知多啲

曹真 —— 喺《三國演義》裏面，作者為咗突出諸葛亮同司馬懿呢一對對手，將魏國嘅曹真描寫得比較無能，畀諸葛亮一封信激死咗。而喺歷史記載裏面，曹真作為曹魏嘅名將，係一位功勞卓著嘅功臣，官至大司馬。曹真，字子丹，早年喪父，曹操將佢收為義子。佢長大之後勇猛善戰，多次領軍平定叛亂，征討四方，統領曹軍著名嘅精銳虎豹騎。後來諸葛亮兩次北伐，都係畀曹真領軍阻擋而退兵嘅。不過《三國演義》就將呢個功勞記到咗司馬懿頭上。

第四十九回
五丈原將星殞落

　　話說魏國接到諸葛亮帶兵北伐嘅消息，又係派司馬懿為大都督，率領四十萬大軍過嚟迎戰。

　　諸葛亮知道司馬懿厲害，唔係一下子可以打敗嘅，於是教人製造咗一大批木牛流馬，用嚟搬運糧草。

　　司馬懿知道咗之後就話：「我堅守不出，係想等蜀軍缺糧。而家佢哋用木牛流馬來運糧，咁幾時先會退兵啊？唔得！」於是，佢派張虎、樂綝帶住幾百士兵，去到斜谷埋伏，搶奪蜀軍嘅木牛流馬返嚟研究。

　　得到木牛流馬之後，司馬懿叫人照版煮碗，亦都製造咗一批木牛流馬用嚟運糧。諸葛亮反而高興了啵，話：「果然不出我所料，司馬懿今次中計啦！」

　　於是，佢吩咐王平話：「你帶一千人扮成魏軍士兵，去搶奪魏軍運糧嘅木牛流馬。然後如此如此，咁就得啦！」

　　王平領命之後，帶領一千士兵去襲擊魏軍嘅運糧隊，將糧草搶晒過嚟。魏軍嘅郭淮接到消息，馬上帶兵出嚟追趕。王平見魏軍殺到，將木牛流馬口裏面條脷一扭，然後揼低晒啲木牛流馬就走。魏軍見搶翻糧草，就去推啲木牛流馬啦，點知推極都推唔喐。

呢個時候，蜀軍姜維、魏延同王平一齊殺到，又將魏軍殺退，又再將啲木牛流馬搶返嚟。佢哋擰返順木牛流馬條脷，輕輕鬆鬆就推住走喇。魏軍喺遠處見到，見蜀軍扮成神兵神將嘅樣，又煙又火，以為蜀軍有鬼神相助，嚇到再都唔敢追趕了。

諸葛亮喺祁山駐軍，安排士兵同當地百姓一齊種糧食，準備同司馬懿打持久戰。司馬懿嘅大仔司馬師認為咁落去都唔係辦法，提議主動出擊，但係司馬懿堅決唔肯。諸葛亮見司馬懿唔肯出嚟，於是一邊派人去魏營挑戰，一面喺附近嘅葫蘆谷放置大量火藥燃料，然後又派高翔帶一批木牛流馬喺山路度行走，等魏軍來搶。

高翔同啲木牛流馬行得一陣，果然引到魏軍過嚟搶奪，高翔詐帝兵敗走人，魏軍不但搶到糧車，仲俘虜咗一批蜀兵。

司馬懿親自過嚟審問蜀兵，蜀兵就話：「丞相話要持久作戰，所以叫我哋周圍去屯田，佢自己都唔喺祁山，喺葫蘆谷附近。」

司馬懿聽咗，覺得諸葛亮冇防備，於是馬上出兵去攻擊蜀軍嘅祁山大寨。蜀軍見大寨被攻打，梗係要過嚟救援了，而司馬懿就趁機帶住兩個仔同護衛親兵，直殺去葫蘆谷搵諸葛亮。

行到半路，魏延帶兵攔住去路，但係打得一陣就退入谷裏面。司馬懿帶兵追到谷口，派人去查探過，發現並無伏兵，淨係見到好多茅屋，佢以為呢度係蜀軍嘅糧倉，於是帶兵入

谷。點知一入到去，山上就係咁射火箭落嚟，將茅屋燒着晒，跟住地雷火藥一齊點着，一時之間火光沖天，黑煙四起。司馬懿嚇到手足無措，抱住兩個仔大喊話：「今日我哋父子三個就要死喺呢度囉！」

但司馬懿父子三人注定命不該絕。就喺呢個生死關頭，忽然間狂風大作，天上落起傾盤大雨，一下子將谷裏面嘅火淋熄晒，司馬懿父子終於執返條命。不過走到出嚟，發現自己渭南嘅大寨已經畀蜀軍佔咗，佢哋唯有領軍退到江北，繼續堅守。

諸葛亮本來見葫蘆谷火起，以為司馬懿今次一定冇命，點知忽然落場大雨，畀司馬懿走甩，忍唔住好感慨咁話：「謀事在人，成事在天，勉強唔來啊！」

諸葛亮擊敗魏軍，再出祁山，領軍向西去到五丈原，紮落營寨，就派人去向司馬懿挑戰。

司馬懿今次學精咗啦，點都唔肯出嚟應戰。諸葛亮派人送咗套女人服飾去畀司馬懿，笑佢膽小如鼠，成個女人咁樣。司馬懿見到之後，一啲都唔嬲，反而問起個使者諸葛亮日常起居飲食嘅情況。使者話：「丞相早起夜訓，事無巨細都親自過問。每日食得都唔多。」司馬懿聽完之後，對眾將話：「諸葛亮食得咁少，又咁操勞，點可能持久呢？」

魏軍嘅將領見諸葛亮用女人衣物來侮辱司馬懿，個個都唔忿氣，紛紛要求出戰。司馬懿見大家咁大意見，就話：「我其實都好唔忿氣，不過皇上要我堅守，我如果出擊就係違反

皇命。你哋等我向天子請示下，如果天子批准，咁我哋就出戰啦！」

於是，司馬懿就專程寫咗個奏章畀魏主曹睿請戰。曹睿知道司馬懿根本就唔想出戰，於是落詔書畀司馬懿，要佢堅守不出，唔准輕舉妄動。司馬懿攞住詔書對眾將領話：「喻，唔係我唔想打啊，係皇上唔批准咋！」

諸葛亮聽講之後，知道司馬懿唔會出戰，又接到消息話東吳出兵攻打魏國失敗，一時激動過度，暈倒喺地。醒翻之後佢對眾將話：「我舊病復發，恐怕嗰頭近啦！」

姜維就勸諸葛亮點都要諗辦法駁長條命，於是諸葛亮吩咐姜維帶四十九個士兵喺帳外護法，自己喺帳內燃燈作法，如果七日之內燈唔熄，就可以延長壽命。

點知去到第六日，司馬懿派魏軍過嚟騷擾，魏延急急忙忙衝入營帳彙報，一個唔覺意將諸葛亮盞燈吹熄咗。

咁樣一來，諸葛亮作法延壽嘅計劃就失敗咗了。諸葛亮自知性命不保，於是召集眾人吩咐好後事，講完指住天上一粒星星話：「嗰粒就係我嘅將星啦！」大家眼見嗰粒星搖搖欲墜，再睇諸葛亮，已經喺病牀上與世長辭了。

司馬懿夜觀天象，見到將星殞落，知道諸葛亮過身，馬上發動兵馬去攻擊蜀軍。點知追到上去，忽然聽到一聲炮響，只見蜀軍士兵推住一台四輪車，車上坐嘅人羽扇綸巾，正係諸葛亮，旁邊一面大旗寫住：「漢丞相武鄉侯諸葛亮」。

司馬懿嚇到鼻哥窿都冇肉，大叫話：「諸葛亮原來未死！

我哋中計啦！」講完，撥轉馬頭就走，姜維喺後面領兵窮追不捨，殺到魏軍丟盔棄甲，自相踐踏，死傷無數。原來，諸葛亮估到司馬懿會趁機來追趕，一早叫人做咗個木頭人扮成自己個樣，用嚟嚇退魏軍。最後竟然真係可以成功！

司馬懿後來知道咗，也不得不感歎：「諸葛亮真係一個天下奇才！」

粵語知多啲

咽頭近 —— 粵語裏面形容命不久矣，有個講法叫做「咽頭近」。粵語裏面「咽」字，有「那」嘅意思，「咽頭」就係「那一頭」、「另一邊」，指陰間、奈何橋彼岸、極樂世界、天堂等想像中嘅死亡之境。所以「咽頭近」，就係離死亡好接近，命不久矣，冇幾耐命嘅意思。

歷史知多啲

木牛流馬 —— 諸葛亮北伐中原嘅時候，因為運送糧草困難，所以發明咗一種運輸工具，叫做「木牛流馬」。史書上講：「亮性長於巧思，損益連弩，木牛流馬，皆出其意。」不過「木牛流馬」具體究竟係點樣嘅，一直以來就有唔同嘅講法。有人認為係單輪木板車，亦都有人認為係帶撐杆嘅雙輪或四輪木板車。不過無論如何，真實嘅木牛流馬雖然唔可能好似《三國演義》裏面講嘅咁神奇，但係確實對當時蜀軍運送糧草物資有好大幫助。

五丈原將星隕落

第五十回

魏蜀吳三家歸晉

　　諸葛亮過身之後，魏延自認為自己功勞大，手握軍隊，唔忿地位喺楊儀之下，竟然燒斷咗棧道，然後向蜀主劉禪彙報話楊儀謀反。好在諸葛亮早有安排，定好計策預防魏延謀反。楊儀同姜維根據諸葛亮留低嘅計策，帶兵運小路走咗去漢中南鄭，魏延就帶住馬岱領軍過去攻打。楊儀喺陣前特登激魏延話：「你夠膽大叫三聲邊個敢殺我，我就獻城投降！」

　　魏延大笑話：「莫講話三聲，三萬聲我都敢叫！邊個敢殺我？」

　　點知佢話音都未落，後面馬岱就大喝一聲：「我敢殺你！」飛馬衝上嚟手起刀落，將魏延斬於馬下。

　　平定咗魏延嘅叛亂之後，蜀主劉禪以蔣琬為丞相，費禕為尚書令，姜維為輔漢將軍，緊守疆界，同東吳結盟，維持翻三國鼎立嘅局面。

　　幾年之後，魏主曹睿去世，八歲嘅曹芳繼位。曹睿臨死前吩咐曹爽同司馬懿共同輔助幼主。曹爽覺得司馬懿功勞大威望高，於是建議曹芳封司馬懿為太傅，削奪佢嘅兵權。司馬懿見皇帝同曹爽都猜疑自己，於是就喺屋企詐病，唔再出嚟見人。

曹爽有一次派屬下李勝去探望司馬懿，見到佢訓喺張牀度，流曬口水，胡言亂語，非常不堪。李勝返去話畀曹爽聽，曹爽自此就放鬆對司馬懿嘅警惕喇。

冇耐之後，曹爽同魏主曹芳去高平陵祭祀先帝，司馬懿見機不可失，於是喺城內發動兵變，控制咗太后，逼曹爽兄弟落台，繼而將佢哋殺曬。自此之後，魏國嘅大權就掌握喺司馬懿一家手裏面喇。

過得幾年，司馬懿去世，佢兩個仔司馬師、司馬昭掌權。而東吳嗰邊孫權亦都去世了，佢個仔孫亮繼位，以諸葛恪為太傅。魏國聽聞孫權過身，乘機派兵過嚟攻打，結果畀吳軍打退咗，諸葛恪仲約埋蜀國一齊反攻魏國。

蜀國呢邊接到邀請，就派姜維帶領二十萬大軍再次北伐中原。不過冇耐之後，諸葛恪因為囂張跋扈，畀孫峻殺咗；而姜維畀魏軍同羌人夾攻，亦都無功而返。後來，姜維幾次再發兵去攻打中原，但係始終都冇咩成績。

喺魏國，司馬師嘅權勢越來越大，最後佢乾脆廢咗魏主曹芳，立咗曹丕個孫曹髦為帝。之後司馬師過身，司馬昭繼續大權獨攬，曹髦基本上就係個傀儡皇帝。

曹髦覺得再咁落去都唔係辦法，於是親自帶住一班侍衛衝去殺司馬昭，結果畀司馬昭下屬賈充嘅部將成濟殺死咗。司馬昭接到消息之後好緊張，詐帝大喊咗一場，又殺咗成濟三族，然後立曹奐為帝。

蜀國嗰邊知道魏國內部頻頻出狀況，姜維又幾次三番出

兵去攻打魏國，不過都畀鍾會、鄧艾等將領擋住，無法成功。時間一長，蜀主劉禪慢慢開始無心正事，一味寵信宦官黃皓，蜀國嘅國勢就每況愈下，一蟹不如一蟹喇。

司馬昭見蜀國虛弱，就派鍾會同鄧艾領軍去攻打蜀國。鍾會率領大軍行劍閣入川，畀姜維帶兵阻擋，始終不得其門而入。而鄧艾見到咁嘅情況，就自己帶上幾千兵馬，行陰平小路進兵。呢條路一路之上懸崖峭壁，異常艱險，但鄧艾勇字當頭，排除萬難，拼命行軍，終於畀佢翻過崇山峻嶺，嚟到平原地帶。

鄧艾對班將士話：「而家我哋有來路冇歸路，大家一定要搏命先有生路行啊！」一眾將士背水一戰，人人奮勇，好快就攻破咗江油城，繼而又大破諸葛瞻率領嘅蜀軍，攻破綿竹，直殺到成都城下。

蜀主劉禪貪生怕死，唔敢死戰到底，竟然獻城投降，蜀國就咁畀魏國滅咗。

姜維喺劍閣接到消息，唯有詐帝向鍾會投降，然後又慫恿鍾會一齊起兵討伐司馬昭。點知鍾會班手下唔肯跟佢造反，漏夜發動兵變，最後鍾會同姜維一齊死喺兵變之中。

滅蜀之後，司馬昭將後主劉禪帶返洛陽，對佢十分優待，經常設宴款待佢。有一次，司馬昭特登安排人表演蜀國嘅歌舞畀劉禪睇，劉禪身邊嘅屬下睇到流曬眼淚，但係劉禪就睇到興高采烈。司馬昭問佢：「你掛唔掛住蜀國啊？」

劉禪答話：「我喺呢度咁開心，唔掛住蜀國喔！」

劉禪嘅屬下卻正就教佢：「陛下你應該話先人嘅墳墓都喺蜀地，自己好掛住蜀國，咁司馬昭先會放你返去㗎嘛！」

過得一陣，司馬昭又問劉禪掛唔掛住蜀國，劉禪就按照卻正嘅講法回答，司馬昭聽咗就問佢：「點解呢番話咁似卻正講嘅？」

劉禪當堂好驚奇咁反問：「係啊係啊，你點知嘅？」司馬昭哈哈大笑，從此之後就唔再懷疑劉禪喇。

司馬昭死後，佢嘅大仔司馬炎繼承爵位，乾脆就逼曹奐退位，自己登基為帝，建國號為晉。

司馬炎建立晉朝之後，以羊祜為都督，喺南方搵機會攻打吳國。而吳國呢個時候嘅國主孫皓就派陸遜個仔陸抗領軍同羊祜對抗。佢兩個棋逢敵手，將遇良材，邊個都奈何唔到邊個，所以都好敬重對方。有一次陸抗病咗，羊祜仲派人送藥畀佢食。陸抗嘅部下怕係毒藥，勸佢唔好食，陸抗就話：「羊祜點會係落毒嘅人呢？」食完藥之後，果然第二日就好翻。

但吳主孫皓喺國內橫行霸道，猜忌忠臣，濫殺無辜，搞到天怒人怨，陸抗都救佢唔到。過得幾年，陸抗同羊祜都死咗，晉帝司馬炎以杜預為大都督，打造咗幾萬艘戰船，發動二十幾萬大軍討伐江南，終於一戰成功，一路打到金陵城下。孫皓冇辦法，唯有獻城投降。經過呢一戰，三國鼎立嘅局面終於正式結束，晉帝司馬炎終於一統天下。佢接到吳國被滅嘅消息，好感慨咁對班大臣話：「呢個都係羊太傅嘅功勞啊！」

所謂「天下大勢，合久必分，分久必合」。東漢末年天下紛亂，三國鼎立嘅情況終於結束，中國到呢個時候終於重新完成統一喇。

粵語知多啲

一蟹不如一蟹 —— 喺粵語裏面，形容每況愈下，一個不如一個，有個講法叫做「一蟹不如一蟹」。呢個講法其實係出自蘇東坡嘅《艾子雜說》，裏面講到艾子去到海邊，見到有好多不同種類嘅蟹。後來佢發現一種細隻過一種，所以感歎話：「何一蟹不如一蟹也？」

歷史知多啲

三國時期 —— 《三國演義》呢部小說，從東漢末年一直講到晉朝一統天下。歷史上嘅三國時期，一般係從公元 220 年曹丕稱帝開始計算，一直到公元 280 年西晉滅吳，一統天下為止。而《三國演義》裏面好多知名嘅故事，例如十八路諸侯伐董卓、三顧茅廬、火燒赤壁等等，其實都係發生喺東漢末年，大家閱讀小說同學習歷史嘅時候，要注意分辨清楚至得。

蜀主劉禪樂不思蜀

責任編輯：馮孟琦

裝幀設計：麥梓淇

排　　版：肖　霞

校　　對：趙會明

印　　務：龍寶祺

全粵語三國演義（音頻精選版）

原　　著：羅貫中

改　　編：李沛聰

繪　　畫：李卓言

出　　版：商務印書館（香港）有限公司

　　　　　香港筲箕灣耀興道 3 號東匯廣場 8 樓

　　　　　http://www.commercialpress.com.hk

發　　行：香港聯合書刊物流有限公司

　　　　　香港新界荃灣德士古道 220–248 號荃灣工業中心 16 樓

印　　刷：永經堂印刷有限公司

　　　　　香港新界荃灣德士古道 188–202 號立泰工業中心 1 座 3 樓

版　　次：2023 年 7 月第 1 版第 2 次印刷

　　　　　© 2023 商務印書館（香港）有限公司

　　　　　ISBN 978 962 07 5925 3

　　　　　Printed In China

版權所有　不得翻印